KB206694

세상은 고통으로 가득하지만 그것을 극복하는 사람들로도 가득하다
— 헬렌 켈러

사막이 아름다운 것은 어딘가에 샘이 숨겨져 있기 때문이다

— 생텍쥐페리

삶이 있는 한 희망은 있다

— 키케로

언제나 현재에 집중할수 있다면 행복할것이다
— 파울로 코엘료

구운몽 · 사씨남정기

책임 편집 장효현

　　고려대 국어국문학과 및 같은 대학원에서 석사학위와 박사학위를 받았다. 현재 고려대 국어국문학과 교수이다. 저서로 『徐有英 문학의 연구』, 『한국고전소설사 연구』, 『한국고전문학의 시각』 등이 있다.

한국 문학을 읽는다 05

구운몽 · 사씨남정기

1판 1쇄 2013년 7월 15일
1판 2쇄 2014년 9월 20일
1판 3쇄 2018년 5월 30일

지은이 · 김만중
펴낸이 · 김화정
펴낸곳 · 푸른생각
책임편집 · 장효현 | 교정 · 김소영

등록 · 제310-2004-00019호
주소 · 서울시 중구 충무로 29(초동) 아시아미디어타워 502호
대표전화 · 02) 2268-8706(7) | 팩시밀리 · 02) 2268-8708
이메일 · prun21c@hanmail.net
홈페이지 · www.prun21c.com

ⓒ 푸른생각, 2013

ISBN 978-89-91918-28-3 04810
ISBN 978-89-91918-21-4 04810(세트)

값 11,900원

청소년의 꿈과 미래를 위한 양서를 만들고 있습니다.
잘못된 책은 푸른생각이나 구입처에서 교환해 드립니다.
이 도서의 국립중앙도서관 출판예정도서목록(CIP)은 서지정보유통지원시스템 홈페이지(http://seoji.nl.go.kr)와 국가자료공동목록시스템(http://www.nl.go.kr/kolisnet)에서 이용하실 수 있습니다.(CIP제어번호: CIP2013010057)

구운몽 ·
사씨남정기

한국 문학을
읽는다
05

김만중
책임편집 장효현

푸른생각
PRUNSAENGGAK

사람은 명예와 지위가 주는 즐거움은 잘 알지만,
이름 없고 평범하게 지내는 즐거움은 알지 못한다.
— 『채근담』

고전문학이 담고 있는 인간 보편적인 삶

김만중(金萬重, 1637~1692)의 호는 서포(西浦)로, 정축호란 때에 남한산성의 굴욕을 참지 못해 강화도에서 자결한 김익겸의 아들이며, 숙종의 첫 왕비인 인경왕후의 숙부이다. 김만중은 아버지가 세상을 떠난 지 한 달 후에 유복자로 태어나 어머니 윤씨의 슬하에서 자랐는데, 윤씨는 김만중 형제의 교육에 온 힘을 기울였다. 그런 어머니에 대한 김만중의 효심은 지극하였다.

김만중은 서인의 일원으로서, 서인과 남인의 당쟁의 와중에 세 차례 유배를 가는데, 마지막 유배지인 경상도 남해의 작은 섬 노도에서 세상을 떠난다.

김만중은 성리학에만 일관하지 않고 불교·도교에도 깊은 관심을 보였으며, 문학관에 있어서도 매우 진전된 면모를 보여주었다. 한문학만 인정하는 편견을 거부하고 우리말로 된 문학을 존중하는 민족문학론의 입장을 지켜, 국문시가와 민요의 가치를 발견하고 국문으로 소설을 창작하기까지 하였다.

후손 김춘택의 언급에 따르면 김만중은 국문소설을 많이 지었다고 하나, 현재 남아 전하는 작품은 『구운몽』과 『사씨남정기』가 있을 뿐이다.

『구운몽』은 16회 장회로 이루어진 장편소설로서 독특한 환몽구조로 이루어져 있다. 당나라 때에 연화봉에 절을 짓고 제자를 가르치던 육관대사(六觀大師)에게 성진(性眞)이라는 제자가 있었는데, 성진은 어느 날 육관대사의 명에 의해 동해 용왕을 찾아뵙고 돌아오던 중 여덟 선녀와 우연히 만나 서로 수작을 나누고 돌아온다. 그로 인해 인간계에 대한 미련이 생겨 번뇌하게 되는데, 이에 육관대사에 의해 인간계에 양소유(楊少游)로 태어나는 윤회를 겪는다. 양소유는 여덟 선녀가 환생한 여덟 미인, 즉 진채봉·계섬월·적경홍·정경패·가춘운·이소화·심요연·백릉파와 각기 만나 처 혹은 첩으로의 인연을 맺고 출장입상(出將入相)의 부귀공명을 극진히 누리지만 만년에 이르러서는 인생의 무상을 느끼게 된다. 이에 육관대사가 나타나 꿈을 깨게끔 하니, 참선하던 성진의 모습으로 다시 되돌아온다. 그리하여 불도에 귀의한 팔선녀와 함께 수도에 정진해서 보살대도를 터득하고 극락왕생한다는 것이 『구운몽』의 전체 내용이다.

『구운몽』은 『금강경(金剛經)』의 공(空)사상에 입각한 작품이다. 『구운몽』의 주제가 드러나는 부분은 작품의 후반부이다. 불도가 너무 '적막'한 것에 회의를 느끼고 속세의 부귀공명에 미혹되었던 성진은, 꿈속에서 극진한 부귀공명을 체험하고 난 뒤에 이번에는 속세에 회의를 느끼고 불도에 되돌아오고자 하는데, 육관대사는 이러한 성진을 오히려 질책하며 현실과 꿈이 결코 둘도 아니며 하나도 아니라고 가르친다.

『구운몽』은 줄거리가 전개되는 전체의 과정에서, 등장인물의 인식의 전환을 통한 세 번에 걸친 부정(否定)을 차례로 보여준다. '불도의 적막'을 회의하고 '속세의 부귀공명'을 희구하는 첫 번째의 부정, '속세의 부귀공명'을 회의하고 '불도의 세계'를 다시 희구하는 두 번째의 부정이 성진에 의해 이루어진 데 대하여, 어느 한 편의 세계를 부정하면서 다른 한 편의 세계를 긍정하는 성진의 세계인식의 태도를 부정하는, 육관대사에 의한 궁극적인 부정이 이루어진다. 진정한 깨달음이란 두 세계를 모두 '긍정'하는 가운데, 그 두 세계를 관류하는 이치에 대하여 얻어지는 깨달음이라는 것이다.

한편 성진이 겪는 꿈속의 세계인 양소유로서의 일생은 곧 사대부의 출장입상과 가문 창달의 이상이 구현되는 과정이다. 『구운몽』에서 구체화된, 사대부의 출장입상과 가문창달의 이상이 실현되는 줄거리는 이후 성행하는 가문소설과 영웅소설에 지속적으로 수용되어 나타난다.

『사씨남정기』는 중국 명(明)나라 가정(嘉靖)년간을 시대배경으로 하여 남주인공 유연수를 중심으로 본처인 사정옥과 첩인 교채란이 벌이는 처첩 갈등을 그린 작품이다.

『사씨남정기』는 봉건적 가족제도의 모순이라 할 수 있는 처첩갈등의 문제를 다루고 있고, 그것은 김만중 자신이 연루되어 귀양을 가기도 하는 사건인, 숙종을 중심으로 인현왕후와 장희빈이 벌이는 갈등의 역사사실을 연상시켜주기도 하여 그 문제의식에 있어서 주목되는 작품이다. 또한 악인형인 교채란과 동청·냉진 등의 인물형상이 사실적으로 묘사되어 있는 점도 그 표현기교의 면에서 주목된다.

그런데 『사씨남정기』 또한 가문의식에 밑받침되어 있는 작품이다. 작품의 전반부에서 사정옥과 교채란의 처첩갈등이 문제시되었음에도 불구하고, 사정옥은 작품의 후반부에서 현숙한 임씨를 다시 유연수의 첩으로 천거함으로써, 봉건적 가족제도의 모순인 축첩제도의 문제가 이 작품에서 궁극적으로 제기되고 있다고는 보기 어렵다. 『사씨남정기』에서 드러난 바와 같은 처첩간의 갈등과 그로 인해 가문의 위기가 닥치고 다시 궁극적으로 해소되는 줄거리는, 이후 성행하게 되는 가문소설과 가정소설에 처처간의 갈등, 처첩간의 갈등의 양상으로 지속적으로 수용되어 나타난다.

푸른생각에서 기획하여 발행하는 '한국 문학을 읽는다' 시리즈는 작품의 원문을 충실하게 실었다. 어려운 단어에는 낱말풀이를 세심하게 달아 작품의 이해를 돕고 본문의 중간 중간에 소제목을 붙여 이야기의 흐름을 놓치지 않도록 하였다. 또한 각 작품에 들어가기 전에 등장인물을 소개하고, 수록한 작품 뒤에는 줄거리를 정리한 〈이야기 따라잡기〉를 마련해놓았다. 그리고 〈쉽게 읽고 이해하기〉를 마련해 작품의 세계를 좀 더 깊게 이해할 수 있도록 했다. 또한 책의 끝에 〈작가 알아보기〉를 마련해 작가의 생애를 독자들에게 소개하였다.

김만중의 고전소설 『구운몽』과 『사씨남정기』는 17세기 후반에 지어진 작품으로서 지금의 시대와는 먼 거리가 있지만, 그 소설 안에는 지금의 독자들도 공감할 만한 보편적 인간의 삶의 모습과 감정이 담겨 있으며, 이 시대에도 배우고 따라야 할 귀중한 교훈이 담겨 있다. 이 소설 선집의 독서와 감상을 통해, 인간의 삶에 대한 독자들의 이해가 더욱 깊어지기를 희망한다.

책임편집 장효현

한국 문학을 읽는다 구운몽 · 사씨남정기

모든 역경의 한가운데에는 기회라는 섬이 있다.

— 미국 격언

『구운몽』은 성진과 팔 선녀의 만남과 이별,

사랑을 통한 현실-꿈-현실의 이야기는

출세와 부귀영화를 꿈꾸는

유교적 세계관과,

한바탕 꿈과 같은 인간의 헛된 욕망을 깨닫고

진리를 추구하는

불교사상을 조화롭게 보여준 소설이다.

구운몽

"성진아, 인간 세상의 재미가 어떠하더냐?"

등장인물

성진 육관대사 밑에서 불도를 열심히 닦았으나, 용왕이 권하는 술을 마신 뒤 마음이 흔들리기 시작한다. 돌다리 위에서 팔 선녀를 만나고서 더욱 걷잡을 수 없는 번뇌에 빠진다. 성진은 불도의 세계 · 불자로서의 생활에 대해 회의하고, 세속의 생활을 흠모하나, 깨달음을 얻고 불도에 전념한다. 불교계를 대표하는 인물이다.

육관대사 성진이 윤회의 과정을 겪지 않고서는 깨달음의 세계에 도달할 수 없다고 판단하여 성진을 양처사와 유씨 사이의 아들 '소유'로 태어나게 한다. 수행이 깊어 존경을 받는 불교계를 대표하는 인물이다.

양소유 행운아로 언제나 아름다운 여성과 벼슬운이 따라다닌다. 이런 의미에서 그는 누구나가 바라는 이상적인 인물이며 유교 세계를 대표하는 인물이라고 할 수 있다. 그가 걸어온 길은 양반 사회의 모든 남자들이 꿈꾸는 전형적인 성공의 길이다. 소년 시절이나 청 · 장년 시절에는 인생의 가치에 대해 생각할 겨를 없이 성공과 행운이 뒤따른다. 그러나 생애의 말년에 이르러 인간의 한 평생은 꿈과 같고 허망하다는 것을 깨닫는다. 자신의 소원대로 아름답고 현숙한 팔 선녀의 화신인 두 공주와 육 낭자를 부인으로 맞아 부귀영화를 누린다.

팔 선녀 위부인의 제자로 성진을 만나 서로 희롱한 죄로 성진과 함께 지옥으로 추방된다. 그곳에서 양소유의 2처 6첩으로 다시 태어난다. 위부인과 그녀의 제자 격인 팔 선녀들은 도교를 대표하는 인물들이지만, 팔 선녀는 성진을 좇아 여승이 된 뒤 성진과 함께 극락 세계로 귀의한다. 이것으로 보아 육관대사와 그의 제자인 성진으로 대표되는 불교에 도교가 속하게 됨을 알 수 있다.

구운몽

성진이 육관대사의 명으로 용궁에 가다

천하에 명산이 다섯이 있으니 동쪽은 동악 태산이요, 서쪽은 서악 화산이요, 남쪽은 남악 형산이요, 북쪽은 북악 항산이요, 가운데는 중악 숭산이었다. 오악(五嶽) 중에 오직 형산이 중국에서 가장 멀어 구의산이 그 남쪽에 있고, 동정호(중국 호남성 북쪽에 있는 호수로 주위가 팔구백 리에 이른다고 함)가 그 북쪽에 있으며, 소상강(중국 호남성을 흐르는 큰 강) 물이 그 삼면에 둘러 있으니, 제일 수려한 곳이었다. 그 가운데 축용, 자개, 천주, 석름, 연화 다섯 봉우리가 가장 높으니, 수목이 울창하고 구름과 안개가 가리워 날씨가 아주 맑고 햇빛이 밝지 않으면 사람이 그 근사한 진면목을 쉽게 보지 못하였다.

진나라 때 선녀 위부인(魏夫人, 중국 진나라 때 사도 위서의 딸로 신선이 되어 승천하여 남악을 다스렸다고 함)이 옥황상제의 명을 받아 선동(仙童)과 옥녀(玉女)를 거느리고 이 산에 와 지키니, 신령한 일과 기이한 모습은 다 헤아리지 못할 정도였다.

당나라 시절에 한 노승이 서역 천축국(天竺國, 중국에서 인도를 가리키던 말)에서 연화봉으로 와 그 경치를 보고 사랑하여, 제자 오륙백 명을 거느리고 연화봉 위에 법당을 크게 지었는데, 그를 육여화상이라 하기도 하고 혹은 육관대사라 하기도 하였다.

그 대사가 대승법(大乘法, 많은 사람들을 속세의 고통에서 구하려는 불교 교리)으로 중생을 가르치고 귀신을 다스리니 사람이 다 공경하여 생불(生佛)이 세상에 나왔다 하였다. 수많은 제자 가운데 성진이라 하는 중이 부처의 말씀을 모르는 것이 없고 총명한 지혜를 당할 사람이 없었다. 대사는 이러한 성진을 극진히 사랑하여 입던 옷과 먹던 바리때(절에서 쓰는 중의 밥그릇)를 그에게 전하고자 하였다.

대사가 매일 제자들을 모아놓고 불법에 대해 가르치는데, 동정호 용왕이 흰옷을 입은 노인으로 변장하여 법석(法席, 대중을 둘러앉혀 놓고 불법에 대해 가르치는 자리)에 참여하였다.

하루는 대사가 여러 제자들을 불러 말하였다.

"동정 용왕이 여러 번 법석에 참여하였는데도 내가 아직 답례하지 못하였구나. 나는 늙고 병들어 절 밖을 나가지 못한 지 십여 년이다. 너희 가운데 누가 나를 대신하여 용궁에 들어가 용왕께 보답하고 돌아오겠느냐?"

성진이 두 번 절하며 말하였다.

"소자 비록 부족하오나 명을 받들어 제가 다녀오도록 하겠습니다."

대사가 매우 기뻐하며 허락하자 성진이 일곱 근이나 되는 가사(袈裟, 중이 입는 법의)를 가다듬어 걸치고 육환장(六環杖, 중이 짚는 지팡이)을 끌고서 동정호로 향하였다.

팔 선녀가 육관대사에게 인사하러 오다

얼마 후에 문을 지키는 도인(道人)이 대사에게 알렸다.

"남악 위부인이 팔 선녀를 보내어 문 밖에 왔습니다."

"들게 하라."

하고 대사가 명하여 부르니, 팔 선녀가 차례로 들어와 대사가 앉은 자리를 세 번 돌며 신선의 꽃을 뿌린 다음 무릎을 꿇고 위부인의 말을 전하였다.

"대사께서는 산 서쪽에 계시고 저는 산 동쪽에 있어 떨어진 거리가 멀지 않지만 자연히 일이 많아 한 번도 법석에 나아가 대사의 말씀을 듣지 못하였습니다. 이는 사람을 대하는 도리가 아닐 뿐 아니라, 이웃과 교제하는 예의가 아니기에 심부름꾼을 보내어 안부를 묻고, 아울러 하늘 꽃과 신선의 과일 그리고 칠보(七寶, 온갖 보배 또는 불교에서 이르는 일곱 가지 보배)와 무늬 놓은 비단으로 보잘것없는 정성을 표합니다."

하고, 팔 선녀가 각각 가지고 온 신선들이 즐긴다는 과일과 보배를 눈 위로 높이 들어 대사에게 올렸다. 그러자 대사가 이를 손수 받아 시자(侍子, 시중 드는 사람)에게 주어 불전에 공양하게 하고 나서 합장하여 사례하고,

"노승이 무슨 공덕이 있기에 이렇듯 위부인의 풍성한 선물을 받겠는가?"

하며, 곧 큰 재(齋, 죽은 사람을 위해 불공을 드리는 일)를 베풀어 팔 선녀를 대접하여 보냈다.

얼마 후 팔 선녀가 대사에게 작별 인사를 하고 절 밖으로 나오다가 서로 손을 잡으며,

"이 남악의 물 하나 산 하나가 다 우리 집 경계인데 육관대사가 이곳에 계시게 된 이후로는 동서로 나누어져 연화봉 아름다운 경치를 가까이에 두

고도 구경하지 못한 지 오래 되었구나. 지금 위부인의 명을 받아 이 땅에 왔으니 우리에겐 만나기 힘든 좋은 기회다. 또한 봄빛이 좋고 해가 저물지 아니하였으니 이 좋은 때를 맞아 저 높은 누각에 올라 흥을 타며 시를 읊어 풍경을 구경하고 돌아가 궁중에 자랑하는 것이 어떠할까?"

하고, 서로 손을 이끌며 천천히 걸어올라 폭포에 이르러 그흐르는 물을 따라 내려가 돌다리 위에서 쉬었다.

이때는 바로 춘삼월이었다. 화초는 만발하고 구름과 안개는 자욱한데 봄새 소리에 봄의 흥취가 일어나고 물색이 사람을 붙잡는 듯하니, 팔 선녀가 자연 몸과 마음이 흔들려 이곳을 차마 떠나지 못한 채 편히 웃고 떠들며 돌다리에 걸터앉아 경치를 즐겼다. 낭랑한 웃음소리는 물소리에 어울리고 아름답고 고운 얼굴은 물 가운데 비치어 완전히 한 폭의 미인도를 이루었는데, 마치 미인도를 잘 그렸다는 주방(周昉, 중국 당나라의 유명한 화가)의 손 아래에서 갓 나온 듯하였다. 팔 선녀는 그 그림자를 즐기며 스스로를 사랑하여 차마 떠나지 못하고 산 속의 해가 저물어가는 것도 깨닫지 못하였다.

성진이 용왕에게 후한 대접을 받다

이 무렵, 성진이 동정호에 이르러 물결을 헤치고 수정궁에 들어갔다. 용왕이 크게 기뻐하여 몸소 문관과 무관 등 여러 신하들을 거느리고 용궁 문 밖에 나와 성진을 맞이하여 윗자리에 앉혔다. 성진이 땅에 엎드려 대사의 말씀을 낱낱이 전하니, 용왕이 공손히 답례하고 잔치를 크게 베풀어 성진을 대접하는데, 이곳 신선 세계의 과일과 채소는 인간 세상의 음식과는 달랐다.

용왕이 잔을 들어 성진에게 술 세 잔을 권하며 말하였다.

"이 술이 좋지는 않으나 인간의 술과는 다르니 내가 권하는 정을 생각해 주시오."

성진이 두 번 절하며 말하였다.

"술은 사람의 정신을 헤치는 것이라 불가(佛家)에서 크게 경계하니 감히 먹지 못하겠습니다."

성진이 사양하였으나 용왕이 다시 권하였다.

"부처의 다섯 가지 계율(戒律, 오계. 즉 불교 신자로서 산 것을 죽이지 말고, 도적질을 하지 않으며, 음란한 짓을 하지 않고, 거짓말을 하지 않으며, 술과 고기를 먹지 말라는 규칙)에서 술을 경계한 것을 내 어찌 모르겠소? 그러나 용궁 안에서 쓰는 술은 인간 세상의 술과 달라서 사람의 기운을 화창하게 할 뿐 마음을 상하게 하거나 어지럽히지 아니한다오."

용왕이 지성으로 권하니 성진이 감히 사양치 못하여 석 잔 술을 먹은 후에 용왕에게 작별 인사를 하고 수궁을 떠나 연화봉으로 향하였다.

성진이 팔 선녀를 만나 이야기를 주고받다

연화산 아래에 이르니 취기가 크게 일어나 성진의 낯이 달아올랐다.

'사부께서 만일 나의 취한 얼굴을 보시면 반드시 무거운 벌을 내리실 것이다.'

하고, 곧 시냇가로 가서 가사를 벗어 모래 위에 놓고 손으로 맑은 물을 쥐어 얼굴을 씻었다. 그러자 문득 기이한 향내가 바람결에 진동하니 정신이 몹시 어지러워 뭐라 말할 수가 없었다.

성진이 이상히 여겨,

'이 향내는 보통 초목의 것이 아니다. 이 산 중에 무슨 기이한 것이 있나?'
생각하고, 다시 의관을 가다듬어 입고 흐르는 물을 따라 올라가니, 그때까지도 팔 선녀가 돌다리 위에 앉아 이야기를 나누고 있었다.

성진이 육환장을 놓고 두 손을 모으고 절하며 말하였다.

"보살님들, 잠깐 소승의 말씀을 들어주십시오. 천승(賤僧, 천한 승려. 자신을 낮추는 말)은 연화도량 육관대사의 제자로서 사부의 명을 받고 용궁에 갔다오는 길인데, 이 좁은 다리 위에 모든 보살님이 앉아 계시니 천승이 갈 길이 없어 부탁합니다. 잠깐 보살님들의 연보(蓮步, 연꽃같이 아리따운 발걸음. 미인의 걸음걸이를 이르는 말)를 움직여 길을 빌려주십시오."

그러자 팔 선녀가 절하며 대답하였다.

"저희는 남악 위부인의 시녀들이온데 부인의 명을 받아 연화도량 육관대사께 문안하고 돌아오는 길에 이 다리 위에서 잠깐 쉬고 있습니다. 『예기(禮記)』(고대 중국의 유교 경전)에 '남자는 왼편으로 가고, 여자는 오른편으로 간다' 하였습니다. 저희가 먼저 와 앉았으니, 부디 스님께서는 다른 길을 구하십시오."

성진이 이에 답하여 말하였다.

"물은 깊고 다른 길이 없으니 어디로 가라 하십니까?"

한 선녀가 대답하였다.

"옛날 달마존자(達磨尊者, 중국 선종의 창시자. 남인도 향지국의 셋째 왕자로, 520년경 중국에 들어와 북위의 낙양에 이르러 동쪽의 숭산 소림사에서 9년간 도를 닦고 깨달음을 얻어 제자 혜가에게 전수하였다고 함) 대사는 연꽃잎을 타고도 큰 바다를 육지같이 왕래하였다고 합니다. 스님이 진실로 육관대사의 제자라면 반드시 신통한 도술이 있을 것이니, 어찌 이 같은 조그마한 물을 건너기를 염려하시며 아녀자와 길을 다투십니까?"

성진이 크게 웃으며 말하였다.

"모든 낭자의 뜻을 보니 반드시 값을 받고 길을 빌려주시려는 것 같군요. 저는 본디 가난한 중이라 다른 보화는 없고 다만 행장에 지닌 백팔염주가 있으니, 이것으로 값을 드리겠습니다."

하고, 목의 염주를 벗어 손으로 만지더니 복숭아 꽃가지 하나를 꺾어 팔 선녀 앞에 던지자 여덟 꽃봉오리가 땅에 떨어져 네 쌍의 구슬이 되었다. 그 빛이 땅에 가득하고 상서로운 기운은 하늘에 사무치니 향내가 천지에 진동하였다.

팔 선녀가 그제야 일어나 움직이며 말하였다.

"과연 육관대사의 제자로구나."

하며, 각각 구슬 하나씩 손에 쥐고서 성진을 서로 돌아보고 웃으며 바람을 타고 날아갔다. 성진이 홀로 돌다리 위에서 눈을 들어보니 팔 선녀는 이미 온데간데 없었다.

성진이 인간 부귀를 생각하다

한참 후에 채색 구름이 흩어지고 향내가 사라지니 성진이 마음을 진정치 못하여 홀린 듯 취한 듯, 돌아와 용왕의 말씀을 대사에게 전하자, 대사가 말하였다.

"어찌 늦었느냐?"

성진이 대답하였다.

"용왕이 간곡히 청하기에 차마 떨치지 못하여 이렇게 늦었습니다."

대사가 대답도 하지 않고,

"네 방으로 가서 쉬어라."

하였다. 성진이 돌아와 밤에 혼자 빈 방에 누우니 팔 선녀의 말소리가 귀에 쟁쟁하고 얼굴빛은 눈에 아른거려 앞에 앉아 있는 듯, 옆에서 당기는 듯 마음이 황홀하여 진정치 못하다가, 문득 생각하였다.

　'남자로 태어나서 어려서는 공자와 맹자의 글을 읽고, 자라서는 글짓기와 무예를 아울러 갖추어 요순 같은 임금을 섬겨, 나가서는 장수가 되어 백만 대군을 거느려 적을 무찌르고, 조정에 들어가서는 재상이 되어 몸에는 비단 두루마기를 입고, 허리에는 황금으로 만든 도장을 차고서 임금을 섬기고 백성을 달래며, 눈에는 아리따운 미인과 즐기고, 귀에는 좋은 풍류 소리를 들으며, 영화(榮華, 귀하게 되어 몸이 세상에 드러나고 이름이 빛남)를 당대에 자랑하고 공명(功名, 공적을 세운 이름)을 후세에 전하면 그것이야말로 진실로 대장부의 일일 텐데. 슬프다, 우리 불가는 한 바리때 밥과 한 잔 정화수, 수삼 권 경문과 백팔염주만 있을 뿐, 그 도가 허무하고 그 덕이 사라져 없어지니, 가령 도통한들 넋이 한 번 불꽃 속에 흩어지면 누가 성진이 세상에 났던 줄을 알겠는가.'

　밤이 깊도록 이리저리 잠을 이루지 못하여 밤이 이미 깊었다. 눈을 감으면 팔 선녀가 앞에 앉아 있고, 눈을 떠보면 문득 간데가 없었다. 이에 성진이 크게 뉘우쳐 말하였다.

"불법 공부는 마음을 정하는 것이 제일인데 이 사사로운 마음이 이렇듯 일어나니 어찌 앞날을 바라겠는가?"

하고, 즉시 염주를 굴리며 염불을 하는데 갑자기 창밖에서 동자가 급히 말하였다.

"사형(師兄, 한 스승 밑에서 불법을 이어받은 선배, 혹은 나이나 학덕이 자기보다 높은 사람을 높여 부르는 말)은 주무십니까? 사부께서 부르십니다."

성진이 크게 놀라 동자를 따라 바삐 들어가보니 대사가 모든 제자를 거느리고 있는데 촛불이 대낮 같았다.

성진과 팔 선녀가 쫓겨나다

대사가 크게 화를 내며 말하였다.

"성진아, 네 죄를 아느냐?"

성진이 크게 놀라서 신을 벗고 뜰에 내려와 엎드려 말하였다.

"소자가 사부를 섬긴 지 십 년이 넘었지만 조금도 뜻을 거역한 적이 없으니, 참으로 어리석고 사리가 어두운 저로서는 지은 죄를 알지 못하겠습니다."

대사가 크게 화를 내며 말하였다.

"중의 공부에는 몸과 말씀과 뜻에서 지켜야 할 행실이 있느니라. 네가 용궁에 가 술을 먹었으니 그것도 죄요, 오가다 돌다리 위에서 팔 선녀와 함께 말을 주고받고 꽃을 꺾어주었으니 그 죄를 어찌하며, 돌아온 후 선녀를 그리워하여 불가의 계율은 잊고 인간 부귀를 생각하니 그러고서 공부를 어찌하겠느냐, 네 죄가 무거워 이곳에 있지 못할 것이니, 네가 가고자 하는 데로 가거라."

성진이 머리를 두드리고 울며 말하였다.

"소자가 죄 있어 더 이상 드릴 말씀이 없으나, 용궁에서 술을 먹은 것은 주인이 권했기 때문이요, 돌다리에서 말을 주고받은 것은 길을 빌리기 위함이었습니다. 방에 들어가 망령된 생각을 하였지만 즉시 잘못인 줄을 알아 다시 마음을 정하였으니 무슨 죄가 있습니까? 설사 죄가 있다면 종아리나 때리셔서 경계하실 것이지 매정하게 내치십니까? 소자가 십이 세에 부모를 버리고 친척을 떠나 사부님께 의탁하여 머리를 깎아 중이 되었으니, 그 뜻을 말한다면 부자의 은혜가 깊고 사제의 분별이 중하니, 사부를 떠나 연화도량을 버리고 어디로 가라 하십니까?"

그러자 대사가 엄하게

"네 마음이 크게 변하여 산중에 있어도 공부를 이루지 못할 것이니 사양치 말고 가거라. 연화봉을 다시 생각한다면 찾을 날이 있을 것이다."

하고는, 이어서 크게 소리쳐 황건역사(黃巾力士, 도사가 부린다는 신장(神將)의 이름. 염라왕의 차사(差使), 신장은 신병을 거느리는 장수)를 불러 분부하여 말하였다.

"이 죄인을 붙잡아서 풍도라는 지옥에 끌고 가 염라대왕께 바쳐라."

성진이 이 말을 듣고 간장이 떨어지는 듯하였다. 성진은 다시 머리를 두드리고 눈물을 흘리며 대사에게 사죄하였다.

"사부, 사부님은 들으십시오. 옛적 아난존자(阿難尊者, 석가모니의 제자. 석가불의 사촌동생으로서 석가불을 따라 25년을 수도하여 불법을 모두 전수받았다고 함)는 창가(娼家, 몸 파는 여자가 일하는 집)에 가 창녀와 잤지만 세존(世尊, 석가모니를 높여 부르는 말)께서 오히려 벌하지 아니하였으니, 소자가 비록 말과 행동을 조심하지 않은 죄가 있으나 아난존자에 비하면 오히려 가벼운데, 어찌 연화봉을 버리고 풍도로 가라 하십니까?"

대사가 말하였다.

"아난존자는 비록 창녀와 잠자리를 같이 하였으나 그 마음은 변치 아니하였다. 허나 너는 한 번 요염한 미인을 보고 본심을 잃었으니 어찌 아난존자와 비교할 수 있겠는가?"

성진이 눈물을 흘리고 마지못하여 부처와 대사께 작별 인사를 하고 선후배들과 이별한 뒤, 사자(使者)를 따라 수만 리를 걸어서 음혼관 망향대를 지나 풍도에 들어가니 문을 지키는 군졸이 물었다.

"이 죄인은 어떤 죄인이요?"

황건역사가 대답하였다.

"육관대사의 명으로 이 죄인을 잡아왔소."

귀졸(鬼卒, 염라국의 병사)이 대문을 열자, 황건역사가 성진을 데리고 삼라전(森羅殿, 염라대왕이 있는 궁전)에 들어가 염라대왕을 만나게 하였다.

염라대왕이 말하였다.

"그대 비록 몸은 연화봉에 매였으나, 이름은 지장왕(地藏王, 현세를 주관하는 보살) 향안(香案, 향을 피우는 향로나 향을 담는 향합 등을 얹어 놓는 상)에 있어 신통한 도술로 천하 중생을 건질까 하였는데, 이제 무슨 일로 이곳에 왔느냐?"

성진이 크게 부끄러워하며 아뢰었다.

"소승이 사리가 밝지 못하여 사부께 죄를 짓고 왔으니, 부디 처벌하십시오."

한참 후에 또 황건역사가 여덟 죄인을 거느리고 들어오자, 성진이 잠깐 눈을 들어보니 남악산 팔 선녀였다.

염라대왕이 또 팔 선녀에게 물었다.

"남악산 아름다운 경치가 어떠하기에 버리고 이런 데 왔느냐?"

팔 선녀가 부끄러움을 머금고 대답하였다.

"저희가 위부인 낭랑(娘娘, 왕비나 귀족의 부인을 높여 부르는 말)의 명을 받아 육관대사께 문안하고 돌아오는 길에 성진 화상(和尙, 불도를 많이 닦은 중)을 만나 이야기를 주고받았는데, 대사가 저희가 좋은 경계를 더럽혔다 하여 위부인께 넘겨 저희를 잡아 보냈습니다. 저희 괴로움과 즐거움이 다 대왕의 손에 달렸으니, 부디 좋은 곳을 점지해주십시오."

염라대왕이 즉시 지장왕에게 보고하고, 사자(使者) 아홉 사람을 불러 각각 비밀리에 지시하자 갑자기 궁전 앞에 큰 바람이 일어나더니 사람들을 모두 공중으로 불어 올려 사방팔방으로 흩어지게 하였다.

성진이 양소유로 태어나다

성진이 사자를 따라가는데 문득 큰 바람이 일어 공중에 떠 천지(天地)를 분간치 못하였다. 한 곳에 이르러 바람이 그치자 정신을 수습하여 눈을 떠 보니 비로소 땅에 서 있었다.

한 곳에 이르니 푸른 산이 사방으로 둘러 있고 푸른 물이 잔잔한 곳에 마을이 있었다. 사자가 성진을 인도하여 한 집에 이르더니, 성진을 문밖에 서 있게 하고 안으로 들어갔다.

성진이 한참 서 있자니 여인 서넛이 서로 하는 말이,

"양(楊)처사(處士, 벼슬을 하지 않았으나 문장과 도덕이 높은 선비) 부인이 오십이 넘은 후에 태기가 있으니 인간 세상에 드문 일이요, 임신한 지 오래인데 지금까지 해산하지 못하니 이상하다."
는 것이었다.

한참 후에 사자가 성진의 손을 잡고 말하였다.

"이 땅은 곧 당나라 회남도(淮南道, 중국 당나라 10도(道)의 하나. 지금의 호북 대강 북쪽, 한수 동쪽) 수주(秀州, 지금의 절강성과 강소성의 경계에 있는 곳) 고을이요, 이 집은 양처사의 집이다. 처사는 너의 아버지요, 부인 유씨는 네 어머니다. 네 전생의 연분으로 이 집 자식이 되었으니 너는 네 때를 잃지 말고 급히 들어가라.”

성진이 들어가며 보니 처사는 갈건(칡으로 만든 모자)을 쓰고 학창의(덕망 높은 선비의 웃옷)를 입고 화로에서 약을 다리고 있었다. 부인이 이제 막 신음하자, 사자가 성진을 재촉하여 뒤에서 밀쳤다. 성진이 땅에 엎어지니 정신이 아득하여 천지가 뒤집어지는 듯하였다. 그래서 급히 소리쳐 말하였다.

“나 살려! 나 살려!”

그러나 소리가 목구멍 속에 있어 능히 말을 이루지 못하고 어린아이의 울음소리만 나왔다. 부인이 이에 아기를 낳으니 남자아이였다.

성진은 아직도 연화봉에서 놀던 마음이 역력하였으나, 점점 자라면서 부모를 알아본 후로 전생 일을 까마득히 잊게 되었다.

양처사가 아들을 낳은 후에 매우 사랑하여 말하였다.

“아이의 골격이 맑고 빼어나니 천상의 신선이 귀양 왔다.”

하고, 이름을 소유라 하였다. 양생이 십여 세가 되어 얼굴이 옥 같고 눈이 샛별 같으며 풍채가 좋고 지혜로우니 실로 대인군자(大人君子, 너그럽고 생각이 깊으며 덕행이 있는 점잖은 사람)였다.

하루는 양처사가 부인에게 말하였다.

“나는 본디 세상 사람이 아니요, 봉래산 선관(仙官, 신선이 사는 선경(仙境)의 관리)으로서 부인과 전생 연분이 있어 내려와 있었소. 전부터 봉래산 신선들이 돌아오라 하였으나 그대가 외로울 것을 염려하여 가지 못하였는데, 이제 아들을 낳았으니 나는 봉래산으로 돌아갈까 하오. 부인은 말년에 부귀영화(富貴榮華)를 누리시오.”

그리고는 어느 날 여러 도사가 양처사의 집에 모였다가 다 함께 하얀 사슴과 푸른 학을 타고 깊은 산골짜기로 들어가버렸다. 이후로 양처사는 이

따금씩 공중으로부터 편지를 부쳐올 뿐 집에는 돌아오지 않았다.

양소유가 진채봉과 만나다

양처사가 승천(昇天)한 후에, 양생 모자는 서로 의지하며 세월을 보냈다.

이삼 년이 지난 뒤, 양생은 신동(神童)으로 널리 알려져 그 고을 태수가 조정에 추천하였으나 어머니 두고 떠나기가 어려워 응하지 않았다. 열네댓 살이 되자 양생의 얼굴은 반악(潘岳, 중국 진나라 사람으로 자태와 용모가 매우 아름다웠다고 함) 같이 아름답고, 기상은 시인 이백(李白, 중국 당나라의 시인. 흔히 이태백이라고 부름) 같이 맑았다. 또 글은 연허(燕許, 중국 당나라의 연국공 장설과 허국공 소정을 아울러 이름) 같으며, 시는 포사(鮑謝, 중국 진나라의 시인. 포조와 사영운), 글씨는 왕희지(王羲之, 중국 진나라의 명필) 같고, 지혜는 손빈(孫殯)·오기(吳起, 중국 춘추 전국 시대의 병법가들)도 미치지 못할 정도였다.

하루는 양생이 어머니에게 말하였다.

"듣자하니 장차 과거 시험이 있다고 합니다. 저는 잠시 어머니 슬하를 떠나 서울 황성에 가서 공부하고자 합니다."

유씨 부인이 아들의 뜻과 기상이 본디 평범하지 않음을 보고 비록 만 리 밖에 보내기 염려스러웠으나, '공명을 얻어 가문을 보전할까 한다' 하자, 즉시 봉황이 새겨진 금비녀를 팔아 길 떠날 채비를 차려주었다. 얼마 후 양생은 어머니에게 작별 인사를 하고 나귀 한 필과 서동(書童, 서당에서 글을 배우는 아이) 한 명을 데리고 길을 떠났다.

어느 날 한 곳에 도달하니 수양버들이 있는데 그 가운데에 작은 누각이 있었다. 그 누각의 단청은 밝게 빛나고 향기가 진동하니, 이 땅이 바로 화주 화음현이었다.

　양생이 춘흥을 이기지 못하여 버들을 비스듬히 잡고 「양류사(楊柳詞)」(버드나무를 찬양하는 노래)를 지어 읊으니 그 글은 이러하였다.

　　　버드나무 푸르러 베 짠 듯하니,
　　　긴 가지 그림 같은 누각에 드리웠구나.
　　　부지런히 심으시기를 바라오.
　　　이 버들이 가장 멋지다오.

　　　버드나무 어찌 이리 푸르고 푸를까.
　　　긴 가지 비단 기둥에 드리웠구나.
　　　부디 그대는 잡아 꺾지 마오.
　　　이 나무가 가장 다정하다오.

하고 읊으니 그 소리가 티 없이 맑아 옥을 깨치는 듯하였다.

　이때 그 누각 위에 옥 같은 아가씨가 있었는데, 이제 막 낮잠을 자다가 양생의 청아한 목소리를 듣고 잠에서 깨어,

　'이 소리는 필연 인간의 소리가 아니다. 반드시 이 소리를 찾으리라.'

생각하고, 베개를 밀치고 주렴을 반만 걷고 옥난간에 기대어 서서 사방을 두루 보다가 양생과 눈이 마주쳤다. 그 아가씨의 눈은 초생달 같고, 얼굴은 옥과 같으며, 머리카락이 헝클어져 귀밑에 드리워졌고, 옥비녀를 비스듬히 옷깃에 걸친 모양이 낮잠 잔 흔적이었다. 그 아리따운 모습을 어찌 다 헤아리겠는가?

　이때 서동이 주막에 가 묵을 곳을 잡고 와 양생에게,

　"저녁밥이 다 되었으니 드십시오."

라고 하자, 그 아가씨가 부끄러워 주렴(구슬을 꿰어 만든 발. 즉 가리개)을 걷고 안으로 들어가 버렸다. 양생이 홀로 누각 아래에서 속절없이 바라보니, 해는 지고 빈 누각에 향내만 남아 있었다. 지척(咫尺)이 천 리(썩 가까운 곳에 살면서 오래 만나지 못하여 멀리 떨어져 사는 것과 같다는 뜻) 되고 약수(弱水)가 멀어지니 양생이 할 수 없이 서동을 데리고 주막으로 돌아와 애만 태웠다.

이 아가씨의 성은 진씨요, 이름은 채봉이니, 진어사의 딸이었다. 일찍이 어머니를 여의고 동생이 없어, 아버지를 모시고 살았는데, 그 아버지가 서울에 가 벼슬하는 까닭에 채봉이 홀로 종만 데리고 머물렀다. 그런데 뜻밖에 양생을 만나 그 풍채와 재주를 보고 심신(心身)이 황홀하여 말하였다.

"여자가 장부를 섬기는 것은 중요한 일이요 또한 진정한 삶이로다. 옛날 탁문군(卓文君, 한나라 촉군의 부호 탁왕손의 딸. 과부가 되었을 때 사마상여가 거문고로 문군을 유혹하자 그의 아내가 되었음. 후에 사마상여가 무릉의 여자를 첩으로 삼으려 하자 질투하여 「백두음(白頭吟)」을 지었다고 함)이 사마상여를 찾아갔으니 처자의 몸으로 배필을 청하기는 가하지 않지만, 그분이 사는 곳과 성명을 묻지 않았다가 후에 아버지께 말씀드려 매파를 보내려고 해도 어디 가서 찾겠는가?"
하고, 즉시 편지를 써 유모를 주며 말하였다.

"주막에 가 나귀를 타고 이 누각 아래에 와 「양류사」를 읊던 상공을 찾아 이 편지를 전하고 내 몸이 의지하고자 하는 뜻을 전해주세요."

유모가 말하였다.

"나중에 상공의 어르신이 노하셔서 물으시면 어찌하시렵니까?"

채봉이 말하였다.

"그때는 나 혼자 당할 것이니 염려하지 말아요."

유모가 말하였다.

"그 상공이 이미 배필을 정하였으면 어찌하시렵니까?"

채봉이 한참을 생각하다가 말하였다.

"불행히도 배필을 정하였으면 상공의 소첩이 된다고 해도 부끄럽지 않을 거예요. 또 그 상공을 직접 보니 아직 소년인 듯하며 혼인하지 아니한 것 같으니 의심 말고 가세요."

유모가 주막으로 가니, 이때 양생이 주막 밖에서 이리저리 거닐며 글을 읊다가 늙은 할미가 「양류사」를 읊은 나그네를 찾는다는 말을 듣고 바삐 나와서 물었다.

"「양류사」는 내가 읊었는데, 무슨 일로 찾습니까?"

유모가 말하였다.

"여기서 할 말씀이 아니 오니 주막으로 들어가십시오."

양생이 유모를 이끌고 주막에 들어가니 유모가 물었다.

"「양류사」를 어디서 읊으셨습니까?"

양생이 대답하였다.

"나는 먼 지방 사람으로 지나다가 마침 한 누각을 보니 버드나무에 물든 봄빛이 볼 만하기에 흥에 겨워 시 한 수를 읊었는데 어찌 묻습니까?"

유모가 말하였다.

"낭군께서 그때 누구를 보셨습니까?"

양생이 말하였다.

"마침 하늘의 선녀가 누각에 있었는데 아리따운 모습과 기이한 향내가 지금도 눈앞에 생생하여 잊지 못하고 있었소."

유모가 말하였다.

"그 집은 진어사 댁이요, 처자는 우리 아가씨인데, 아가씨가 마음이 총명하고 눈이 밝아 사람을 잘 알아보는데 잠깐 상공을 보시고 몸을 의지하고자 하나, 어사께서 지금 경성에 계시니 이후로 매파를 통하려고 해도 상공이 한 번 떠난 후에는 종적을 찾을 길이 없을 것 같아, 이 늙은이가 사시는 곳과 성명과 혼인 여부를 알아보려고 왔습니다."

이 말을 듣고 양생이 크게 기뻐하여 말하였다.

"내 성은 양씨이고 이름은 소유입니다. 집은 초나라 수주 고을이지요. 아직 나이가 어려 배필은 정하지 못하였고, 늙으신 어머니가 계시니 혼례를 지내려면 서로 부모께 아뢰어야 하겠지만, 배필 정하기는 한 마디로 결단을 내리겠소."

유모 또한 기뻐하며 봉한 편지를 건네주었다. 양생이 그 편지를 열어보니, 「양류사」에 화답하는 시 한 수가 적혀 있었다.

누각 앞에 버드나무를 심은 것은 낭군의 말을 매게 하기 위해서입니다.
어찌 이 버들을 꺾어 채를 만들어 장대 길로 가려고 하시는지요?

양생이 다 읽고 나서 탄복하여 말하였다.

"옛날 왕유와 이백이라도 미치지 못할 것입니다."

즉시 편지지를 펼쳐 다시 시 한 수를 지어 써서 유모에게 건네주었다.

버드나무 천만 실이 가지마다 마음을 맺었으니,
달 아래에서 만나 즐거운 봄 소식을 맺을까 하오.

유모가 받아 품속에 넣고 주막 문밖에 나가자, 양생이 다시 불러 말하였다.

"아가씨는 진나라 땅 사람이요, 나는 초나라 땅 사람이라, 서로 거리가 멀리 떨어져 있으니 소식을 통하기가 어렵겠구려. 그러니 오늘날 이룬 징표가 없으며, 내 마음이 믿고 의지할 곳이 없을 듯합니다. 오늘밤 달빛을 타고 서로 만나 굳게 약속하여 정함이 어떠한가 아가씨께 여쭈시오."

그러자 유모가 채봉에게 갔다가 즉시 돌아와 양생에게 채봉의 대답을 양생에게 전하여 말하였다.

"혼인 전에 서로 보기가 지극히 편치 못하지만, 내 그대에게 의지코자 하는데 어찌 말씀을 어기겠습니까? 밤에 서로 만나보면 남의 말도 있을 것이요, 아버지가 아시면 반드시 죄를 주실 것이니, 밝은 날 길에서 만나 약속을 정하는 것이 좋을 듯합니다."

양생이 이 말을 듣고 탄식하며 말하였다.

"아가씨의 밝은 소견과 정겨운 뜻을 누구도 따르지 못하겠구려."
하고, 유모에게 감사를 표하고 보냈다.

양소유가 난리를 만나 진채봉과 헤어지다

양생이 주막에서 자는데 마음에 잊혀지지 않아 잠을 이루지 못하고 새벽 닭 우는 소리를 기다렸다. 한참 후에 날이 밝으려 하자 양생이 서동을 불러 말에게 먹이를 먹이게 하는데, 갑자기 큰 규모의 군대가 들어오는 소리가 나며 천지가 진동하였다. 양생이 깜짝 놀라 옷을 서둘러 걸치고 문밖에 나와 보니, 사람들이 짐을 싸들고 바삐 달아나고 있었다. 양생이 어리둥절하여 그 까닭을 묻자,

"신책장군 구사량(仇士良, 중국 당나라 문종과 무종 때의 장군으로, 권세를 멋대로

휘둘러 포악한 일을 많이 했다고 함)이란 사람이 나라를 배반하여 자칭 황제라 하고 군병을 일으켰다오. 천자(天子, 하늘의 명을 받고 천하를 다스리는 사람. 특히 중국의 황제를 일컫는 말)마저 양주로 떠나고 나니, 세상이 온통 어지럽고 반란군 병사들이 사방에서 민가를 약탈하고 있소. 천자께서 진노하시어 양민·천민 할 것 없이 군대에 편입시켜 신책의 대병을 단번에 쳐부수니 도적이 크게 패하여 이곳으로 온다오."

하였다. 양생이 더욱 몹시 놀라 서동을 재촉하여 피난하여 도망할 때, 어디로 가야 할지 몰라 헤매다가 남전산으로 들어가 피하기로 하였다.

양생이 서동을 데리고 서둘러 산에 들어갔다. 좌우를 살피며 산수를 구경하다가, 문득 절벽 위에 자그마한 초가집이 보이는데, 구름에 가려져 있고 학의 울음소리가 들려왔다.

"분명 인가(人家)가 있다."

하고, 바위 사이 돌길로 찾아 올라가니, 한 도사가 자리 위에 비스듬히 앉았다가 양생을 보고 반겼다.

"그대는 피난하는 사람으로, 회남 양처사의 아들이 아니냐?"

양생이 나아가 공손히 두 번 절하며 눈물을 머금고 대답하였다.

"소생은 양처사의 아들입니다. 아버지와 이별하고 어미를 의지하며 살았습니다. 저의 재주 변변치 못하지만 과거를 보려고 화음 땅에 이르렀는데, 난리를 만나 살기 위해 피신을 왔다가 이곳에서 선생을 만나 아버지의 소식을 듣게 되니, 이는 하늘이 명하신 일이 분명합니다. 이제 어르신을 만났으니, 엎드려 빌건대 아버지는 어디 계시며 건강은 어떠하십니까? 부디 말씀해주십시오."

도사가 웃으며 말하였다.

"네 아버지가 아까 자각봉에서 나와 바둑을 두었는데 어디로 갔는지 잘 모르겠구나. 얼굴이 아이 같고 머리카락이 세지 아니하였으니 그대는 염려치 말라."

양생이 또 울며 청하여 말하였다.

"부디 어르신의 도움으로 아버지를 뵙게 해주십시오."

도사가 웃으며 말하였다.

"부자간 지극한 정이 중요하나 신선과 보통 사람이 다르니 만나보기 어렵겠구나. 또 삼산(三山)이 막연하고 십주(十洲)가 아득하니 네 아버지의 거취를 어디 가서 찾겠는가? 너는 부질없이 슬퍼 말고 여기서 머물며 난리가 평정된 후에 내려가거라."

양생이 눈물을 씻고 앉았는데 도사가 갑자기 벽 위의 거문고를 가리켜 말하였다.

"너는 저것을 할 줄 아느냐?"

양생이 대답하였다.

"소자가 거문고 연주를 좋아하기는 하나, 선생을 만나지 못하여 배우지는 못하였습니다."

도사가 동자를 시켜 거문고를 가지고 와 세상에 전해지지 않은 네 곡조를 가르치니, 그 소리는 청아하고 맑고 또렷하여 인간 세상에서 듣지 못하던 소리였다. 도사가 양생에게 타라고 하자, 양생이 도사의 곡조를 본받아 그대로 잘 탔다. 도사가 양생을 기특히 여겨 옥퉁소 한 곡조를 불며 가르치니, 양생이 또 능히 잘 따라하였다.

도사가 크게 기뻐하여 말하였다.

"이제 한 거문고와 한 퉁소를 네게 주니 잃어버리지 말아라. 이후에 쓸

때가 있을 것이다."

양생이 감사하여 절을 하고 말하였다.

"소생이 어르신을 만나게 된 것도 아버지의 인도하심이요, 또 어르신은 아버지의 친구이시니 어찌 아버지와 다르겠습니까? 간절히 바라오니 어르신을 모셔 제자가 되고 싶습니다."

도사가 웃으며 말하였다.

"인간의 공명이 너를 따르니 너는 피하지 못할 것이다. 어찌 나와 같은 늙은 사내를 쫓아 속절없이 늙겠느냐? 말년에 네 돌아갈 곳이 있으니 너는 우리와 상대할 사람은 아니다."

양생이 다시 절하고 말하였다.

"소자가 화음 땅의 진씨 여자와 혼사를 의논하였는데, 난리를 만나 바삐 도망하였으니 이 혼사가 이루어지겠습니까?"

도사가 웃으며 말하였다.

"네 혼처는 많지만 진씨와의 혼사는 어두운 밤 같으니 생각지 말아라."

양생이 도사를 모시고 자는데, 문득 아침이 밝았다.

도사가 양생을 불러 말하였다.

"이제 난이 평정되었고 과거는 다음 봄에 있다고 한다. 대부인이 너를 보내고 밤낮으로 염려하시니 어서 가거라."

하고, 떠날 채비를 해주었다. 양생이 도사에게 두 번 절하고 거문고와 퉁소를 가지고 동구 밖으로 나와 돌아보니, 그 집이며 도사는 온데간데 없었다.

처음에 양생이 들어갈 때는 춘삼월이어서 화초가 만발하였는데 나올 때에는 국화가 만발하였기에 이상하게 여겨 행인에게 물으니 음력 팔월이었다.

'어찌 도사와 하룻밤 잔 것이 이토록 오래인가? 헛된 것이 세상이로다.'

양생이 속으로 이렇게 생각하고 나귀를 재촉하여 몰아 진어사 집을 찾아오니 버드나무는 온데간데 없고 집은 다 쑥밭이 되어 있었다. 양생이 속절없이 빈 터에 서서 진소저의 「양류사」를 읊으며 소식을 묻고자 하였지만, 인적이 없어 어쩔 수 없이 주막으로 가서 물었다.

"저 진어사의 가족이 어디로 갔소?"

주인이 탄식하여 말하였다.

"상공의 소식을 듣지 못하셨군요? 진어사는 역적으로 몰려 죽고 그 소저는 서울로 잡혀갔는데, 혹 죽었다 하고, 혹 궁중 노비가 되었다 하니 자세히 알지 못하겠습니다."

양생이 이 말을 듣고 슬픔을 이기지 못하여 말하였다.

"남전산 도사가 진씨 혼사는 어두운 밤 같다더니, 진소저는 분명히 죽었구나."

하고, 즉시 떠날 채비를 하여 수주로 향하였다.

이때 유씨 부인이 양생을 보낸 후에 경성이 어지러움을 듣고 밤낮으로 염려하다가 양생이 돌아온 것을 보고 내달아 양생을 붙들고 울며 죽었던 사람을 다시 본 듯하였다.

"지난해 서울에 가 난리 중에 위태로운 지경을 면하고 살아와 모자가 다시 만난 것은 하늘의 뜻이요, 또 네 나이가 어리니 공을 세워 이름을 날리는 것은 그리 급하지 아니하나 내가 너를 말리지 않는 것은 이 땅이 좁고 또 살기 어렵기 때문이다. 네 나이 십육 세니 배필을 구할 것이지만 가문과 재주와 얼굴이 너와 같은 사람이 없구나. 경성 춘명문 밖에 자청관의 두연사라 하는 사람은 나의 외사촌 형제다. 지혜가 넉넉하고 기개와 도량이 평범치 않아 모든 명문귀족을 다 알고 있다. 내가 편지를 부치면 반드시 너를 위하여 어진 배필을 구해줄 것이다."

하고 유씨 부인이 편지를 건네자, 양생이 떠날 채비를 차려 작별 인사를 하고 떠났다.

양소유가 과거 보러 가다가 계섬월과 만나다

양생이 길을 떠난 지 여러 날 만에 낙양 땅에 이르렀다. 낙양은 천자가 머무는 서울이다. 번화한 거리를 구경하려고 천진교에 이르니 낙숫물은 동정호를 지나 천 리 밖으로 흐르고, 다리는 황룡이 굽이를 편 듯한데 다리 옆에 한 누각이 있으니 단청은 찬란하고 난간이 층층이 높았다. 금안장을 한 좋은 말들이 양쪽에 매여 있고 누각의 비단 장막은 은은한 가운데 온갖 풍류 소리가 들리자 양생이 누각 아래에 이르러,

"이는 어떠한 잔치인가?"

하고 묻자, 모두들 대답하였다.

"선비들이 모여 일대 이름난 기생을 데리고 잔치합니다."

양생이 이 말을 듣고 취흥을 이기지 못하여 말에서 내려 누각 위에 올라갔다. 선비들이 미인 수십 사람을 데리고 서로 좋은 자리 위에 앉아 떠들썩하게 이야기들을 나누고 있었는데, 양생의 행동과 풍채가 깨끗함을 보고 다 일어나 허리를 굽혀 예를 갖추고 자리를 내주었다. 성명을 소개한 후 노생이라 하는 선비가 양생에게 물었다.

"내 양형의 행색을 보니 분명 과거를 보러 가시는군요?"

양생이 말하였다.

"재주는 없지만 굿이나 보러갑니다. 그런데 오늘 잔치는 한갓 술만 먹고 노는 것이 아니라 문장을 다투는 뜻이 있는 듯합니다. 저와 같은 사람은 먼 지방 미천한 사람으로 나이가 어리고 생각이 매우 얕으며 비루(鄙陋, 행동이나 성질 따위가. 품위가 없고 천함)하니, 용렬(庸劣, 평범하고 재주가 남보다 못함)한 재주로 여러 공의 잔치에 참여하는 것은 극히 폐를 끼치는 일이 될 것 같아 염려스럽습니다."

선비들이 모두 양생이 나이 젊고 겸손한 것을 보고 오히려 쉽게 여겨,

"과연 그러하지만 양형은 후에 왔으니 글을 짓거나 말거나 하고 술이나 먹고 가시오."

하고, 이어서 잔 돌리기를 재촉하며 온갖 풍악을 한꺼번에 울리게 하였다.

양생이 눈을 들어보니 모든 기생이 각각 풍악을 가지고 즐기는데, 한 미인만이 홀로 풍류도 말도 하지 않고 앉아 있었다. 그 아름다운 얼굴과 얌전한 태도는 정말로 미인다웠다. 한 번 보자 정신이 황홀하여 몸둘 바를 모르고 있는데, 그 미인 또한 자주 눈짓을 하여 정을 보내는 듯하였다.

양생이 또 바라보니 그 미인의 앞에 놓인 흰 옥으로 된 책상에 글 지은 종이가 여러 장 있었다. 양생이 곧 여러 선비를 향하여 절하며 말하였다.

"저 글이 다 모든 형들의 글입니까? 주옥 같은 글을 구경해도 되겠습니까?"

여러 선비가 미처 대답하지 못할 때, 그 미인이 급히 일어나 그 글을 받들어 양생 앞에 놓았다. 양생이 차례로 보니 그 글에는 뛰어난 글귀가 없고 모두 평범하였다.

'낙양에는 인재가 많다 하더니 이것으로 보면 헛된 말이로구나.'

양생이 속으로 생각하며 그 글을 도로 미인에게 주고 여러 선비에게 절

하며 말하였다.

"가난한 벽지의 미천한 선비가 귀하신 분들의 문장을 구경하니 어찌 즐겁지 아니하겠습니까?"

이때 여러 선비가 술이 다 취하여서 웃으며 말하였다.

"양형은 다만 글만 좋은 줄 알고 더욱 좋은 일이 있는 줄을 알지 못하는구려."

양생이 말하였다.

"제가 모든 형의 사랑함을 입어 함께 취하였는데 더욱 좋은 일을 어찌 말하지 아니하십니까?"

왕생이라 하는 선비가 웃으며 말하였다.

"낙양은 예부터 인재의 고장이오, 과거에서 낙양 사람이 장원이 아니면 둘째, 셋째를 하여 왔소이다. 그래서 우리도 모두 잠시 글로 헛된 명성을 들어왔으나 우리 스스로 서로의 우열을 정하지 못하였소. 저 미인의 성은 계(桂)요, 이름은 섬월(蟾月)이라 하는데, 한갓 얼굴이 아름답고 노래와 춤이 뛰어날 뿐 아니라 글을 알아보는 슬기 또한 신통하여 한 번 보면 과거의 합격과 낙제를 정하기에, 우리도 글을 지어 섬월과 오늘밤 연분을 정하고자 하니 어찌 더욱 좋은 일이 아니겠소. 양형 또한 남자라 좋은 흥이 있거든 우리와 함께 글을 지어 우열을 다툼이 어떠하오?"

양생이 물었다.

"여러 형들의 글은 지은 지 오래니 계섬월이 누구의 글을 취하여 읊었습니까?"

그러자 왕생이 대답하였다.

"아직 불만족해 하고 붉은 입술과 흰 이를 열어 양춘곡조(陽春曲調, 따뜻한 봄날의 노랫가락)를 들려주지 않으니 분명히 부끄러운 마음이 있어 그러한가 하오."

양생이 말하였다.

"저는 글도 잘 못 합니다. 더욱이 다른 곳에서 온 사람이라 여러 형과 재주를 다투는 것이 미안합니다."

왕생이 크게 말하였다.

"양형의 얼굴이 계집 같더니, 어찌 이리 장부의 기품이 없는가? 다만 양형이 글 지을 재주가 없다면 할 수 없겠지만 재주가 있다면 어찌 사양하려 하시오."

양생이 처음에는 사양하는 체하였으나 섬월을 본 후 시를 지어 뜻을 시험코자 하였다. 그러나 여러 선비가 시기할까 주저하였는데 이 말을 듣고 즉시 종이와 붓을 들어 거침없는 필체로 순식간에 세 장의 시를 쓰니, 바람 돛대가 바다에서 달리는 것 같고 목마른 말이 물에 닿은 것 같았다. 여러 선비들이 시 글귀가 민첩하고 필법(筆法)이 매우 힘찬 것을 보고 모두들 놀라고 의아해하였다.

양생이 여러 선비를 향해 절하고,

"이 글을 먼저 여러 선비께 드려야 마땅하나, 오늘 좌중의 시험관은 계랑입니다. 글 바칠 시각이 되지 않았습니까?"

하며, 즉시 시 쓴 종이를 섬월에게 주었다.

초나라 손이 서쪽에서 놀다가 길이 진나라에 드니,
술집에 와 낙양춘 술에 취하였도다.
달 가운데 붉은 계수나무를 누가 먼저 꺾을까?

오늘날 문장이 스스로 사람에서 비롯되었구나.

이 시를 섬월이 샛별 같은 눈을 뜨며 옥 같은 소리로 높이 읊으니, 그 소리는 외로운 학이 구름 속에 우는 듯, 짝 잃은 봉황이 달밤에 우지지는 듯하여 진나라의 쟁과 조나라의 거문고라도 미치지 못할 정도였다.

여러 선비가 처음에 양생을 쉽게 여겨 글을 지으라 했다가 양생의 글이 섬월의 눈에 든 것을 보고 낙담하여 섬월을 돌아보며 아무 말도 못하였다. 양생이 그 기색을 보고 갑자기 일어나 여러 선비에게 작별 인사를 하고 말하였다.

"비록 술에 취하기는 하였으나 여러 형이 가엾게 여겨 돌보아주심에 감사합니다. 제가 갈 길이 멀어 종일 이야기를 나누지는 못하겠습니다. 훗날 곡강(曲江, 중국 장안현 동남쪽에 있었는데 당나라 때 과거에 합격한 사람들이 이곳에 있는 정자에서 잔치하였다고 함) 잔치에서 다시 뵙겠습니다."

하고 조용히 내려가니 여러 선비가 말리지 아니하였다.

양생이 막 나귀를 타려는데 섬월이 따라나왔다.

섬월이 양생에게,

"이 길로 가시다가 길가 분칠한 담장 밖에 앵두화가 활짝 핀 곳이 바로 제 집입니다. 상공께서 먼저 가시어 기다리십시오. 제가 곧 따라가겠습니다."

하니, 양생이 머리를 끄덕이고 갔다.

섬월이 누각에 올라가 여러 선비에게 말하였다.

"모든 상공이 저를 더럽게 아니 여기시어 한 곡조 노래로 연분을 정하셨으니 어찌하면 좋겠습니까?"

여러 선비가 말하였다.

"양생은 손님이라서 우리와 약속한 사람이 아니니 어찌 거리낄 게 있겠는가?"

이 말을 듣고 섬월이 일어서며,

"사람이 신의가 없으면 어찌 옳다 하겠습니까? 저희가 병이 있어 먼저 가오니, 부디 상공들은 종일토록 즐기십시오."

하고는 누각에서 천천히 내려갔다. 여러 선비가 이에 앙심을 품었지만, 이미 섬월에겐 언약이 있었고, 또 그 기색을 보고는 감히 아무 말도 하지 못하였다.

이때 양생이 주막에 머물다가 날이 저물어 섬월의 집을 찾아가니 섬월이 이미 먼저 와 있었다. 대청마루를 쓸고 촛불을 켜고 기다리는데, 양생이 앵두화나무에 나귀를 매고 문을 두드리며 불러 말하였다.

"계랑은 있느냐?"

섬월이 문 두드리는 소리를 듣고 신을 벗고 내달아 손을 이끌어 말하였다.

"상공께서 먼저 가셨는데 어찌 이제야 오십니까?"

양생이 웃으며 말하였다.

"주인이 손을 기다려야 옳으냐, 손님이 주인을 기다려야 옳으냐?"

서로 이끌고 대청마루로 올라갔다. 섬월이 옥잔에 술을 부어 「금루의(金縷衣)」(악곡 이름. 중국 당나라 시인 두목의 「두추랑」이란 시에 들어 있다고 함)라는 노래를 부르며 술을 권하니 그 아리따운 태도와 부드러운 목소리가 사람의 간장을 끊어내었다.

이윽고 그들이 정을 이기지 못하고 서로 이끌어 원앙금침(鴛鴦衾枕, 원앙을 수놓은 이불과 베갯모. 부부가 함께 쓰는 이불과 베개)을 함께하니, 신녀를 만나 고운 인연을 맺은 초회왕의 '무산의 꿈(巫山之夢)'(송옥의 「고당부(高唐賦)」에 의하면, 옛날에 초나라 회왕이 낮잠을 자다가, 무산의 여자가 나타나 같이 자고 다음을 기약하는 꿈을 꾸었다. 그 후 왕이 여기에 '조대'라는 사당을 세웠다고 함)과, 죽어 낙수의 신녀가 된 연인을 만난 위나라 조식의 '낙수의 만남(洛水之逢)'(「낙신부(洛神賦)」에 의하면, 중국의 위나라 조식이 사랑하여 간절히 그리워하던 견 왕후가 죽어 낙수의 신이 되었는데, 조식이 낙수가에서 견 왕후를 생각하다가 그의 영혼을 만났다고 함)이라도 이보다 더하지는 못할 것이었다.

이럭저럭 밤이 깊었다. 섬월이 눈물을 머금고 탄식하여 말하였다.

"제 몸을 이미 상공께 의탁하였으니 제 사정을 잠깐 생각해주십시오. 저는 소주 땅 사람입니다. 제 아버지가 이 고을 태수가 되었는데 불행히도 세상을 버리신 후에 집안 형편이 어려워진데다 고향이 멀어서 집으로 모셔다 장사 지낼 길이 없어, 제 계모가 저를 백금에 있는 창가(娼家)에 팔아 장례를 치렀습니다. 제가 차마 이를 거스르지 못한 채 슬픔을 머금고 몸을 굽혀 이제까지 버텨왔는데, 하늘의 은혜를 입어 낭군을 만나니 해와 달이 다시 밝은 듯합니다. 낭군께서 저를 더럽다 하지 않으신다면 저는 낭군을 위하여 물 긷고 밥 짓는 종이 되어도 따를 것이니 낭군의 뜻은 어떠하십니까?"

양생이 이 말을 듣고,

"내 뜻이 어이 계랑과 다르겠소. 그러나 나는 가난하고 늙은 어머니가 계시니 내가 계랑과 함께하는 것은 어머니 뜻에 어긋날 듯하오. 또 내가 처첩을 갖추는 것은 계랑이 즐겨하지 않을 것이오. 비록 계랑이 거리끼지 않는다 하고, 천하에 두루 구한다 해도 계랑과 같이 여군자 될 만한 숙녀를 얻기는 어려울 것 같소."

하니, 섬월이 다시 말하였다.

김만중

"낭군께서는 어찌 그런 말씀을 하십니까? 지금 천하의 재주를 헤아려보면 낭군께 미칠 사람이 없습니다. 이번 과거 장원은 반드시 하실 것이며, 승상의 인수(印綬, 옛날 관인(官印) 꼭지에 단 끈. 인끈)와 장군의 절월(節鉞, 부절과 부월. 부절은 돌이나 대나무로 만든 증표로, 둘로 갈라 하나는 조정에 보관하고 하나는 사신이 가짐. 부월은 전쟁에 나가는 대장이나 지방에 나가는 장군에게 임금이 손수 주던 물건) 또한 오래지 아니하여서 낭군께 돌아올 것이니 천하 미색이 누가 아니 쫓겠습니까? 어찌 저만 한 사람으로 아내 삼기를 원하십니까? 낭군은 어진 아내를 구하여 대부인을 모신 후에 저를 버리시지나 마십시오. 저는 오늘부터 몸을 깨끗이 하고 명을 기다리겠습니다."

양생이 말하였다.

"내가 일찍이 화음 땅을 지나다가 마침 진소저를 만났는데 그 얼굴과 재주가 계랑과 비슷하였소. 그러나 불행하게도 이미 죽었으니, 어디 가서 다시 어진 아내를 얻겠는가?"

섬월이 말하였다.

"그 처자는 진어사의 딸 채봉입니다. 진어사가 낙양 태수로 오셨던 때에 제가 그 낭자와 친하게 지냈습니다. 그 낭자 같은 얼굴과 재주는 다시 얻기 어렵고, 이제는 속절없으니 생각지 마시고 다른 데에 구혼하십시오."

양생이 말하였다.

"예로부터 천하절색이 없다 하니 진낭자와 계낭자가 있는데 또 어디 가서 다시 구하겠는가?"

섬월이 웃으며 말하였다.

"낭군의 말씀이 진실로 우물 안 개구리 같습니다. 우리 창가로 말하면 절색이 셋이 있으니 강남의 만옥연이요, 하북의 적경홍이요, 낙양의 계섬월입니다. 제가 모처럼 허황된 이름을 얻었지만 만옥연과 적경홍은 진실로 절색입니다. 어찌 천하에 절색이 없다 하겠습니까?"

양생이 말하였다.

"저 두 낭자는 외람되게 계랑과 이름을 가지런히 하였구려."

섬월이 말하였다.

"옥연은 먼 지방 사람이라 보지는 못하였지만, 경홍은 저와 아주 형제 같으니 경홍에 대해 대충 말씀드리겠습니다. 경홍은 곧 파주 땅 양민의 딸입니다. 일찍 부모를 잃고 그 고모께 의탁하였는데 십 세부터 강 위쪽에 아주 빼어난 미인으로 이름이 자자하였지요. 그녀를 천만금을 주고 처첩으로 삼으려는 근방 사람이 많아 매파가 구름같이 모였지만, 경홍이 모두 물리치니 매파가 고모에게 물었답니다. '동서로 모두 물리치니 어떤 훌륭한 신랑을 구하여야 고모의 뜻에 합당하겠습니까? 대승상의 총애하는 첩이 되고자 하시는가, 아니면 절도사의 첩이 되고자 하시는가, 이름난 선비에게 허락코자 하시는가, 뛰어난 재주를 가진 선비에게 보내고자 하시는가?' 경홍이 크게 화를 내며 대답하였지요. '진나라 때 동산에서 기생들을 모아들이던 사안석(謝安石, 본명은 안(安). 안석은 자(字). 중국의 동진 중기의 명신(名臣). 벼슬하지 않고 동산(東山)에 들어가 은거하고 있다가 사십 세에 이르러서야 관계에 나아감)이 있으면 대승상의 첩이 될 것이요, 삼국 때 사람들에게 곡조 가르치던 주공근(周公瑾, 이름은 유(瑜). 공근은 자(字). 삼국 시대 오나라 장수. 오나라에서는 주랑(周郎)이라고 불렀다 함. 젊어서 음악에 힘써 잘못된 곡을 들으면 반드시 알아채서 잘못 연주하는 사람을 돌아보았다고 함)이 있으면 절도사의 첩이 될 것이요, 당현종 때에 「청평사(淸平詞)」를 드리던 한림학사가 있으면 기꺼이 이름난 선비를 따를 것이요, 한무제 때 봉황곡(鳳凰曲)을 아뢰던 사마상여와 같이 뛰어난 재주를

44
• • •
김만중

가진 선비가 있으면 그를 따를 것이라'고 하니, 모든 매파가 크게 웃으며 물러났답니다.

경홍이 저와 함께 상국사에 놀러가 제게 말하더군요. '우리 두 사람이 진실로 뜻하던 군자를 만나거든 서로 추천하여 함께 한 사람을 섬겨 백년해로하자'고 말입니다. 제가 이를 기꺼이 허락하였는데, 제가 낭군을 만나고 보니 경홍이 생각납니다. 그러나 경홍이 산동 제후의 궁중에 있으니 이는 분명히 호사다마(好事多魔, 좋은 일에는 흔히 탈이 끼어들기 쉬움, 또는 그런 일이 많이 생김)입니다. 제후의 희첩이 부귀가 극진하다지만 이것은 경홍의 소원이 아닙니다."

그리고 섬월이 탄식하여 말하였다.

"어찌 한 번 경홍을 보고 이 정회를 풀겠습니까?"

양생이 말하였다.

"창가에 비록 재색(才色, 여자의 재주와 용모)이 많으나 사대부 집의 규수는 보지 못하였으니 어찌 알겠는가?"

섬월이 말하였다.

"제 눈으로 본 바로는 진채봉이라는 소저만 한 사람이 없을 뿐 아니라 장안 사람이 다 정사도의 딸이 요조한 얼굴과 유한한 덕행이 세상에 으뜸이라 합니다. 제가 비록 보지는 못하였으나, '이름이 높으면 실속 없는 빈 명예가 없다'하니, 낭군은 서울에 가서서 두루 방문하십시오."

이때 닭이 울어 날이 샜다.

섬월이 말하였다.

"이곳은 오래 머물 곳이 아니니 상공은 가십시오, 이후에 모실 날이 있을 것이니 아녀자를 위하여 떠나는 것을 슬퍼 마십시오. 하물며 어제 여러 공자들의 앙심 품은 마음이 없겠습니까?"

양생이 오히려 눈물을 뿌리고 떠났다.

과거급제한 양생이 정경패를 보고 싶어 하다

양생이 여러 날 만에 서울 장안에 들어가 쉴 곳을 정한 후에 주인에게 물었다.

"자청관이 어디에 있는가?"

주인이 대답하여 말하였다.

"저 춘명문 밖에 있습니다."

양생이 즉시 예단(禮緞, 예의를 표하기 위해 보내는 비단)을 갖추고 어머니의 사촌인 두연사를 찾아갔다. 연사는 나이 육십이 넘었는데 계율을 잘 닦아 자청관의 으뜸 여도사가 되어 있었다. 양생이 연사에게 두 번 절하고 어머니의 편지를 드리자 연사가 그 편지를 보고 눈물을 흘리며 말하였다.

"내가 그대의 어머니와 이별한 지 이십여 년이 되었구나. 그런데 그 후에 태어난 사람이 이렇게 컸으니 인간 세월이 실로 흐르는 물 같구나. 나는 이제 늙어서 번잡하고 시끄러운 곳이 싫어 세상 밖에 와 있다. 네 어머니 편지를 보니 네 배필을 구하라 하였지만 네 풍채를 보니 진실로 신선이구나. 아무리 구하여도 너 같은 사람은 얻기 어렵겠구나. 다시 생각해볼 것이니 훗날 다시 오너라."

양생이 말하였다.

"소자의 어머니께서 연세가 많으십니다. 소자의 나이가 십육 세나 배필을 정하지 못하여 봉양치 못하고 있으니, 숙모님께서는 십분 염려해주십시오.”

이렇게 부탁을 한 후 작별 인사를 하고 떠났다.

이때 과거 날이 가까웠지만 혼처를 정하지 못하였기에 과거의 뜻이 없어 다시 자청관에 가니 연사가 양생을 보고 웃으며 말하였다.

“혼처가 하나 있는데 처자의 얼굴과 재주는 양랑과 배필이다. 양랑이 이번에 장원급제 하면 그 혼사를 바랄 것이나 그 전에는 의논하지 못할 것이니, 양랑은 나만 보채지 말고 착실히 공부하여 장원급제를 하라.”

“누구의 집입니까?”

연사가 말하였다.

“춘명문 밖의 정사도 집이다. 사도가 딸 하나를 두었는데 신선이요, 이 세상 사람이 아니다.”

양생이 이 말을 듣고,

‘섬월이 그런 말을 하더니 과연 그러한가?’

하는 생각에 물었다.

“정사도의 딸을 숙모님이 직접 보셨습니까?”

연사가 말하였다.

“어찌 보지 못하였겠는가? 정소저는 진실로 하늘나라 사람이요, 범인이 아니다. 어찌 다 입으로 말할 수 있겠느냐?”

양생이 말하였다.

“어리석지만 이번 과거는 내 손 안에 있어 염려치 아니하지만, 평생에 정한 뜻이 있으니 그 처자를 보지 못하면 결단코 구혼치 않고자 하니, 불쌍히 여겨 그 소저를 보게 해주십시오.”

연사가 크게 웃으며 말하였다.

"재상집 처녀를 어찌 쉽게 볼 수 있겠느냐? 양랑이 이 노인을 믿지 아니하는구나."

양생이 말하였다.

"소자가 어찌 사부의 말씀을 의심하겠습니까만, 사람의 소견이 각각 다르니, 사부의 소견이 소자와 다를까 염려하는 것입니다."

연사가 웃으며 말하였다.

"봉황과 기린은 아무리 무식한 계집이라도 좋은 징조를 알아보고, 푸른 하늘과 밝은 태양은 아무리 지극히 천한 시골 사람이라도 높고 밝은 줄을 아는데, 노인의 눈이 아무리 밝지 못하다고 한들 양랑만큼 사람을 알지 못하겠는가?"

양생이 한참을 생각하다가 말하였다.

"아무래도 제 눈으로 보지 않고서는 의심이 풀리지 않을 듯하오니, 사부는 어머니께서 편지하신 뜻을 생각하셔서 한 번 보게 해주십시오."

연사가 말하였다.

"죽기는 쉬워도 정소저 보기는 어려울 것이다. 어이하면 좋은가?"

하더니 갑자기 생각이 나서

"네가 혹시 음률을 아느냐?"

하니, 양생이 대답하였다.

"지난해 도사 한 분을 만나 한 곡조를 배워 압니다."

"재상가의 뜰이 엄숙하니 날지 못하면 들어갈 길이 없다. 또 소저가 경서와 예문(禮文)에 능통하여 한 번 움직이고 그치는 것도 구차히 하지 않으니 여도관이나 여승이 있는 절에도 분향하지 않고, 정월 대보름날에도 연등 구경을 하지 않으며, 삼월 삼일에도 곡강에 가서 놀지 않으니 바깥 사람이 어찌 엿볼 길이 있겠는가. 다만 한 가지 방법이 있기는 하나 양랑이 듣지 아니할까 염려되는구나."

양생이 연사의 말을 듣고 일어나 두 번 절하여 말하였다.

"정소저를 볼 수만 있다면 하늘이라도 오를 것이요, 깊은 못이라도 들어가리니 무슨 일인들 듣지 아니하겠습니까?"

연사가 말하였다.

"정사도가 요사이 늙고 병들어 벼슬을 사양하고 동산 숲과 악기에 재미를 붙였고, 사도 부인 최씨는 거문고를 좋아하여 거문고를 잘 타는 객을 만나면 소저와 함께 곡조를 의논하는데, 소저가 지음(知音, 음악의 곡조를 잘 앎. 마음이 서로 통하는 친한 벗. 중국 춘추 전국 시대에 거문고의 명수인 백아의 거문고 소리를 잘 알아들은 사람은 오직 그 친구 종자기뿐이었다는 고사에서 유래함)을 잘해서 한번 들으면 맑고 탁함, 높고 낮음을 모를 것이 없으니 비록 사광(師曠, 중국 진나라의 음악가)이라도 더하지 못할 것이다. 양랑이 만일 거문고를 알면 분명히 보기 쉬울 것이다. 이월 그믐날은 정사도의 생일이라 해마다 시비를 보내어 향불을 갖추어 복을 비니, 그때 양랑이 여도사의 옷을 입고 거문고를 타면 시비가 보고 돌아가서 부인께 알릴 것이고 그러면 부인이 반드시 청할 것이다. 그렇게 되면 소저를 보기 분명 쉬울 듯하니 양랑은 연분만 기다려라."

양생이 기뻐하며 그 날을 기다렸다. 그러던 어느 날 정사도의 시비가 부인의 명으로 향촉을 가지고 왔다. 연사가 받아 삼청전(三淸殿, 도가(道家)에서 옥청(玉淸)·상청(上淸)·태청(太淸)을 삼청이라 하는데 모두 신선이 거처하는 곳이라고 함)에 가서 불전에 가 공양하고 시비를 보낼 때, 양생이 여도사 옷을 입고 별당에 앉아 거문고를 탔다. 시비가 작별 인사를 하다가 거문고 소리를 들고 물었다.

"내 일찍이 부인 앞에서 이름난 거문고 소리를 많이 들어보았지만 이런 소리는 처음 듣습니다. 누가 연주하는 것입니까?"

연사가 대답하였다.

"엊그제 나이 어린 궁녀가 초나라 땅에서 와 황성을 구경하고 여기 와 머물고 있다. 가끔 거문고를 타는데 그 소리가 매우 사랑스럽더구나. 나는 본디 음률에 귀먹어 곡조를 모르는데 그대의 말을 들으니 진실로 잘하는 것 같구나."

시비가 말하였다.

"부인께 말씀드리면 반드시 청하실 것이니, 사부님이 이 사람을 잡아두십시오."

연사가 말하였다.

"그대를 위하여 잡아두겠다."

하고 시비를 돌려보냈다.

양생이 이 말을 듣고 부인의 부르심을 기다리니, 시비가 돌아가 이 사실을 부인에게 전하였다.

"자청관에 있는 어떤 여도사가 거문고를 타는데 그 소리가 참으로 듣기 좋았습니다."

부인이 이 말을 듣고 기뻐하며 말하였다.

"내 잠깐 듣고자 한다."

하고, 즉시 시비를 자청관에 보내어 두연사에게 청하여 말하였다.

"나이 어린 도사가 거문고를 잘 탄다 하니, 한 번 그 도사를 보내주십시오."

연사가 시비를 데리고 별당에 가 양생에게 물었다.

"최부인께서 부르시니 도사는 나를 위하여 잠깐 가보는 것이 어떻겠는가?"

그러자 양생이 대답하였다.

"먼 지방 천한 몸이 존귀한 댁 출입이 어려우나 대사께서 권하시니 어찌 감히 사양하겠습니까?"

하고, 여도사의 옷을 입고 화관을 바로 쓰고 거문고를 안고 나오니 신선다운 모습은 위부인과 사자연(謝自然, 중국 당나라의 궁녀로 도술을 익혀 신선이 되었다고 함)이라도 미치지 못할 것 같았다. 양생이 가마를 타고 가니 최부인이 중당에 앉았는데 대단히 엄숙하였다. 양생이 대청마루 아래에 나아가 두 번 절하니 최부인이 시비를 명하여 자리를 주고 말하였다.

"우연히 시비가 도관(道觀, 도교의 사원. 즉 도사가 수도하는 곳)에 갔다가 도사의 음악을 듣고 이야기하기에 신선의 음악 소리를 듣고자 하여 청하였는데, 과연 그대를 보니 천상 선녀를 만난 듯하여 세상 걱정이 다 사라지는 듯하구나."

양생이 말하였다.

"저는 본디 초나라 천한 사람이라 외로운 자취 구름같이 동서로 다니다가 오늘날 부인을 모시니 하늘의 뜻인가 합니다."

부인이 양생의 거문고를 취하여 무릎에 놓고 손으로 만지며 말하였다.

"이 재질이 진실로 묘하도다."

양생이 말하였다.

"이 재질은 용문산에서 백 년 자란, 오래 된 오동나무라 천금을 주고 사려고 하여도 얻지 못할 것입니다."

양생이 이 위험한 곳에 들어온 것은 정소저를 보려 함인데 날이 저물도록 정소저를 보지 못하니 마음이 초조해지자 부인에게 말하였다.

"제가 비록 예부터 전하여 오는 곡조를 타오나 청탁을 알지 못합니다. 자청관에 와 들으니 정소저가 지음을 잘하신다 하기에 한 곡조를 아뢰어 가르치는 말씀을 듣고자 하였는데, 소저가 안에 계시니 마음이 섭섭합니다."

부인이 시비를 시켜 즉시 정소저를 불렀다. 한참 후에 정소저가 비단 장막을 잠깐 걷고 나와 부인 앞에 앉으니, 양생이 일어나 절하고 앉으며 눈을 들어 바라보니 태양이 처음으로 붉은 안개 속에서 비취는 듯, 아리따운 연꽃이 물 가운데 피었는 듯 심신이 황홀하여 안정치 못하였다.

양생이 멀리 앉아 정소저의 얼굴을 자세히 못 볼까 하여 일어나 말하였다.

"한 곡조 연주하여 소저의 가르침을 듣고자 하였는데, 소저 있는 화당과 거리가 멀면 거문고 소리가 흩어져 소저의 귀에 잘 들리지 않을까 염려됩니다."

부인이 즉시 시비에게 명하여 자리를 옮겼다. 양생이 고쳐 앉으며 거문고를 무릎 위에 놓고 줄을 고른 후에 한 곡조를 타니 정소저가 말하였다.

"아름답다, 곡조여! 이 곡조는 왕소군(王昭君)의 「출새곡(出塞曲)」(왕소군은 한나라 원제의 후궁이었음. 원제에게는 후궁·궁녀가 아주 많아서 화공에게 그 화상을 그리게 하여 그것을 보고 궁인들을 가까이 하였으므로 궁인들이 화공에게 큰 뇌물을 썼으나, 소군은 자신을 믿고 그렇게 하지 않았다고 함. 어느 날 흉노에게 궁녀들을 바치게 되었을 때 역시 화상을 통하여 그다지 곱지 않은 궁인들을 가려 흉노의 땅으로 보내기로 하였는데 소군이 여기에 들게 되었음. 소군은 자신의 신세를 슬퍼하여 오랑캐의 땅으로 가면서 소군은 자신의 신세를 슬퍼하여 오랑캐의 땅으로 가서 '국경 요새에 벗어나며' 라는 뜻의 「출새곡」을 지었다고 함)이다. 오랑캐 땅의 곡조니 어찌 들을 수 있겠는가?"

또 한 곡조를 타니 정소저가 말하였다.

"이 곡조를 듣지 못한 지 오래 되었다. 여도사는 보통 사람이 아니다. 이 곡조는 옛날 혜숙야의 「광릉산(廣陵散)」이라 하는 곡조다. 혜숙야가 도적을 무찌르고 천하를 깨끗하게 하고자 하다가 뜻밖에 죽음을 당하게 되자 분을 이기지 못하여 이 곡조를 지었으나 후세에 전할 사람이 없었는데, 여관은 어디서 배웠느냐?"

양생이 일어나 절하고 감사해하며 말하였다.

"소저의 총명은 세상에 없을 만큼 뛰어나십니다. 제 스승도 그렇게 말씀하시더군요."

또 한 곡조를 타니 정소저가 말하였다.

"이는 백아(佰牙)의 「수선조(水仙操)」(백아는 중국 춘추시대 사람으로 거문고를 잘 탔음. 종자기와 친하였는데 종자기가 죽자 다시는 거문고를 타지 않고 세상에 자기의 거문고 가락을 알아줄 이가 없어졌음을 한탄하며 통곡하였다고 함. 「수선조」는 백아가 동해 가운데 있는 봉래산 적막한 숲 속에서 물소리와 새소리를 들으며 지었다고 하는 곡)다. 도인이 천백 년 후에 백아의 지음이구나."

양생이 말하였다.

"제가 듣기로 아홉 곡조를 이루면 천신이 내린다 하는데, 이미 여덟 곡조를 탔고 또 한 곡조가 남았으니 마저 탈까 합니다."

줄을 고쳐 다스려 타니 그 소리가 청량하여 사람의 마음을 흔들어놓았다. 정소저가 고개를 숙인 채 말을 하지 않자 양생이 곡조를 더욱 빠르게 몰아치니 그 소리가 호탕하였다.

"봉(鳳)이여, 봉이여."

그 황(凰)을 구하는 곡조에 이르러 정소저가 눈을 들어 양생을 자주 돌아보며 옥같이 아름다운 얼굴에 부끄러운 빛을 띠고 즉시 일어나 안으로 들어가자, 양생이 놀라 거문고를 밀치고 정소저가 가는 데만 보니, 부인이 말하였다.

"여도사가 아까 탄 곡조는 무슨 곡조냐?"

양생이 말하였다.

"선생께 배웠지만 곡조 이름은 알지 못하기에 소저의 가르침을 듣고자 하였는데 소저는 아니 오십니까?"

부인이 시비를 명하여 정소저를 부르니 시녀가 돌아와 전하였다.

"소저가 반나절이나 바람을 쏘여 기운이 편치 아니하다 합니다."

양생이 이 말을 듣고 정소저가 아는가 하여 크게 놀라,

'오래 머물지 못하겠구나.'

하고, 즉시 일어나 인사하며 말하였다.

"듣자오니 소저가 몸이 불편하시다 하오니, 부인이 진맥하실 것 같아 저는 이만 물러가겠습니다."

부인이 상으로 비단을 많이 주었지만,

"제가 천한 재주를 배웠으니 어찌 값을 받겠습니까?"

라며 사양하고 갔다.

부인이 즉시 들어가 물으니, 정소저의 병이 이미 나았다.

정소저가 침소에 가 시녀에게 물었다.

"춘랑의 병이 어떠하였는가?"

시녀가 말하였다.

"오늘은 잠깐 나아 소저가 거문고 타는 소리를 듣고 일어나 세수하였습니다."

춘운이 정소저 곁에서 밤낮 함께 지내니 비록 주인과 종의 신분 차이는

있으나 정은 자매와 같았다.

이 날 춘운이 정소저의 방에 들어와 물었다.

"아침에 어떤 여도사가 거문고를 가지고 와 좋은 소리를 탄다 하여 병을 억지로 참고 왔는데 무슨 까닭으로 그 여관이 속히 갔습니까?"

정소저가 낯빛이 붉어지며 가만히 대답하여 말하였다.

"내가 몸 가지기를 법대로 하고 말씀을 예대로 하여 나이가 십육 세 되었지만 중문(中門) 밖에 나가 바깥 사람과 만나지 않았는데, 하루 아침에 간사한 사람에게 평생 씻지 못할 욕을 입으니 무슨 면목으로 너를 대하겠느냐?"

춘운이 크게 놀라 말하였다.

"무슨 일이기에 이런 말씀을 하십니까?"

정소저가 말하였다.

"아까 왔던 여관이 사마상여가 탁문군을 꼬이던 「봉구황곡(鳳求凰曲)」을 타는데, 자세히 보니 그 여관은 얼굴이 아름다우나 기상이 호탕하여 계집이 아닌 듯하였다. 분명 간사한 사람이 내 소문을 듣고 보기 위해서 위장하고 온 것이니, 다만 춘랑이 병들어 보지 못한 것이 애달프구나. 춘랑이 곧한 번 보았으면 남녀를 구별하였을 것이다. 춘랑은 생각해보라. 내 규중 처녀로서 평생에 보지 못하던 사내를 데리고 반나절을 서로 말을 주고받았으니 천하에 이런 일이 있을 수 있겠느냐? 아무리 부모라도 차마 아뢰지 못하였는데 춘랑에게만 말하는 것이다."

춘운이 웃으며 말하였다.

"소저는 궁녀의 「봉황곡」을 들었을 뿐 사마상여의 「봉황곡」은 듣지 아니하였습니다. 어찌 그리 지나치게 생각하십니까? 옛날 사람이 잔 가운데 활 그림자를 보고 병들었다는 것과 같습니다. 또 그 궁녀가 얼굴이 아름답고 기상이 씩씩하며 음률에 능통하니 참으로 사마상여인가 합니다.”

정소저가 말하였다.

“비록 사마상여라도 나는 탁문군이 되지 아니할 것이다.”

춘랑이 양소유와 인연을 맺다

하루는 정소저가 부인과 함께 중당에 앉았는데 정사도가 과거 방목(榜目, 과거에 급제한 사람의 성명을 적던 책)을 가지고 기쁜 얼굴로 들어오며 부인에게 말하였다.

“내 아기의 혼사를 정하지 못하여 밤낮으로 염려하였는데 오늘날 어진 사위를 얻었소.”

부인이 말하였다.

“어떤 사람입니까?”

사도가 말하였다.

“이번 장원한 사람은 성은 양씨요 이름은 소유라오. 나이는 십육 세요, 회남 땅 사람인데, 그 풍채와 재주가 뛰어나니 진실로 이 사람을 얻으면 어찌 즐겁지 아니하겠소.”

부인이 말하였다.

“열 번 듣는 것이 한 번 보기만 못하다 하니 친히 보신 후에 정하십시오.”

정소저가 이 말을 듣고 부끄러움을 이기지 못하여 즉시 일어나 침소에 가 춘운에게 말하였다.

“저번에 거문고 타던 여도사가 초나라 땅 사람이라 하였는데, 회남은 초나라 땅이다. 양장원이 분명히 아버지께 뵈오려 올 것이니 춘랑은 자세히 보고 나에게 알려다오."

춘운이 웃으며 답하였다.

"나는 여도사를 보지 못하였으니 양장원을 본들 어찌 알겠습니까? 소저
가 주렴 사이로 잠깐 보시면 어떠하겠습니까?"

정소저가 말하였다.

"한 번 욕을 먹은 후에 다시 볼 뜻이 있겠는가?"

이때 양장원이 장원급제하여 한림학사를 하니 이름이 천하에 알려졌다.
명문 귀족의 딸 둔 집에서 매파를 보내어 구혼하는 집이 구름 모이듯 하였
다. 그러나 양생은 이들을 다 물리치고 예부의 권시랑을 찾아가 정사도 집
안에 구혼의 뜻을 밝히니 자신을 소개하여 줄 것을 요청하였다. 양생은 권
시랑이 써준 편지를 받아 소매에 넣고 정사도의 집으로 향하였다. 천자가
내려준 비단 옷을 입고 머리에는 계수나무 꽃가지를 꽂고, 양쪽으로 신선
의 음악에 둘러싸여 양생이 정사도 집 문 앞에 이르렀다.

"장원급제한 양장원이 왔도다."

사도가 부인에게 말하고 나가 양생을 뒤채로 맞아들여 서로 인사하니,
이때 집안 사람 가운데 정소저 한 사람을 제외하고 양생을 보지 않은 사람
이 없었다.

춘운이 부인의 시비를 불러 말하였다.

"이전에 거문고를 타던 도사가 아름답다 하더니 양한림과 닮은 곳이 있
는가?"

시비들이 모두 말하였다.

"그 여도사의 얼굴과 아주 같습니다."

춘운이 들어가 정소저의 눈이 밝은 줄을 말하였다.

사도가 양한림에게 말하였다.

"나는 팔자가 기구하여 아들이 없고 다만 딸자식이 있으나 혼처를 정하지 못하였으니, 한림이 내 사위가 됨이 어떠한가?"

양한림이 일어나 절하고 말하였다.

"소자가 경성에 들어와 소저의 아리따운 얼굴과 그윽한 재주와 덕행은 일찍이 들었지만, 문벌이 하늘과 땅 사이처럼 다르고 인품이 봉황과 까막까치 같사오니 어찌 바라겠습니까마는 버리지 아니하시면 하늘 같은 은덕으로 여기겠습니다."

사도가 크게 기뻐하여 술과 안주로 대접하였다.

한참 후에 부인이 정소저를 불러 말하였다.

"새로 장원으로 뽑힌 양한림은 만인이 칭찬하는 바이다. 네 아버지가 이미 혼인을 허락하셨으니 우리 부부는 몸을 의탁할 곳을 얻었구나. 그러니 무슨 근심이 있겠느냐?"

정소저가 말하였다.

"시비의 말을 들으니 양한림이 전에 거문고를 타던 여인과 같다 하던데 그러합니까?"

부인이 말하였다.

"그래, 내가 그 도사를 사랑하여 다시 보고자 하였지만 자연 일이 많아 못하였는데, 오늘 양한림을 보니 그 도사를 다시 본 듯하여 즐거운 마음을 어찌 금하겠느냐?"

"양한림이 비록 아름다우나, 저는 그와 거리끼는 일이 있으니 혼인함이 마땅치 아니합니다."

부인이 크게 놀라 말하였다.

"너는 재상가 규중의 처녀요, 양한림은 회남 땅 사람이니 무슨 관계가 있 겠느냐? 무슨 거리낌이 있어."

정소저가 말하였다.

"소녀가 말씀드리기 부끄러워 어머니께 아뢰지 못하였지만 오늘 양한림 은 이전에 거문고를 타던 여도사입니다. 제가 그 간사한 사람의 꾀에 빠져 한나절이나 말을 주고받았으니 어찌 거리낌이 없겠습니까?"

부인이 미처 대답하지 못하여, 사도가 양한림을 보내고 얼른 들어와 정 소저를 불러 말하였다.

"내 딸 경패야, 오늘날 용을 타고 하늘에 올라가는 경사를 보았으니 어찌 기쁘지 아니하겠느냐?"

부인이 정소저가 거리낀다는 말을 전하자, 사도가 크게 웃으며 말하였다.

"양랑은 진실로 세상의 풍류를 즐길 줄 아는 남자로구나. 옛날 당나라 때 의 왕유도 연주가가 되어 고종의 딸 태평공주의 집에 들어가 비파를 타고 돌아와 장원급제하니 세상이 그를 오랫동안 칭찬하였다. 이제 양한림이 또 그리하였으니 무슨 해로움이 있겠느냐? 또 너는 여도사를 보고 양한림을 본 것은 아니었으니 무슨 거리낌이 있겠느냐?"

정소저가 말하였다.

"소저가 욕먹기는 부끄럽지 아니하오나, 제가 어질지 못하여 남에게 속 은 것이 한이 됩니다."

사도가 웃으며 말하였다.

"그것은 늙은 아비가 알 바가 아니다. 훗날 양한림에게 물어보아라."

사도가 부인에게 말하였다.

"올 가을에 양한림이 대부인(大夫人, 남의 어머니를 높여 부르는 말)을 모셔온 후에 혼례식을 올리는 것이 마땅하나, 납채(納采, 장가들일 아들을 가진 집에서 신부 집으로 혼인을 청하는 의례. 요즘은 '납폐'와 같은 뜻으로 쓰이고 있음)는 먼저 받는 것이 좋겠소. 즉시 택일하여 납채를 받고 양한림을 데려와 화원 별당에 두고 사위로 대접하십시다."

하루는 부인이 양한림의 저녁 반찬을 장만하고 있는데 정소저가 이를 보고 말하였다.

"양한림이 화원에 오신 후로 의복과 음식을 친히 염려하시니 소저가 그 괴로움을 당하고자 하나 인정이나 예법에 맞지 않아 못하겠습니다. 춘운이 이미 장성하여 족히 온갖 일을 해낼 수 있으니 화원에 보내어 양한림을 섬기게 하여 어머니의 수고를 덜까 합니다."

부인이 말하였다.

"춘운이 얼굴과 재주로 무슨 일을 못 하겠느냐마는 춘운의 얼굴과 재주가 너와 진배없으니, 먼저 양한림을 섬기면 반드시 부인의 권한을 빼앗아 갈까 염려되는구나."

정소저가 말하였다.

"춘운이 소저와 함께 한 사람을 섬기고자 하오니 따르지 아니할 이유가 없을 것입니다. 또 춘운을 먼저 보내면 권한을 빼앗길까 염려하시지만, 양한림이 나이 어린 서생으로 재상가 규방에 들어와 처녀와 놀아나니 그 기상이 어찌 한 아내만 지키어 늙겠습니까? 다른 날 승상부의 많은 녹봉을 먹을 때 춘운 같은 미인이 몇이나 될 줄을 알겠습니까?"

부인이 사도에게 뜻을 전하자, 사도가 말하였다.

"어찌 나이 어린 남자로 빈 방 촛불만 벗삼게 하겠소."

이 날 정소저가 춘운에게 말하였다.

"춘랑아, 내 너와 어려서부터 동기같이 지냈는데 나는 이미 양한림의 납채를 받았고 너도 나이가 자랐으니 백년대사를 염려해야 할 것이다. 어떤 사람을 섬기고자 하느냐?"

춘운이 말하였다.

"소저는 어찌 그런 말씀을 하시옵니까? 저도 소저를 따라 한 사람을 섬기고자 하오니, 저를 버리지 마십시오."

정소저가 말하였다.

"내가 춘랑의 뜻을 안다. 의논코자 하는 일이 있으니 어떠하냐? 양한림이 거문고 한 곡조로 규중 처녀를 놀렸으니 몹시 욕되구나. 우리 춘랑이 아니면 누가 나를 위하여 그 치욕을 씻어주겠는가? 산이 깊고 경치가 좋은 이곳에 춘랑을 위하여 별도의 작은 방을 지어 춘랑의 화촉을 베풀고, 또 사촌형 십삼랑(十三郞)과 기특한 꾀를 내면 내 부끄럼을 씻게 될 것이다. 춘랑은 한 번 수고를 아끼지 말라."

춘운이 말하였다.

"소저의 말씀을 어찌 사양하겠습니까마는, 나중에 무슨 면목으로 양한림을 뵙겠습니까?"

정소저가 말하였다.

"군사의 무리는 장군의 명령을 듣는다 하니, 춘랑은 양한림만 두려워하는구나."

춘랑이 웃으며 말하였다.

"죽기도 피하지 못하는데 소저의 말씀을 어찌 따르지 아니하겠습니까?"

양소유가 장녀랑의 혼과 인연을 맺다

양한림은 궁궐 안에 들어가는 일 외에 한가한 날에는 친구를 찾아 술집에 가서 술도 먹고 기생도 구경하였는데, 하루는 정생(십삼랑)이 와서,

"종남산 자각봉이 산천이 아름답고 경개가 좋으니 한 번 구경함이 어떠하오?"

양한림이 말하였다.

"바로 내 뜻입니다."

하고, 술과 안주를 이끌고 갔다.

한 곳에 도착하니 꽃과 풀은 흐드러지게 피어 있고 온갖 꽃은 아리따운데, 문득 시냇물에 꽃이 떠내려오자 양한림이 말하였다.

"반드시 무릉도원(武陵桃源, 신선이 살았다는 중국의 전설적인 명승지. 호남성 동정호 서남쪽 무릉산 기슭 완강의 강변이라고 함. 당나라 시인 도연명이 지은 「도화원기」에서 나온 말로 이 세상과 따로 떨어진 별천지의 뜻)이 있을 것이다."

정생이 말하였다.

"이 물이 자각봉에서 내려오는데, 일찍이 들으니 꽃 피고 달 밝은 때에는 신선의 풍류 소리가 있어 들은 사람이 많다 하지만, 나는 신선과의 연분이 없어 한 번도 구경치 못하였으니, 오늘 형과 함께 옷을 떨치고 올라가 신선의 자취를 찾고자 하오."

그러할 때 문득 정생의 종이 급히 와서 아뢰었다.

"낭자의 병이 중하오니 상공을 어서 오시라 합니다."

정생이 탄식하며 말하였다.

"과연 신선과는 인연이 없도다. 인연이 이러하여 가지만 양형은 신선을

62
• • •
김만중

찾아보고 오시오."

하고 가자, 양한림이 흥을 이기지 못하여 혼자 올라가는데 물 위에 나뭇잎이 떠내려 오는 것이 보였다. 건져보니,

　'신선의 개 구름 밖에서 짖으니, 알겠군, 양랑이 오는구나.'

하고 쓰여 있었다. 양한림이 크게 놀라 말하였다.

　"이는 반드시 신선의 글이다."

　양한림이 이상하게 생각하고, 층암절벽으로 올라가니, 이때 날이 저물고 달이 밝아 길은 험하고 갈 곳이 없어 헤매는데, 갑자기 푸른 옷을 입은 선동(仙童, 신선의 세계에 산다는 아이 신선)이 시냇가의 길을 쓸다가 양한림을 보고 들어가며,

　"양랑이 오십니다."

하였다.

　양한림이 더욱 놀라 선동을 따라가니 층암절벽 위에 한 정자가 있었다. 온갖 화초가 만발하고 앵무새와 공작새이며 두견새 소리가 여기저기서 들리니 진실로 아름다웠다.

　양한림이 마음이 황홀하여 들어가니, 한 선녀가 비단 장막에 공작 병풍을 둘렀는데 촛불을 밝게 켜고 서 있다가 앞으로 나와 예를 올린 후에 말하였다.

　"양한림께서는 어찌 날이 저물어서야 오십니까?"

　양한림이 대답하였다.

　"소생은 인간 사람이라 달 아래 기약(월하(月下)의 기약(期約). 혼인의 기약을 말하며, 월하노인의 고사에서 유래함)이 없는데 선녀께서 어찌 더디다 하십니까?"

　선녀가 말하였다.

"양한림은 의심치 마십시오."

하고, 여자아이를 불러,

"낭군께서 멀리 와 계시니 급히 차를 드려라."

하니, 여자아이가 즉시 백옥 쟁반에 신선 세계의 과일을 담아 가지고 와서 유리잔에 자하주를 부어 권하는데, 그 술이 인간의 술과 달랐다.

양한림이 말하였다.

"선녀는 무슨 일로 요지(瑤池, 중국 곤륜산에 있다는 연못. 이곳에서 주나라 목왕이 서쪽을 정벌하고 나서 요지에 서왕모 선녀를 초대하여 함께 잔치하였다고 함)의 무한한 경치를 버리고 이 산중에 와 외로이 머무십니까?"

선녀가 탄식하여 말하였다.

"옛일이 꿈 같이 생각하면 슬픕니다. 저는 서왕모의 시녀로서 광한궁의 잔치 때 낭군이 저를 보고 놀리셨다 하시고 옥황상제께서 화가 나시어, 낭군을 크게 벌하여 인간으로 귀양 보내고 저는 가벼운 죄로 이 산중에 와 있는데, 낭군이 불에 익힌 음식을 드신 까닭에 전생 일을 알지 못하시는군요. 상제께서 저의 죄를 용서하셔서 곧 승천하라는 분부가 계셨지만, 낭군을 만나 전생의 회포를 풀고자 하는 까닭에 아직 머물렀으니 양한림은 의심치 마십시오."

양한림이 이 말을 듣고 선녀의 손을 이끌어 침소로 들어가 오랫동안 바라던 회포를 다 못 풀었다.

이윽고 날이 밝아오자 선녀가 양한림에게 말하였다.

"오늘은 제가 승천할 날이어서 모든 선관이 저를 데리러 올 것이니, 낭군은 오래 머물지 못하실 것입니다."

하고, 어서 가기를 재촉하며 말하였다.

"낭군이 저를 잊지 아니하신다면 다시 만나 뵈올 날이 있을 것입니다."
하며, 수건에 이별시를 써 양한림에게 주었다.

　　서로 만나니 꽃이 하늘에 가득하고
　　서로 이별하니 꽃이 물속에 있도다.
　　봄빛은 꿈속에 있는 듯하고
　　흐르는 물은 천 리에 아득하도다.

양한림이 옷소매를 떼어 내어 시를 써서 선녀에게 주었다.

　　하늘 바람이 옥 장신구에 부니 흰 구름이 기이하도다.
　　무산(巫山, 사천성 무산현 동남에 있는 산)의 다른 날 밤비에 양왕(襄王, 무산에
　　서 신녀(神女)와 만나 즐겼다는 초나라 회왕의 아들)의 옷을 적시고자 하노라.

선녀가 그 글을 보고 눈물을 지으며 말하였다.
"서산에 달이 지고 두견이 슬피 우니 한 번 이별하면 구만 장천 구름 밖에 이 글귀뿐이군요."
글은 받아 품속에 넣고 여러 번 재촉하였다.
"때가 점점 늦어지니 낭군은 어서 가십시오."
양한림이 선녀의 손을 잡고 눈물로 이별하니 그 애련한 정은 차마 보지 못할 정도였다.
양한림이 집에 돌아오니 자각봉의 많은 화초가 두 눈에 삼삼하고 선녀의 말소리는 두 귀에 쟁쟁하니 꿈을 깬 듯하여 탄식하며 말하였다.
"거기 잠깐 몸을 숨겨 선녀의 가는 모습을 못 본 것이 한이다."
이렇듯 도저히 잊을 수 없어 할 때, 정생이 돌아와서 양한림에게 말하였다.

"어제 집사람의 병으로 형과 함께 선경을 구경치 못하여 한이 되었으니 다시 또 한 번 형과 놀아봄이 어떠하오?"

양한림이 크게 기뻐하여 선녀가 있던 곳이나 보고자 하여 술과 안주를 가지고 성 밖에 나와보니 신록이 꽃보다 아름다운 초여름이었다.

양한림과 정생이 술을 부어 마시는데 길가에 허물어져 가는 무덤이 있어 양한림이 잔을 잡고 탄식하여 말하였다.

"슬프다. 사람이 죽으면 다 저러하구나."

정생이 말하였다.

"형은 저 무덤을 알지 못할 것이오. 옛날 장녀랑의 무덤이라. 장녀랑의 얼굴과 재덕이 만고에 으뜸이었는데 나이 이십 세에 죽자, 후세 사람들이 불쌍히 여겨 그 무덤 앞에 화초를 심어 죽은 넋을 위로하니, 우리도 마침 이곳에 왔으니 한 잔 술로써 위로함이 어떠하오?"

양한림은 다정한 사람이다.

"형의 말씀이 옳소. 한 잔 술을 아끼겠는가?"

하고, 각각 제문(祭文)을 지어 한 잔 술로 위로하였다.

이때 정생이 무덤을 돌아다니다가 문득 비단 적삼 소매에 쓴 글을 얻어 가지고 읊으며 말하였다.

"어떤 사람이 이 글을 지어 무덤 구멍에다 넣었는가?"

그러자 양한림이 살펴보니, 자각봉에서 선녀와 이별하던 글이었다.

양한림이 크게 놀라서,

"그 미인이 선녀가 아니라 장녀랑의 혼이었구나."

하고 말하였다. 땀이 나 등이 젖고 머리털이 하늘로 솟았다. 정생 없는 때를 타 다시 한 잔 술을 부어 가만히 빌며

김만중

"비록 이승과 저승이 다르지만 정(情)은 같으니 혼령은 다시 보게 하라."
하고, 정생과 함께 돌아왔다.

이 날 밤 양한림이 화원 별당에 앉았는데, 문득 창밖에서 발자국 소리가 들리기에 양한림이 문을 열어보니, 과연 자각봉 선녀라던 장녀랑이었다. 한편으로 반갑고 한편으로는 놀라 내달아 옥 같은 손을 이끌자, 장녀랑이 말하였다.

"저의 근본을 낭군이 아셨으니 더러운 몸이 어찌 가까이 하겠습니까? 처음에 낭군을 속인 것은 놀라실까 하고 선녀라 하여 하룻밤을 모셨던 것인데, 오늘 제 무덤을 찾아와 제사를 올리고 술을 부으셨으니 즐거웠고, 또 제문을 지어 임자 없는 그 혼을 이같이 위로하시니 어찌 감격치 않겠습니까? 은공을 잊지 못하여 은혜에 보답하러 왔지만 더러운 몸으로는 다시 상공을 모시지 못하겠습니다."

양한림이 다시 소매를 잡고서,

"사람이 죽으면 귀신이 되고 환생하면 사람이 되는 그 근본은 한 가지라. 어찌 인연을 잊을 수 있겠는가?"
하고, 허리를 안고 들어가니 연모하는 정이 전날보다 백 배나 더하였다.

한참 후에 날이 새었다.

장녀랑이 말하였다.

"저는 날이 밝으면 출입을 못합니다."

양한림이 말하였다.

"그러하면 밤에 만나기로 하지."

장녀랑이 대답하지 아니하고 꽃밭 속으로 들어가 버렸다.

이후부터는 밤마다 장녀랑이 양생을 찾아왔다.

하루는 정생이 두진인이란 사람을 데리고 화원에 들어가니 양한림이 일어나 예를 올린 후에 정생이 말하였다.

"진인은 양한림의 관상을 봐주십시오."

진인이 말하였다.

"양한림의 관상이 두 눈썹이 빼어나 눈초리가 귀밑까지 갔으니 정승할 상이요, 귀밑이 분을 바른 듯하고 귓밥이 구슬을 드린 듯하니 어진 이름은 천하에 진동할 것이요, 권세 잡을 골격이 낯에 가득하니 군사를 거느리고 만 리 밖에서 제후가 될 관상이지만, 한 가지 흠이 있습니다."

양한림이 말하였다.

"사람이 길흉화복은 다 정해져 있소."

진인이 말하였다.

"임자 없는 여귀신이 양한림의 몸에 어리었으니 며칠 지나지 않아 병이 골수에 들 것이니 낫기가 어렵겠습니다."

양한림이 말하였다.

"진인의 말씀이 그러면 과연 그러하겠지만 장녀랑이 나와 정회가 매우 깊으니 어찌 나를 해치겠는가? 옛날 초나라의 양왕도 무산선녀를 만나 함께 잤고, 유춘이라 하는 사람도 귀신과 관계하여 자식을 낳았으니 어찌 의심하며, 또 사람이 오래 살고 일찍 죽는 것은 다 하늘이 정한 것이니, 내 관상이 부귀와 명예를 가질 상이라면 장녀랑의 혼이 어찌하겠는가?"

진인이 말하였다.

"양한림은 마음대로 하십시오."

하고 갔다.

양한림이 술이 취하여 누웠다가 밤에 일어나 앉아 향을 피우고 장녀랑이

오기를 기다렸다. 이때 갑자기 창밖에서 슬프게 말하는 소리가 있어 가만히 들어보니 장녀랑의 목소리였다.

장녀랑이 울며 말하였다.

"괴상한 도사의 말을 듣고 저를 오지 못하게 하시다니 어찌 이리 저를 냉대하십니까?"

양한림이 크게 놀라 문을 열고 말하였다.

"어찌 들어오지 못하는가?"

장녀랑이 말하였다.

"나를 오게 하면 왜 부적을 머리에 붙이셨습니까?"

양한림이 머리를 만져보니 과연 귀신을 쫓는 부적이었다. 양한림이 크게 화가 나서 부적을 찢고 내달아 장녀랑을 잡으려 하니, 장녀랑이 말하였다.

"나는 이제부터 영원히 이별하니 낭군은 몸을 편안히 보전하십시오."

하고 울며 담을 넘어가니 붙들지 못하였다.

쓸쓸한 빈 방에 혼자 누워 잠도 이루지 못하고 음식도 먹지 못하니 자연 병이 되어 모습이 초췌해졌다.

하루는 정사도 부부가 잔치를 베풀고 양한림을 청하여 놀다가 사도가 말하였다.

"양랑의 얼굴이 어찌 저토록 창백한가?"

양한림이 말하였다.

"정형과 술을 지나치게 먹어 술병이 났나 봅니다."

사도가 말하였다.

"종의 말을 들으니 어떤 계집과 함께 잔다 하니 그러한가?"

양한림이 말하였다.

"화원이 깊으니 누가 들어오겠습니까?"

그러자 정생이 말하였다.

"형이 어찌 아녀자 같이 부끄러워하는가? 형이 두진인의 말을 깨닫지 못하기에, 축귀 부적을 형의 상투 밑에 넣고 그 날 밤에 꽃밭 속에 앉아 보았는데, 어떤 계집이 울며 창밖에 와 작별 인사를 하고 가니 과연 두진인의 말이 그르지 아니하였소."

양한림은 사실을 숨기지 못하고 말하였다.

"소자에게 과연 괴이한 일이 있습니다."

하고 전후 사정을 이야기하니, 사도가 웃으며 말하였다.

"나도 젊었을 때 부적을 배워 귀신을 낮에 불러오게 하였는데, 이제 양랑을 위하여 그 미인을 불러 양랑의 마음을 위로해야겠구려."

양한림이 말하였다.

"장인 어른께서 비록 도술이 용하시나 귀신을 어찌 낮에 부르시겠습니까? 소자를 놀리시려는군요."

사도가 파리채로 병풍을 치며

"장녀랑은 있느냐?"

하자, 한 미인이 웃음을 머금고 병풍 뒤에서 나오는데 양한림이 눈을 들어 보니 과연 장녀랑이었다. 마음이 황홀하여 사도에게 말하였다.

"저 미인이 귀신입니까, 사람입니까? 귀신이면 어찌 대낮에 나옵니까?"

사도가 말하였다.

"저 미인의 성은 가씨요, 이름은 춘운이다. 양한림이 조용한 빈 방에 외로이 있음이 민망하여 춘운을 보내어 위로하기 위함이었다."

양한림이 말하였다.

"위로함이 아니라 놀리시려는 것이었겠지요."

정생이 말하였다.

"양형은 스스로 화를 입은 것이니 전날의 잘못을 생각해보시오."

양한림이 말하였다.

"나는 지은 죄가 없으니 무슨 잘못이 있겠소?"

정생이 말하였다.

"사나이가 계집이 되어 삼 척 거문고로 규중 처녀를 놀리셨으니, 사람이 신선되며 귀신됨도 이상치 아니합니다."

양소유가 연왕의 항복을 받다

양한림이 고향에 돌아와 대부인을 모셔와 혼례를 지내고자 했는데, 그때 토번(吐蕃)이란 도적이 변방에 쳐들어와 노략질하고 세 절도사가 하북(河北)을 연나라, 위나라, 조나라로 나누어 나라를 소란케 하였다. 몹시 화가 난 천자가 조정 대신을 불러 모으고 이 일에 대해 의논하였다. 이때 양한림이 천자 앞에 나아가 말하였다.

"옛날 한무제는 조서(詔書, 임금이 어명을 일반에게 널리 알릴 목적으로 적은 문서)를 내려서 남월왕에게 항복을 받았으니, 부디 황상(皇上, 현재 살아서 나라를 다스리는 천자(황제)의 위치에 있는 사람을 일컫는 말)께서도 급히 조서를 내리시어 천자의 위엄을 보이십시오."

천자가 즉시 양한림에게 명하여 조서를 만들게 하여 세 나라에 보내니, 조왕과 위왕은 즉시 항복하고 무명 천 필을 드렸지만, 오직 연왕만은 멀리 떨어져 있고 군병이 강하기로 항복하지 않았다.

천자가 양한림을 불러 말하였다.

"선왕(先王)이 십만 군병으로도 항복받지 못한 나라를 양한림은 짧은 글로써 두 나라를 항복받고 천자의 위엄을 만 리밖에 빛나게 하니 어찌 아름답지 아니하겠는가?"

비단 이천 필과 말 오십 필을 상으로 내리니, 양한림이 점잖게 사양하며 말하였다.

"모두 다 현명한 임금의 덕이오니 소신이 무슨 공이 있겠습니까? 연왕이 항복지 아니함은 나라의 부끄러움입니다. 부디 한 칼을 짚고 연국에 가 연왕을 달래보다가, 정녕 듣지 않거든 연왕의 머리를 베어오겠습니다."

천자의 허락을 받고 천자에게 감사하여 절하고 나와, 정사도에게 작별 인사를 하고 갈 때, 사도가 말하였다.

"슬프다. 양랑이 십육 세 서생으로 만 리 밖에 가니 이 늙은이의 불행이다. 내 늙고 병들어 조정 의논에 참여치 못하나 상소하여 다투고자 한다."

양한림이 말하였다.

"장인께서는 너무 염려하지 마십시오."

그러자 옆에 있던 부인이 눈물을 흘리며 말하였다.

"좋은 사위를 얻고 이 늙은이 기쁘고 즐거웠는데, 이제 어찌 될지 알 수 없는 땅에 간다 하니 어찌 슬프지 아니하겠는가? 빨리 성공하고 돌아오시오."

또한 양한림이 떠나려 할 때, 춘운이 소매를 잡고 눈물을 흘리며,

"상공이 한림원에 가서도 밤에 잠을 이루지 못하시는데 이제 만 리 밖에 가시니 불 밝혀 지키다가 올까 합니다."

하니, 양한림이 웃으며,

"대장부는 나라일을 당하면 생사를 돌아보지 않는 것이니 어찌 사사로운

김만중

감정을 생각하겠는가? 춘랑은 부질없이 슬퍼 말고 소저를 편히 모셔 내가 공을 이루고 돌아오기를 기다리거라."

하고 떠났다.

양한림이 낙양 땅을 지날 때, 십육 세 소년이지만 늠름하기 그지없었다.

양한림이 먼저 서동을 보내어 섬월을 찾으니 섬월이 거짓으로 아프다 하고 산중에 들어간 지 오래였다. 양한림이 섭섭한 마음을 금치 못하여 객관(客館, 왕의 명령을 받고 내려오는 벼슬아치를 묵게 하던 집)에 들어가 촛불만 벗을 삼고 지내다가, 연나라로 향하였다.

연나라에 이르니 그 땅 사람이 한쪽 구석에 있어 천자의 위엄을 보지 못하였다가, 양한림 행차를 보고는 두려워 음식을 많이 장만하여 군사를 먹이고 감사를 표하였다.

양한림이 연왕을 보고 천자의 위엄을 베푸니 연왕이 즉시 땅에 엎드려 항복하고 황금 일만 냥과 명마 백 필을 주었다. 그러나 양한림은 받지 않았다.

양소유가 적경홍과 인연을 맺다

연나라를 떠나 서쪽으로 십여 일을 가서 조나라의 도읍지 한단 땅에 이르렀다. 한 나이 어린 서생이 혼자 한 마리 말을 타고 행차를 피하여 길가에 섰는데, 양한림이 자세히 보니 얼굴은 위개(衛价)와 반악(潘岳, 중국 진나라 사람들로서 위개는 풍채가 빼어나고 말 잘 하기로 이름이 높았고, 반악은 자태와 용모가 아름다웠다고 함) 같고 풍채와 행동이 비범하였다. 양한림이 객관에 머무르면서 소년을 청하여 물었다.

"내 천하를 두루 다니며 보았지만 그대 같은 사람을 보지 못하였소. 성명을 말해주시오."

그러자 소년이 대답하였다.

"소생은 하북 사람입니다. 성은 적씨요, 이름은 생이라 합니다."

양한림이 반가워하며,

"내 어진 선비를 얻지 못하여 세상 일을 의논치 못하였는데, 그대를 만나니 어찌 즐겁지 아니하겠는가?"

적생이 말하였다.

"나는 산천에 묻혀 있어 견문(見聞)이 없으나, 상공이 버리지 아니하시면 평생 상공을 지키고 모시겠습니다."

양한림이 적생을 데리고 산수풍경을 구경하고 낙양 객관에 도착하였다. 이때 섬월이 높은 누각 위에 올라 양한림의 행차를 기다리다가 양한림에게 나아가 절하고 앉으니, 한편으로는 슬프고 한편으로는 기쁨을 이기지 못하여 눈물을 흘리며 말하였다.

"제가 상공과 이별한 후에 깊은 산중에 들어가 자취를 감추었다가 상공이 급제하여 한림 벼슬하신 기별만은 들었지만, 그때 옥으로 만든 증표를 가지고 이리 지나실 줄을 모르고 산중에 있었는데, 연나라의 항복을 받아 꽃 장식한 덮개 가마를 앞에 세우고 돌아오실 때, 천지만물과 산천초목이 다 환영하는데 제가 어찌 모르겠습니까? 그런데 부인은 정하셨는지요?"

양한림이 말하였다.

"정사도 댁 따님과 혼사를 정하였지만 예식은 치루지 못하였소."

말을 그친 후에 날이 저물어 서동이 들어와 알렸다.

"양한림께서 적생을 어진 선비라 하셨는데 지금 섬랑의 손을 잡고 장난치며 놀고 있습니다."

양한림이 말하였다.

"적생은 본디 어진 사람이라 반드시 그러지 아니할 것이요, 섬월도 내게 정성이 지극하니 어찌 다른 뜻이 있겠는가? 네가 잘못 보았소."

서동이 부끄러워하며 물러갔다가 한참 후에 다시 와서 알렸다.

"상공께서 제 말을 요망타 하셔서 다시 아뢰지 못하겠으니, 상공께서 잠깐 가서 보십시오."

양한림이 난간에 숨어 거동을 보니 과연 적생이 섬월의 손을 잡고 장난치며 놀고 있었다. 양한림이 하는 말을 듣고자 하여 나아가니 적생이 갑자기 양한림을 보고 놀라 도망하고, 섬월도 부끄러워 말을 못하자 양한림이 말하였다.

"섬랑아, 네가 적생과 친한 사이였느냐?"

섬월이 말하였다.

"제가 적생의 누이와 의자매를 맺어 그 정이 동기 같은데, 적생을 이렇게 만나게 되어 반가워 안부를 물었을 뿐입니다. 상공께서 보시고 의심하시니, 저의 죄가 백 번 죽어도 아까울 것이 없습니다."

양한림이 말하였다.

"내 어찌 섬랑을 의심하겠는가? 어진 사람을 잃었으니 내 잘못이 크오." 하고 섬월과 밤늦도록 옛일을 이야기하다가 함께 잠이 들었다. 닭이 울고 날이 새자, 섬월이 먼저 일어나 촛불을 돋우고 단장하는데, 양한림이 눈을 들어보니 밝은 눈과 고운 태도가 섬월이었으나 자세히 보면 또 아니었다. 양한림이 놀라서 일어나 물었다.

"미인은 어떤 사람인가?"

미인이 대답하였다.

"저는 본디 하북 사람입니다. 제 성명은 적경홍으로 섬랑과 함께 의자매가 되었는데, 오늘밤 섬랑이 마침 병이 있노라 하고 저에게 상공을 모시라 하기에 제가 마지못하여 모셨습니다."

이 말이 끝나기도 전에 섬월이 문을 열고 들어와 말하였다.

"상공께서 오늘밤 새 사람을 얻었으니 축하드립니다. 제가 일찍이 하북의 경홍을 상공께 추천하였는데 과연 어떠십니까?"

양한림이 말하였다.

"듣던 말보다 훨씬 낫군. 어제 적생의 누이가 있다 하더니 그러하냐? 얼굴이 아주 같구나."

경홍이 말하였다.

"저는 본디 동생이 없습니다. 제가 바로 적생입니다."

양한림이 오히려 의심하여 말하였다.

"그대는 어찌 남자의 복장을 하고 나를 속이느냐?"

경홍이 말하였다.

"저는 연왕의 궁중 사람으로, 재주와 얼굴이 남보다 못하나 평생에 대인 군자를 섬기는 것이 소원이었습니다. 저번에 연왕이 상공을 맞아 잔치할 때, 제가 벽 틈으로 상공을 잠깐 본 후에 화려한 생활이 다 하찮게 보여 상공을 따르고자 하였지만, 깊은 궁궐에서 어찌 나오며 천리만리를 어찌 따르겠습니까? 죽기를 무릅쓰고 연왕의 천리마를 도적해 타고 남자 복장을 하여 상공을 따라왔을 뿐입니다. 상공을 속이려고 한 것은 아니오니, 용서하여 주십시오."

양한림이 섬월을 시켜 위로하였다.

이 날 양한림이 떠나려 할 때, 섬월과 경홍이 말하였다.

"상공이 부인을 얻으신 후에 저희가 모실 날이 있을 것이니 상공은 평안히 행차하십시오."

이때 연왕에게 항복 문서와 조공으로 받은 보화를 다 경성으로 가지고 오자, 천자가 크게 기뻐하며

"양한림이 전쟁에 이기고 온다."

하고, 모든 관리들을 보내어 맞아들이게 하였다. 그리고 상을 내리고 예부상서(禮部尙書, 의례를 맡아보던 관아의 우두머리 벼슬. 지금의 교육 · 외무부 장관과 같은 역할을 함) 벼슬을 내렸다. 양한림이 은혜에 깊이 감사드리고 물러나와 정사도 집에 가 안부를 전하였다. 사도는 반가움을 이기지 못하여 말하였다.

"만리타국에 가 성공하고 벼슬이 올랐으니 우리 집의 복이로구나."

양소유가 부마로 선택되다

하루는 한림원에서 난간에 지어 붙인 글귀를 읊으며 달을 구경하는데, 갑자기 바람결에 퉁소 소리가 들려왔다. 하인을 불러,

"이 소리가 어디서 나느냐?"

하고 물으니,

"확실히는 모르겠지만 달이 밝고 바람이 순하면 때때로 들립니다."

하고 하인이 대답하였다.

양한림이 손 안에 백옥 퉁소를 꺼내어 들고 한 곡조를 부니 맑은 소리가 청천에 사무쳐 오색 구름이 사면에 일어나며 청학과 백학이 공중에서 내려와 뜰에서 춤을 추었다. 그러자 보는 사람마다 기이하게 여겨 말하였다.

"옛날 왕자 진이라도 이에 미치지 못할 것이다."

이때 태후에게 두 아들과 한 딸이 있었다. 맏아들은 천자이고, 또 하나는 월왕이며, 또 딸은 난양공주(蘭陽公主)였다. 어느 날 태후는 한 선녀가 나타나 신선의 꽃과 붉은 진주를 팔에 걸어주는 꿈을 꾸고 한참 후에 공주를 낳았는데, 옥 같은 얼굴과 난초 같은 태도는 세상 사람이 아니요, 민첩한 재주와 늠름한 풍채는 천상의 신선이었다. 태후는 이러한 난양을 특별히 사랑하였다.

하루는 서역국에서 백옥 퉁소를 바쳤다. 악공을 시켜 이것을 불게 하였으나 아무도 퉁소 소리를 내지 못하였다. 그러던 어느 날 밤, 공주의 꿈속에 한 선녀가 나타나 한 곡조를 가르쳐주었는데, 공주가 꿈에서 깨어 그 퉁소를 불어보니 소리가 청아하여 세상에 듣지 못하던 곡조였다. 천자와 태후가 사랑하여 항상 달 밝은 밤이면 퉁소를 불게 하니, 그때마다 청학이 내려와 춤을 추었다.

그러자 태후와 천자가 매일 말하였다.

"난양이 자라면 신선 같은 사람을 얻어 부마(駙馬, 임금의 사위. 부마도위(駙馬都尉)의 준말)를 삼으십시다."

이 날 밤도 공주의 퉁소 소리에 춤추던 학이 한림원에 가 춤을 추었다. 이것을 본 궁중 사람들이 모두 양상서가 퉁소를 불어 선학을 내리게 한다고 말하였다. 천자가 이 말을 듣고 기특히 여겨 말하였다.

"양소유는 진실로 난양의 배필이다."

소화는 곧 난양공주의 이름으로, 백옥 퉁소에 '소화' 두 글자가 새겨져 있어 그것으로 이름 지은 것이었다.

천자가 태후에게 찾아가 말하였다.

"예부상서 양소유의 나이가 난양과 서로 비슷하고 재주와 얼굴이 모든

김만중

신하 중에 으뜸이니 부마를 정할까 합니다."

태후가 크게 기뻐하여 말하였다.

"소화의 혼사를 정하지 못하여 밤낮으로 염려하였는데 양소유는 진실로 하늘이 정해준 소화의 배필이니, 내가 상서를 보고 청하고자 하오."

천자가 말하였다.

"어렵지 않으니 상서를 불러 별전(別殿)에 앉히고 문장을 논할 때, 태후께서는 주렴 속에서 보시면 아실 것입니다."

"그렇게 하는 것이 아주 좋겠소."

태후가 크게 기뻐하였다.

그리하여 천자가 내시를 보내어 양상서를 부르자, 환자(宦子, 내시. 궁중의 내시부의 벼슬아치를 통틀어 이르는 말)가 정사도의 집에 가 물으니 양상서가 오지 않았다. 환자가 급히 찾으니 양상서가 바야흐로 정십삼을 데리고 장안 술집에 가 술에 흠뻑 취하였다. 환자가 급히 부르니 양상서가 취중에 정신을 차리지 못하여 기생에게 붙들려 관복을 입고 겨우 궁궐 안으로 들어가 천자를 만났다.

천자가 자리를 내주며 반갑게 맞이하였다. 양상서가 이제까지의 제왕들에 대해 이야기하며 문장을 차례로 헤아리니, 천자가 매우 기뻐하여 말하였다.

"내 이태백을 보지 못하여 한이었는데 경을 얻었으니 어찌 이태백을 부러워하겠는가? 짐이 글 하는 궁녀 여남은 명을 가려 여중서(女中書, 여자의 관직 이름)를 봉하였으니, 경이 그 궁녀들에게 각각 글을 지어주면 그 재주를 보고자 한다."

양상서가 취흥이 일어나 좋은 붓을 한 번 휘두르니 구름과 바람이 일어나며 용과 뱀이 뒤트는 것 같았다. 잠깐 사이에 앞에 놓인 종이와 수건과 부채 등에 글이 가득하였다. 순식간에 궁녀에게 다 지어주니 궁녀들이 그 글을 가지고 차례로 천자에게 올렸다. 천자가 이것을 다 보고 극히 아름답게 여겨 궁녀에게 명하여 어주(御酒, 임금께서 신하에게 내리는 술)를 내리라 하였다. 궁녀가 다투어 각각 술을 드리니 양상서가 받는 듯, 주는 듯 삼십여 잔을 마신 후에 몹시 취하여 정신을 차리지 못하였다.

천자가 말하였다.

"이 글 한 구절의 값을 논하면 천금과 같다. 옛글(여기서는 시전(詩傳). 즉 시전은 『시경(詩經)』의 해설서를 가리킴)에 '모과를 던지거든 구슬로 보답하라' 하였으니, 너희는 무엇으로 문장을 써준 대가를 치르겠느냐?"

모든 궁녀가 봉황을 새긴 금비녀도 빼고, 흰 옥과 금으로 된 노리개도 끄르며, 옥가락지도 벗어 서로 다투어 양상서에게 던지니 잠깐만에 산같이 쌓였다.

천자가 웃으며 말하였다.

"짐은 무엇으로 상을 내리면 좋겠는가?"

하고, 환자를 시켜 쓰던 필먹과 벼루와 연적과 궁녀들이 드린 보화를 거두어 양상서의 집에 드리라 하였다. 양상서가 머리를 조아려 그 은혜에 깊이 감사하고 일어나 화원에 가니, 춘운이 내달아 양생의 옷을 벗기고 물었다.

"누구의 집에 가셔서 이리 취하셨습니까?"

양생이 대답을 못 하고 종이, 필먹, 벼루, 연적과 봉황을 새긴 비녀, 가락지, 금 노리개를 무수히 보여주었다. 그리고는 춘운에게 말하였다.

"이 보화는 황상께서 춘랑에게 상으로 주신 것이다."

춘운이 다시 묻고자 하였으나, 양상서는 벌써 잠이 들었다.

다음 날 양상서가 일어나 세수하는데 문 지키는 사람이 급히 와서 알렸다.

"월왕께서 오셨습니다."

양상서가 크게 놀라 신을 벗고 내달아 맞아 윗자리를 내어주고 물었다.

"전하께서 무슨 일로 누추한 곳에 행차하셨습니까?"

월왕이 말하였다.

"과인이 황상의 명을 받아 왔소. 난양공주는 나이가 들었지만 부마를 정하지 못하였는데, 황상께서 상서의 재덕을 사랑하시어 혼인을 정하고자 하십니다."

양상서가 크게 놀라 말하였다.

"소신이 무슨 재덕이 있습니까? 황상의 은혜가 이렇듯 하오니 아뢸 말씀이 없지만 정사도 댁 따님과 혼인을 정하여 납폐를 한 지 삼 년이니, 부디 대왕은 이 뜻을 황상께 아뢰어주십시오."

월왕이 말하였다.

"내 돌아가 전하겠지만 슬프오. 상서를 사랑하던 일이 헛수고가 되었군요."

양상서가 말하였다.

"혼인은 인륜대사이니 소신이 들어가 죄를 받겠습니다."

월왕이 즉시 작별 인사를 하고 갔다.

양상서가 들어가 사도를 보고 월왕의 말을 전하니 온 집안이 다 허둥지둥하며 어쩔 줄 몰랐다.

태후가 봉래전에서 양상서를 처음 보고 크게 기뻐하여,

"이는 하늘이 정해준 난양의 배필이니 어찌 다른 생각이 있겠는가?"

하고 월왕에게 먼저 뜻을 통하게 하였던 것이다.

진채봉이 난양공주를 모시다

그때 천자가 별전에 있다가 양상서의 글과 글씨를 잊지 못하여 다시 보고자 하여 태감(太監, 중국의 원나라와 명나라 때의 환관)에게 명하여,

"즉시 거두어 들이라."

하였다. 궁녀들이 이미 그 글을 깊이 간수하였는데 한 궁녀는 양상서가 글 쓴 부채를 들고 제 침실에 들어가 슬피 울었다. 이 궁녀의 성명은 진채봉이니 화음당 진어사의 딸이다. 진어사가 죽은 후에 궁궐의 노비가 되었는데 천자가 보고 사랑하여 후궁으로 봉하려 하자, 황후가 그 재덕을 보고 자기 권리를 휘두를까 염려하여 말하였다.

"진낭자의 재주와 행실이 족히 후궁을 봉함 직하지만 제 아비를 죽이고 그 딸을 가까이 함이 옳지 아니한 듯합니다."

그러자 천자가

"옳다."

하고, 채봉을 불러,

"너를 태후 궁중에 보내어 난양공주를 모시게 할 것이니 잘 모셔야 한다."

하고, 채봉에게 여중서 벼슬을 주어 궁중의 문서를 맡게 하고, 난양공주를 모시게 하였다. 난양공주도 채봉의 재주와 용모를 보고 사랑하여 잠시도 떠나지 못하게 하였다.

하루는 태후를 모시고 봉래전에 가 양상서의 글을 얻으니 양상서는 채봉이 살아 있음을 확신하지 못하여 알아보지 못하였지만, 채봉은 알아보고 자연 슬픈 마음을 이기지 못하였다. 눈물을 머금고 남이 알까 두려워 부채만 들고 물러가 양상서를 피하여 한 번 글을 읊으니 눈물이 일천 줄이었다. 채

봉이 옛일을 생각하여 양상서의 글에 화답하여 그 부채에 썼는데, 갑자기 태감이 급히 와 양상서의 글을 다 들이라 하신다 하니, 채봉이 크게 놀라,

"과연 다시 찾을 줄을 알지 못하고 그 글에 화답하여 그 부채에 썼는데, 황상께서 보시면 반드시 죄가 중할 것이니 차라리 자결하겠습니다."

하자, 태감이 말하였다.

"황상이 인자하시니 반드시 죄 하지 아니하실 것이요, 나 또한 힘써 도울 것이니 염려 말고 갑시다."

채봉이 마지못하여 태감을 따라갔다.

태감이 모든 궁녀의 글을 차례로 드리자 천자가 글마다 일일이 보다가 채봉의 부채에 쓴 글을 보고 이상하게 여겨 물었다.

"상서의 글에 누가 화답하였느냐?"

태감이 말하였다.

"진씨의 말을 들어보니 '황상이 다시 찾으실 줄을 모르고 외람되게 화답하여 썼습니다' 하고 죽으려 하기에 소신이 못 죽게 하여 데려왔습니다."

천자가 말하였다.

"진씨에게 반드시 사정이 있도다. 어떤 사람을 보았기에 이 글이 이러한가? 그러나 재주가 아까우니 살려는 주겠다."

하고, 태감을 명하여 채봉을 불렀다. 그러자 채봉이 들어가 섬돌 아래에 엎드려 머리를 두드리며 말하였다.

"소첩이 죽을 죄를 지었사오니, 빨리 죽여주십시오."

이 말을 듣고 천자가

"네 속이지 말고 바로 아뢰라. 어떤 사람과 사정이 있느냐?"

하니, 채봉이 눈물을 흘리며 말하였다.

"황상께서 여쭈시니 어찌 속이겠습니까? 저의 집이 망하지 아니하였을 때, 상서가 과거를 보러 가다가 저를 보고 「양류사」로 서로 화답하고 혼인을 언약하였는데, 이전에 봉래전에서 글을 지을 때 저는 상서를 알아보았지만 상서는 저를 알지 못해서 슬픈 마음을 이기지 못하여 우연히 화답하였으니, 저의 죄는 백 번 죽어 마땅합니다."

천자가 말하였다.

"네가 「양류사」를 기억하겠느냐?"

채봉이 즉시 「양류사」를 써서 드리니, 천자가 보고 말하였다.

"너의 죄가 무거우나 네 재주가 기특하니 용서한다. 돌아가 난양을 정성으로 섬겨라."

하고 부채를 주었다.

양소유가 부마 되기를 거절하여 옥에 갇히다

이 날 천자가 태후를 모셔 잔치를 하는데, 월왕이 양상서의 집에서 돌아와 정사도의 집에 납폐한 말을 전하니, 태후가 크게 노하여 말하였다.

"상서가 조정의 체면을 알 텐데 어찌 나라의 영을 거역하는가?"

다음 날 천자가 양상서를 불러 보고 말하였다.

"내 누이동생의 재질이 보통 사람과 달라 경이 아니면 가히 배필될 사람이 없어 월왕을 경의 집에 보냈소. 그런데 정사도의 집 말로써 경이 사양한다 하니 생각지 못한 바이다. 예로부터 부마를 정하면 얻은 아내라도 내보내기도 하였으니, 양상서는 정씨 집안 여자와 아직 혼례를 올리지 않았으니 정소저가 자연히 시집갈 곳이 있을 것인데 무슨 해가 되겠는가?"

양상서가 머리를 조아리며 말하였다.

"소신은 먼 지방 사람으로 경성에 와 몸을 맡길 곳이 없어 정사도의 은혜를 입어 장인과 사위의 의리를 맺고 부부의 뜻을 정하였지만, 이제까지 혼례를 하지 못한 것은 국가의 일을 많이 맡아 어머니를 모셔오지 못하였기 때문이었는데, 이제 소신을 부마를 정하시면 정소저가 수절할 것이니 어찌 나라에 해롭지 아니하겠습니까?"

천자가 말하였다.

"경의 딱하고 가엾은 형편은 그러하나 혼례를 행치 아니하였으니 정씨 집안 여자가 무슨 수절을 하며, 또 태후가 경의 재덕을 사랑하여 부마를 정하고자 하시니 경은 과히 사양치 말라. 혼인은 중대사이니 어찌 소소한 사정을 생각하겠는가. 짐과 바둑이나 두자."

하고 종일토록 바둑을 두다가 나오니, 정사도가 양상서를 보고 눈물을 흘리며 말하였다.

"오늘 태후께서 명을 내리시어 '양상서의 예물을 빨리 내어주라. 아니면 큰 벌이 있을 것이다' 라고 하시기에 춘랑을 시켜 이미 화원에 내보냈으니, 우리 집 앞일이 걱정이다. 나는 겨우 부지하겠지만, 늙은 아내는 병이 되어 정신을 차리지 못하니 이런 사정이 있는가?"

양상서가 어안이 벙벙하여 말을 못하다가 한참 후에 말하였다.

"제가 상소하여 다투면 조정에서 의견이 분분할 것입니다."

사도가 말하였다.

"상서가 이제 상소하면 반드시 무거운 죄를 얻으려니와 황상의 명령을 받은 후에 화원에 있기 미안하니, 아무리 떠나기 서운하나 다른 데 거처를 정하는 것이 마땅하다."

양상서가 대답하지 않고 화원으로 나가니, 춘운이 눈물을 흘리며 혼약 예물을 붙들고 말하였다.

"소저의 명으로 와 상서를 모신 지 오래인데 호사다마(好事多魔)하여 일이 이리 되어 소저의 혼사는 다시 바랄 것이 없으니 저도 아주 이별하렵니다."

양상서가 말하였다.

"내가 상소하여 힘써 다투겠지만 설사 허락하지 아니하신 대도 춘랑은 이미 내게 몸을 맡겼으니 어찌 나를 버리는가?"

춘운이 말하였다.

"제가 비록 민첩하지 못하나 여필종부(女必從夫, 아내는 반드시 남편을 따라야 함)의 뜻을 어이 모르겠습니까마는, 제가 어려서 소저와 죽고 살며 남고 모자란 것을 함께 하자고 맹세하였으니, 오늘날 상서를 모시는 것도 소저의 명입니다. 소저가 평생토록 수절하면 제가 어디를 가겠습니까?"

양상서가 말하였다.

"소저는 동서남북의 뜻대로 가겠지만 춘랑이 소저를 좇아 다른 사람을 섬기면 여자의 정절이 있다고 할 수 있는가?"

춘운이 말하였다.

"상공은 우리 소저를 알지 못합니다. 소저가 정한 일이 있습니다. 부모 슬하에 있다가 백 년이 지난 후에 인연을 끊고 몸을 깨끗하게 하고 절에 몸을 맡겨 일생을 지키고자 하시니, 제가 홀로 어디로 가겠습니까? 상서께서 춘운을 보고자 하시거든 예물을 소저의 방으로 보내십시오. 그렇게 하지 아니하시면 죽어 후세에서나 다시 뵙겠습니다. 부디 상공은 오랫동안 편안히 계십시오."

하고 문득 뜰에 내려와 두 번 절하고 안으로 들어갔다. 양상서가 마음이 쓸쓸하여 길게 탄식만 하였다.

이 날 양상서가 이러한 글을 천자께 상서로 올렸다.

> 한림학사 겸 예부상서 양소유는 머리를 조아려 절하며 황상께 아룁니다. 대개 인륜(人倫, 사람이 마땅히 지켜야 할 도리)은 왕정의 근본이요, 혼인은 인륜의 대사(大事)여서 왕정을 잃으면 나라가 그릇되고 혼인을 삼가지 아니하면 가도(家道, 집안의 도덕이나 규율)가 망하니, 어찌 혼인을 삼가 왕정(王政, 임금이 친히 다스리는 조정)을 구하지 아니하겠습니까? 소신(小臣)이 바야흐로 정씨 집안의 여자와 혼인을 정하여 납채하였는데, 천만 뜻밖에 부마로 봉코자 하시어 태후의 명으로 이미 받은 납채를 내어주라 하시니 이는 예로부터 듣지 못하던 바입니다. 부디 황상께서는 왕정과 인륜을 살펴 정가와의 혼인을 허락하여 주십시오.

천자가 보고 태후에게 알리니, 태후가 크게 노하여,

"양상서를 감옥에 가두어라!"

하자, 조정 대신들이 모두 이를 말렸으나 태후는 듣지 아니하였다.

양소유가 토번 정벌 때 심요연과 인연을 맺다

이때 토번 오랑캐가 강성하여 중국을 얕보아 군사 3만 명을 거느리고 와 변경 지방에 있는 고을을 노략하여 선봉(先鋒)이 이미 위교(渭橋, 중국 장안성 북쪽에 있는 다리)에 왔다. 천자가 조정 대신을 불러 의논할 때, 대신들이 입을 모아

"양상서가 전에도 군병을 죄하지 아니하고 세 진영을 정벌(征伐)하였으니, 지금도 양상서가 아니면 당할 사람이 없을까 합니다."

하자, 천자가 고개를 끄덕이며

"옳다."

하고, 즉시 들어가 태후에게 말하였다.

"조정에는 양소유가 아니면 도적을 당할 사람이 없다 하오니, 비록 죄가 있으나 국사를 먼저 생각하십시오."

태후가 허락하자, 즉시 사신을 보내어 양상서를 불러들여 의논하였다.

"경이 아니면 도적을 막지 못하리니, 어찌하면 좋은가?"

양상서가 대답하여 말하였다.

"신이 비록 재주가 없으나 수천 군사를 얻어 이 도적을 무찔러 죽을 목숨을 구해주신 은덕을 만 분의 일이나 갚을까 합니다."

천자가 크게 기뻐하여 즉시 양상서를 대사마 대원수를 봉하고 3만 군을 주었다. 양상서가 이 날 천자에게 작별 인사를 하고 군병을 거느려 위교로 나가자, 선봉장이 달려들어 좌현왕을 사로잡으니, 기세가 크게 꺾인 적이 다 도망하였다. 그 뒤를 쫓아가 세 번 싸워 세 번 이기고 적군 삼만여 명의 목을 베고 좋은 말 8천을 얻었다. 이 소식을 전해 들은 천자가 크게 기뻐하며 양상서를 칭찬하였다.

양상서가 또 군 진영에서 상소하였다.

"도적을 비록 무찔렀으나 저들의 땅에 들어가 모조리 없애고 돌아오겠습니다."

천자가 상소를 보시고 장하게 여겨 병부상서 대원수 벼슬을 내리고 보검(寶劍)과 붉은 활과 화살(단궁적전(丹弓赤箭). 옛날에 천자가 큰 공이 있는 제후에게 선물로 주었음), 천자가 두르던 띠를 내려주었다. 또 흰 소 꼬리로 만든 기와 황금으로 꾸민 크고 작은 도끼를 주며 삭방, 하동, 산남, 농서 지방의 병마를 다 데려다 쓰도록 하였다.

양상서가 택일하여 길을 떠날 때, 붉은 빛의 갓끈이 엄숙하고 위의가 씩씩하였다. 수일 사이에 오십여 개의 성을 항복 받고 적절산 아래에 군사를 머물게 하였는데, 갑자기 찬바람이 일어나며 까치가 진영 안에 들어와 울고 가기에 양상서가 말 위에서 점을 치니 흉한 것이 먼저 나타나고 뒤이어 좋은 일이 발생할 괘(卦, 주역의 골자로서, 음양으로 나뉜 효(爻)를 세 개 또는 여섯 개씩 어울러 놓은 것. 어우르는 차례를 바꾸는 데 따라 3효가 어울러 8괘를 이루고, 6효가 어울러 64괘를 이룸)였다. 양상서가 촛불을 밝히고 병법 책을 보는데 자정쯤 되어 촛불이 꺼지며 냉기가 사람을 놀라게 하였다. 문득 한 여자가 공중에서 내려와 양상서의 앞에 섰다. 양상서가 쳐다보니 손에 팔 척의 비수를 들고 있는데 얼굴이 눈빛 같았다. 양상서가 자객인 줄 알고 안색을 바꾸지 않은 채 물었다.

"여자는 어떤 사람이기에 밤에 여기로 들어왔느냐?"

그러자 여자가 대답하였다.

"저는 토번국 군주 찬보의 명으로 양상서의 머리를 베러 왔습니다."

양상서가 웃으며 말하였다.

"대장부가 어찌 죽기를 두려워하겠는가."

안색이 편안하자, 그 여자가 칼을 땅에 던지고 머리를 들어 말하였다.

"상서는 염려치 마십시오."

양상서가 붙들어 일으키고 물었다.

"그대가 나를 해치지 아니함은 어찌된 일인가?"

여자가 대답하였다.

"저는 본디 양주 사람으로, 제 성명은 심요연입니다. 부모를 일찍 여의고 한 도사를 따라 검술을 배웠는데, 진해월이와 김채홍이와 함께 배운 지 삼 년 만에 바람을 타고 번개를 좇아 천 리를 가게 되었습니다. 선생이 혹 원 수를 갚거나 사나운 사람을 죽이고자 하면 항상 해월과 채홍을 보내고 저 는 보내지 아니하여 제가 이상히 여겨 물으니 선생이 말하였습니다. '어찌 네 재주가 부족하겠는가. 너는 인간 세상의 귀한 사람이다. 당나라 양상서의 배필이 될 것이니 어찌 사람을 살해하겠는가?' 제가 대답하였지요. '그러면 검술을 배워 무엇하겠습니까?' 그러자 선생이 말하였습니다. '양상서를 백 만 군 진영에서 만나 연분을 맺을 것이다. 또 토번이 천하 자객을 모아 들여 양상서를 죽이려 하니 네 어서 나가 자객을 물리쳐 양상서를 구완하라' 하기 에, 제가 토번국에 와 모든 자객을 물리치고 왔으니 어찌 상공을 해치겠습 니까?'

양상서가 이 말을 듣고 크게 기뻐하여 말하였다.

"낭자가 죽어가는 목숨을 살려주고 또 몸을 허락하니 이 은혜를 어찌 갚 겠는가? 낭자와 함께 백년해로 하겠소."

이 날 밤, 양상서가 군영 장막 안에서 창검 빛으로 화촉을 대신하고 야경 하는 징소리를 금슬 소리로 삼아 요연과 잠자리를 함께 하니, 복파(伏波) 장 군의 군영 가운데 달빛이 뜰에 가득하고 옥문관(玉門關, 감숙성에 있어서 서역으 로 통하는 옛 관문 이름) 밖에 봄빛이 가득하였다. 기분 좋은 흥취를 어이 헤아 리겠는가.

요연이 문득 작별 인사를 하며,

"이곳은 여자가 있을 곳이 아니니 돌아가겠습니다."

하니, 양상서가 서운하여

"낭자는 세상 사람이 아니다. 도적을 물리칠 좋은 묘책을 가르쳐주지 않고, 어찌 나를 버리고 급히 가시오?"

물으니, 요연이 대답하였다.

"상공의 용맹으로 패한 도적을 치는 것은 손에 침 뱉기와 같이 쉬우니 무엇이 염려되십니까? 제가 돌아가 선생을 모시고 있다가 상서께서 군사를 돌이켜 가신 후에 가 모시겠습니다."

양상서가 말하였다.

"그리하는 것이 좋기는 하겠으나, 그대가 간 후에 다른 자객이 오면 어찌하겠소?"

"자객이 비록 많기는 하나 적수는 없으니 제가 상공께 귀순한 것을 알면 다른 사람은 감히 오지 못할 것입니다."

그리고 허리에서 묘아완이란 구슬을 꺼내어 양상서에게 주며 말하였다.

"이것은 찬보의 상투에 매었던 구슬이니 사자를 시켜 찬보에게 보내어 제가 다시 돌아가지 않을 것임을 알려주세요."

"이밖에 또 무슨 일러줄 말이 있는가?"

"반사곡(盤蛇谷, 『삼국지연의』에 나오는 땅 이름. 뱀이 서린 모양의 골짜기란 뜻)에 가서 물이 없거든 샘을 파서 군사를 먹이고 돌아가십시오."

또 무슨 말을 묻고자 했는데, 요연이 공중으로 오르더니 온데간데 없었다. 양상서가 여러 장수를 불러 요연의 일과 말을 전하자 모두 축하하였다.

"장군께서 몹시 신통하시니까 천신께서 도우셨습니다."

양소유가 용녀 백능파와 인연을 맺다

양상서가 군사를 거느리고 돌아올 때, 한 곳에 이르니 길이 좁아 군대가

지나가기 어려웠다. 겨우 수백 리를 기어 나와, 겨우 조금 넓은 곳에 이르러 군대를 머물게 하니 군사가 다 목말라 하였다. 마침 못의 물을 보고 먹으니 일시에 몸이 푸르게 변하고 말도 제대로 못하고 죽어갔다. 양상서가 크게 놀라서 물가에 가 보니 물이 깊어 그 속을 살필 수 없었다. 이때 요연이 전해준 '반사곡'이라는 말이 생각나서, 즉시 샘을 팠지만 물이 나오지 않으니, 양상서가 이를 염려하여 진을 옮기고자 하였다. 그런데 갑자기 산 앞뒤에서 북소리가 천지를 진동하며 적병이 험한 길을 막아 습격하려고 하였다.

여러 장수와 군사들은 배고픔과 목마름이 너무 심하여 적병을 막을 뜻이 없었다. 양상서가 크게 민망해하며 묘책을 생각하다가, 밤이 깊어 깜빡 잠이 들었다. 문득 꿈을 꾸니 푸른 옷을 입은 여자아이가 앞에 와 섰는데, 그 얼굴을 보니 단정한 모습이 보통 사람은 아니었다.

양상서에게 말하였다.

"우리 낭자가 한 말씀을 상서께 전하고자 하오니, 상서는 잠깐 같이 가시지요."

양상서가 말하였다.

"너의 낭자는 어떤 사람이냐?"

여자아이가 대답하였다.

"우리 낭자는 동정 용왕의 작은 딸이신데, 잠깐 화를 피하여 여기에 와 계십니다."

그러자 양상서가 물었다.

"용녀는 용궁에 살고, 나는 세상 사람인데 어찌 갈 수 있겠는가?"

여동이 말하였다.

"말을 진영문 밖에 매어두었으니 그 말을 타시면 가실 수 있을 것입니다."

양상서가 여자아이를 따라 한참 들어가니 궁궐이며 장엄하고 찬란하였다. 여자아이가 여러 사람이 나와 양상서를 맞아 백옥으로 꾸민 의자에 앉기를 권하였다. 양상서가 사양치 못하여 앉았더니 시녀 수십 명이 한 낭자를 모시고 중앙 대청 앞으로 나왔다. 신선 같은 아름다움과 빛나는 차림새가 세상에는 없는 것이었다.

시녀가 양상서에게 물었다.

"우리 낭자가 상서께 예를 갖추어 뵙고자 합니다."

양상서가 놀라 피하고자 하나 좌우 시녀가 붙잡으니 어쩔 수 없었다. 용녀가 예를 갖추어 절을 한 후에 양상서가 시녀에게 명하여,

"앞으로 모셔라."

하나, 용녀가 사양하고 자리에 무릎을 꿇고 앉자 양상서가 말하였다.

"양소유는 인간 세상 사람이요, 낭자는 용궁 선녀인데 어찌 이토록 예의를 갖추십니까?"

용녀가 일어나 두 번 절하고 말하였다.

"저는 동정 용왕의 작은 딸 백능파(白凌波)입니다. 제가 태어났을 때 부왕이 옥황상제께 아침 문안할 때, 장진인을 만나 첩의 팔자를 물어보니 진인이 말하였습니다. '이 아기는 천상 선녀입니다. 죄를 짓고 용왕의 딸이 되었으나 인간 양상서의 첩이 돼 영화를 얻어 백년해로 하다가 다시 불가에 돌아가 극락세계에서 천만 년을 지낼 것입니다.' 부왕이 이 말을 듣고 저를 각별히 사랑하셨는데, 천만 뜻밖에 남해 용왕의 태자가 저의 미모에 대해 듣고 구혼하니, 우리 동정은 남해 소속이라 부왕이 거역하지 못하여 몸소 가서 장진인의 말로 변명하셨지만, 남해 왕이 요망타 하고 구혼을 더욱

강하게 하였습니다. 그래 생각다 못해 그를 피해서 이 물에 와 살고 있습니다. 이 물의 이름은 백룡담입니다. 제가 물빛과 맛을 변하게 하여 사람과 사물이 통하지 못하게 하였습니다. 그러나 지금 상서를 청하여 이 더러운 땅에 오시게 하여 신세를 부탁하니, 상서의 근심은 제 근심이라 어찌 돕지 아니하겠습니까? 그 물맛을 다시 달게 할 것이니 군사가 먹으면 자연 병이 나을 것입니다."

양상서가 말하였다.

"낭자의 말을 들으니 하늘이 정한 연분입니다. 낭자와 잠자리를 같이 함이 어떠합니까?"

용녀가 말하였다.

"제 몸을 이미 상서께 허락하였으나 부모께 말씀드리지 아니하였으니 옳지 않고, 또 남해 태자가 수만 군을 거느리고 저를 얻고자 하니 그 우환이 상서께 미칠 것이요, 제가 몸의 비늘을 벗지 못하였으니 귀인의 몸을 더럽힘이 옳지 않습니다."

양상서가 이 말을 듣고 말하였다.

"낭자의 말씀이 아름다우나 낭자의 부왕이 나를 기다리니 알리지 아니하여도 부끄럽지 아니하고, 몸에 비늘이 있으나 신선의 연분을 정하였으면 관계치 아니하며, 내가 백만 군사를 거느렸으니 남해의 태자를 어찌 두려워하겠소?"

하고, 양상서가 용녀를 이끌고 잠자리에 드니 그 즐거움은 꿈도 아니요, 인간 세상보다 백 배나 더하였다.

날이 새지 않았는데 북소리가 급하게 들리자, 용녀가 잠을 깨어 일어나 앉으니 궁녀가 들어와 급히 알렸다.

김만중

"지금 남해 태자가 수많은 군병을 거느리고 와 산 아래에 진을 치고 상서와 생사를 함께하고자 합니다."

양상서가 크게 웃으며 말하였다.

"미친 사람이 나를 어찌 하겠는가?"

하고 일어나보니, 남해 군병이 백룡담을 여러 겹으로 에워싸고 함성 소리가 천지에 진동하였다.

남해 태자가 외치며 말하였다.

"네 어떤 것이기에 남의 혼사를 방해하느냐? 너와 사생을 결단하겠다."

하니, 양상서가 크게 웃으며 말하였다.

"동정 용녀는 나와 부부의 인연이 있어 하늘과 귀신이 다 아는 일인데, 너 같은 버러지가 감히 하늘의 명을 거스르느냐?"

하고 깃발로 지휘하여 백만 군사를 몰아 싸우자, 천만 용궁의 백성이 다 패하였다. 원참군 별주부와 잉어 제독을 한 칼에 베고 남해 태자를 사로잡아 죄를 묻고 놓아주었다.

이때 용녀가 음식을 장만하여 군대를 축하하고 천 석 술과 천 필 소로 군사를 먹이며 양원수가 용녀와 함께 앉았는데, 한참 후에 동남쪽에서 붉은 옷을 입은 사자(使者)가 공중에서 내려와 양상서에게 말하였다.

"동정 용왕이 상서의 공덕을 치하코자 하였지만, 맡은 일을 떠나지 못하여 지금 응벽전에서 잔치를 베풀고 상서를 청하십니다."

양상서가 용녀와 수레 위에 오르니 바람이 수레를 몰아 공중으로 날아가더니, 한참 후에 동정호 용궁에 이르자 용왕이 멀리 나와 맞아 들어가 장인과 사위의 예를 갖추고 잔치할 때, 용왕이 잔을 잡고 양상서에게 감사해하며,

"과인이 덕이 없어 딸 하나를 두고 남에게 곤란한 일이 많았는데, 양원수

의 위엄과 덕망으로 근심을 없애니 어찌 즐겁지 아니하겠소?"

말하니, 양상서가 말하였다.

"다 대왕의 신령하심인데 무슨 사례를 하십니까?"

양상서가 술에 취하여 작별 인사로,

"궁중에 일이 많으니 오래 머물지 못하겠습니다. 부디 낭자와 맺은 훗날 기약을 잊지 마십시오."

하고, 용왕과 함께 궁문 밖에 나오니, 문득 산이 하나 보이는데 다섯 봉우리가 구름 속에 우뚝 솟아 있고, 붉은 안개가 사방에 둘러져 있고 층암절벽이 하늘에 이어진 듯하였다. 그러자 양상서가 용왕에게 물었다.

"저 산은 무슨 산입니까?"

용왕이 말하였다.

"저 산의 이름은 남악산이라 하는데 산천이 아름답고 경치가 거룩합니다."

양상서가 말하였다.

"어찌해야 저 산에 올라 구경할 수 있겠습니까?"

용왕이 말하였다.

"날이 저물지 아니하였으니 올라 구경하여도 늦지 않을 것입니다."

양상서가 수레를 타자마자 곧 연화봉에 이르렀다. 죽장을 짚고 수많은 봉우리와 계곡을 차례로 구경하며

"슬프다. 이런 아름다운 경치를 버리고 전쟁의 북새통에 골몰하니 언제야 공을 이루고 물러가 이런 산천을 찾을까?"

하더니, 갑자기 경쇠 소리가 들리자 양상서가 찾아 올라가니 절이 하나 있는데 법당이 아주 맑고 깨끗하고 중이 모두 신선 같았다. 한 노승이 있는데 눈썹이 길고 골격은 푸르고 정신은 맑아보이는데, 그 나이는 알 수 없었다.

김만중

노승이 양상서를 보고는 모든 제자를 거느리고 법당에서 내려와 예를 표하고 말하였다.

"깊은 산중에 있는 중이 귀먹어 대원수의 행차를 알지 못하여 산문 밖에 나가 대령치 못하였으니, 청컨대 상공은 허물하지 마십시오. 또 이번은 대원수가 아주 오신 길이 아니오니 어서 법당에 올라 예불(禮佛, 불교에서 부처에게 공손히 절하는 일)을 하고 가십시오."

양상서가 즉시 불전에 가 향을 피우고 두 번 절하고 계단에 내려올 때 발을 헛디뎌 잠을 깨니 몸이 진영에 앉아 있었다. 점점 날이 밝자 양상서가 여러 장수를 불러 말하였다.

"공들도 꿈을 꾸었는가?"

여러 장수가 말하였다.

"소인들도 다 꿈을 꾸었습니다. 장군을 모시고 신병귀졸(神兵鬼卒, 신이 보낸 군사와 염라대왕의 군졸)과 크게 싸워 장수를 사로잡아 뵈오니 이는 좋은 징조인가 합니다."

양상서도 꿈의 일을 자세히 말하고 여러 장수를 모시고 물가에 가보니, 부서진 비늘이 땅에 깔리고 피가 흘러 물이 붉었다. 양상서가 그 물을 맛보니 과연 달거늘 군사와 말을 먹이니 병에 즉시 효험이 있었다. 적병이 이 말을 듣고 크게 놀라 즉시 항복하였다. 양상서가 명령하여 전쟁에 이겼다는 첩서(捷書, 보고서)를 올리자 천자가 크게 기뻐하였다.

태후가 양소유의 혼인을 정하다

하루는 천자가 태후에게 말하였다.

"양상서의 공은 세상의 으뜸이니 군사를 돌린 후에 즉시 승상을 봉하겠지만, 난양의 혼사를 상서가 마음을 바꾸어 허락하면 좋겠지만, 만일 고집하면 공신(功臣)을 말하지 못할 것이요, 혼인을 우격다짐하지도 못할 것이니 어찌하면 좋겠습니까? 매우 민망합니다."

태후가 말하였다.

"양상서가 돌아오지 않았으니 정사도의 딸에게 다른 혼인을 급히 하게 하면 어떠한가?"

이에 천자가 대답도 하지 않고 나가니, 난양공주가 태후에게 말하였다.

"낭랑은 어찌 이런 말씀을 하십니까? 정씨 집안의 혼사는 제 집 일인데 어찌 조정에서 권하겠습니까?"

태후가 말하였다.

"내가 벌써 너와 의논하고자 하였다. 양상서는 풍채와 문장이 세상에 으뜸일 뿐 아니라, 퉁소 한 곡조로 네 연분을 정하였으니 어찌 이 사람을 버리고 다른 데서 구하겠느냐? 상서가 돌아오면 먼저 네 혼사를 지내고 정사도 여자를 첩으로 맞게 하면, 상서가 사양할 바가 없을 텐데 네 뜻을 알지 못하여 염려스럽구나."

난양공주가 대답하여 말하였다.

"소저가 일생 질투심을 알지 못하니 어찌 정씨 집안 여자를 꺼리겠습니까? 다만 양상서가 처음에 납채하였다가 다시 첩을 삼으면 예가 아니요, 또 정사도는 여러 대에 걸친 재상의 집입니다. 그 여자로 남의 첩이 되게 함이 어찌 원통치 아니하겠습니까?"

태후가 말하였다.

"네 뜻이 그러하면 어찌하면 좋겠느냐?"

난양공주가 말하였다.

"들으니 제후에게는 세 부인이 가능하다고 합니다. 양상서가 이기고 돌아오면 후왕으로 봉할 것이니, 두 부인을 취하는 것이 어찌 마땅치 아니하겠습니까?"

태후가 말하였다.

"안 된다. 사람이 귀천이 없다면 관계치 아니하겠지마는 너는 선왕(先王)의 귀한 딸이요, 지금 임금의 사랑하는 누이다. 어찌 여염집 천한 사람과 함께 섬기겠느냐?"

난양공주가 말하였다.

"선비가 어질면 천자도 벗한다 하니 관계치 아니하며, 또 정사도의 딸은 자색과 덕행이 옛사람이라도 미치기 어렵다 합니다. 그것이 소녀에게는 오히려 다행입니다. 아무튼 그 여자를 친히 보아 듣던 말과 같으면 몸을 굽혀 섬김이 옳고, 그렇지 아니하면 첩을 삼거나 마음대로 하십시오."

태후가 말하였다.

"여자의 투기는 예로부터 있는데 너는 어찌 이토록 인자하고 후덕한가? 내가 내일 정씨 딸을 부르겠다."

난양공주가 말하였다.

"아무리 낭랑의 명이 있어도 아프다고 핑계하면 부질없고, 더구나 재상가의 여자를 어찌 불러들이겠습니까? 소녀가 직접 가보겠습니다."

이때 정소저가 부모를 위하여 태연한 체 하지만 모습이 초췌하였다.

하루는 한 여자아이가 비단 족자를 팔러 왔는데, 춘운이 보니 꽃밭 속에 공작이 수놓여 있었다.

춘운이 족자를 가지고 들어가 정소저에게 알렸다.

"이 족자는 어떠합니까?"

정소저가 보고 놀라 말하였다.

"어떤 사람이 이런 재주가 있는가? 세상 사람이 아니다."

하고 춘운을 명하여,

"이 족자는 어디서 났으며, 만든 사람이 어떤 사람이냐?"

하고 물으니 여자아이가 대답하였다.

"우리 소저의 재주인데, 우리 소저가 객중에 계셔 급히 쓸 곳이 있어 팔러왔으니 값의 많고 적음을 보지 않겠습니다."

춘운이 말하였다.

"너의 소저는 뉘 집 낭자이며, 무슨 일로 객중에 머무느냐?"

여자아이가 말하였다.

"우리 소저는 이통판(李通判)의 누이입니다. 이통판이 절동 땅에 벼슬 갈 때, 부인과 소저를 모시고 가는데 소저가 병이 들어 가지 못하여 연지촌 사삼랑의 집에 처소를 정하여 계십니다."

정소저가 그 족자를 비싼 값에 사서 대청에 걸어 두고 춘운에게,

"이 족자의 임자를 시비를 보내어 얼굴이나 보고 싶구나."

하고 즉시 시비를 보냈다.

시비가 돌아와 전하였다.

"억만 장안을 다 보았지만 우리 소저 같은 사람은 없었는데, 과연 이소저는 우리 소저와 같았습니다."

춘운이 말하였다.

"그 족자를 보니 재주는 아름다우나 어찌 우리 소저 같은 사람이 있겠느냐? 네가 잘못 보았다."

하루는 연지(잇꽃의 꽃잎에서 뽑아낸 붉은 물감으로 여자의 얼굴 화장에 많이 썼음) 파는 사삼랑이 와서 부인과 정소저에게 말하였다.

"소인의 집에 이통판 댁 낭자가 머물고 있는데, 소저의 재덕을 듣고 한 번 뵙고자 청합니다."

부인이 말하였다.

"내 그 낭자를 보고자 하였지만 청하기 미안하여 못하였는데, 그대 말을 들으니 어찌 기쁘지 아니하겠는가?"

다음 날 이소저가 흰 옥으로 꾸민 가마를 타고 시비와 함께 왔다. 정소저가 나와 맞아 침실에 들어가 서로 대하여 앉으니, 월궁(月宮)의 선녀가 요지연에 들어간 듯 그 광채가 비할 데 없었다.

정소저가 먼저,

"마침 시비에게 들으니 그대가 가까이 와 계시다 하나, 내 팔자가 기박하여 인사를 사절하였기 때문에 가 뵙지 못하였는데, 그대가 이 누추한 곳에 와주시니 매우 감사합니다."

하자, 이소저가 말하였다.

"나는 본디 초야에 묻힌 사람입니다. 아버지를 일찍 여의고 어머니를 의지하여 배운 일이 없어 마침 소저의 아름다운 행실을 듣고 한 번 모시어 가르치시는 말씀을 듣고자 했는데, 더러운 몸을 버리지 아니하시니 평생 소원을 푼 듯합니다. 또 들으니 댁에 춘운이 있다 하오니 볼 수 있겠습니까?"

정소저가 즉시 시비에게 명하여 춘운을 불렀다. 춘운이 들어와 예의바르게 인사하자 이소저가 일어나 맞아들였다.

이소저가 춘운을 보고 감탄하여 말하였다.

'듣던 말과 같구나. 정소저가 저러하고 춘운이 또 이러하니, 양상서가 어

찌 부마가 되려고 하겠는가?'

이소저가 일어나 부인과 정소저에게 작별 인사를 하며,

"날이 저물었으니 물러갑니다. 비록 머물고 있는 곳이 멀지 아니하나, 언제 다시 뵐 날이 있을지 모르겠습니다."

하고 정소저가 계단 아래로 내려와 절하고,

"저는 얼굴을 내놓고 나다니지 못하기에 은혜에 보답하지 못하오니 허물치 마십시오."

하고, 서로 이별하였다.

정소저가 춘운에게 말하였다.

"이소저의 자태와 용모가 이렇듯 아름다운데도, 같은 땅에 있으면서 우리가 일찍이 듣지 못하였으니 이상합니다."

춘운이 말하였다.

"제가 한 가지 의심하는 것이 있습니다. 화음 진어사의 딸이 양상서와 「양류사」를 화답하여 혼인을 언약하였다가 그 집이 난리를 만난 후에 진씨의 생사를 모른다 하는데, 이 사람이 일부러 성명을 바꾸고 소저를 쫓아 연분을 잇고자 하는 것이 아닙니까?"

정소저가 말하였다.

"나도 진씨 말을 들었지만 그 집이 난리를 만난 후에 진씨는 궁궐의 시비가 되었으니 어찌 오겠는가? 내 생각에 난양공주가 덕행과 재색이 세상에 으뜸이라 하니 그러한가 합니다."

다음 날 또 시비를 보내어 이소저를 청하여 춘운이 함께 앉아 종일토록 문장을 의논하였다.

하루는 이소저가 와서 부인과 정소저에게 작별 인사를 하며 말하였다.

"내 병이 잠깐 나아 내일은 절강으로 가는 배를 얻어 가게 되었습니다."

이 말을 듣고 정소저가 말하였다.

"더러운 몸을 버리지 아니하시고 자주 부르시니 즐거운 마음을 이기지 못하였는데, 이제 돌아가신다니 떠나는 정회를 어이 헤아리겠습니까?"

이소저가 말하였다.

"한 말씀을 정소저께 전하고자 하나 따르지 아니하실까 염려됩니다."

이 말을 듣고 정소저가 물었다.

"무슨 말씀이십니까?"

"늙은 어미를 위하여 남해 관음보살의 얼굴과 모습을 그린 그림을 수놓았는데 문장 명필을 얻어 제목을 쓰고자 합니다. 소저가 찬문(贊文, 아름다움을 칭찬하는 문체의 한 가지로, 서화 등에 글제로 쓰는 시나 노래 등을 말함)을 지어 제목을 써주시면, 한편으로는 아쉬운 마음을 위로하고, 한편으로는 우리 서로 잊지 못할 정표가 될 듯합니다. 소저가 허락하지 아니하실까 염려하여 족자를 가져오지 않았으나 거처하는 곳이 멀지 아니하니 잠깐 생각해주십시오."

하는 이소저의 말에, 정소저가 말하였다.

"비록 문필은 없으나 그렇게 말씀하시니 어찌 따르지 아니하겠습니까? 날이 저물기를 기다려 가셨으면 합니다."

이소저가 크게 기뻐하여 일어나 절하고 말하였다.

"날이 저물면 글쓰기가 어려울 것이니 내가 타고 온 가마가 비록 더러우나 함께 가셨으면 합니다."

정소저가 허락하니 이소저가 일어나 부인에게 작별 인사를 하고 춘운의 손을 잡고 이별한 후에 정소저와 함께 흰 옥으로 꾸민 가마를 타고 갈 때,

정소저의 시녀 여러 사람이 따라갔다.

정소저가 이소저의 침실에 들어가니 패물과 음식이 다 보통과 달리 이상하였다. 이소저가 족자도 내놓지 아니하고 문필도 청하지 아니하자, 정소저가 민망하여 말하였다.

"날이 저물어 가는데 관음화상은 어디에 있습니까? 절하여 뵙고자 합니다."

이 말이 채 끝나기도 전에 말을 타고 달리는 군사들의 소리가 떠들썩하게 들리면서 붉고 푸른 수많은 깃발이 사면을 에워쌌다. 정소저가 크게 놀라 피하려 하자, 이소저가 말하였다.

"소저는 놀라지 마십시오. 나는 난양공주로 이름은 소화입니다. 태후 낭랑의 명으로 소저를 모셔가려 합니다."

정소저가 이 말을 듣고 땅에 내려 두 번 절하여 말하였다.

"여염집 천한 사람이 지식이 없어 귀한 공주를 알아뵙지 못하고 예의 없이 하였으니 죽어도 아깝지 아니합니다."

난양공주가 말하였다.

"그런 말씀은 차차 하겠지만 태후 낭랑께서 지금 난간에 의지해 기다리시니, 부디 소저는 함께 가십시다."

정소저가 말하였다.

"귀한 공주께서 먼저 들어가시면 제가 돌아가 부모께 말씀드리고 이후에 따라 들어가겠습니다."

난양공주가 말하였다.

"태후가 소저를 보시고자 하여 어명을 내리신 것이니 사양치 마십시오."

정소저가 말하였다.

"저는 본디 천한 사람입니다. 어찌 귀한 공주와 가마를 함께 타겠습니까?"

난양공주가 말하였다.

"여상은 어부였지만 문왕과 한 수레에 탔고, 후영은 문지기였지만 신릉군이 고삐를 잡았습니다. 더구나 소저는 재상가 처녀인데 어찌 사양하십니까?"

하고 손을 이끌어 가마를 타고 갔다.

난양공주가 소저를 궁궐 문밖에 세우고 궁녀에게 명하여 호위하게 한 후, 공주가 들어가 태후에게 문안 인사를 하고 정소저의 재주와 미모, 덕행을 알렸다.

태후가 감탄하여 말하였다.

"그러하다면 양상서가 부마를 어찌 사양치 아니하겠는가?"

하고 궁녀에게 명하여 말하였다.

"정소저는 대신의 딸이요, 양상서의 납채를 받았으니 조복 한 벌을 입고 들어오라."

궁녀가 의복함을 가져와 정소저에게 전하자 소저가 말하였다.

"저는 천한 몸이니 어찌 이런 옷을 입겠습니까?"

태후가 듣고 더욱 기특히 여겨 불러들이니, 궁중 사람이 다 감탄하여 말하였다.

"천하 일색이 우리 공주님뿐인가 하였는데 또 정소저가 있는 줄을 어이 알았겠는가?"

정소저가 예를 마치자 태후가 명하여 자리를 주고 말하였다.

"양상서는 일대 호걸이요, 만고 영웅이다. 부마를 정하려고 하였는데 너의 집이 납채를 먼저 받았다기에 억지로 빼앗지 못하여 난양의 지휘로 너를 데려왔다. 내 일찍이 두 딸이 있다가 한 딸이 죽은 후에 난양만 두고 외롭게 여겼는데, 네 자색과 덕행이 족히 난양과 형제 될 만하구나. 너를 양녀로 정하여 난양이 너를 잊지 못하는 정을 표하고자 한다."

정소저가 말하였다.

"제가 여염집 천인으로 어찌 난양공주님과 형제가 되겠습니까? 복을 잃을까 두렵습니다."

태후가 말하였다.

"내가 이미 정하였으니 어찌 사양하느냐? 또 네 글 재주가 뛰어나다 하니 글 한 구를 지어 나를 위로해다오. 옛날 조자건(曹子健, 일곱 걸음 안에 글을 지은 사람. 조식(曹植)을 가리킴)은 「칠보시(七步詩)」를 지었으니, 너도 그렇게 할 수 있겠느냐? 재주를 보고 싶구나."

정소저가 대답하였다.

"소저가 글은 잘 못하지만 낭랑의 명을 어찌 거스르겠습니까?"

난양공주가 말하였다.

"정씨를 혼자 시키기 미안하니 소녀가 함께 짓겠습니다."

태후가 크게 기뻐하여 붓과 먹을 갖추고 궁녀를 앞에 세우고 글의 제목을 내는데, 이때는 춘삼월이었다. 복숭아꽃이 많이 핀 가운데서 까치가 울자, 그것으로 글제를 내니 정소저와 난양공주가 각각 붓을 잡고, 궁녀가 겨우 다섯 걸음을 옮기는 동안 글을 다 지었다.

태후가 다 보고 칭찬하여 말하였다.

"내 두 딸은 이태백과 조자건이라도 미치지 못할 것이다."

이때 천자가 태후에게 낮 문안을 왔다. 태후가 난양공주에게 경패를 데리고 잠깐 곁방으로 피하라 하고 천자에게 말하였다.

"내 난양의 혼사를 위하여 정소저를 데려다가 내 양녀를 삼아 함께 양상 서를 섬기고자 하니 어떠하오?"

천자가 말하였다.

"낭랑의 훌륭한 덕은 세상에 없을 듯합니다."

태후가 정소저를 불러,

"황상께 인사드리거라."

하자, 정소저가 즉시 들어와 뵈니 천자가 여중서(女中書) 채봉에게 비단과 필먹을 가져오게 하여, 친필로 '정씨를 영양공주로 봉한다' 하고 차례를 형 으로 하니 영양공주가 땅에 엎드려 말하였다.

"저는 본디 미천한 사람인데 어찌 난양공주의 언니가 되겠습니까?"

난양공주가 말하였다.

"영양은 재주와 덕이 나보다 위니 어찌 사양하십니까?"

천자가 태후에게 물었다.

"두 누이의 혼사를 이미 결단하셨으니, 여중서 진채봉도 생각해주십시 오. 진채봉은 본디 조관(朝官)의 자식입니다. 그의 집이 비록 망하였으나 그 재주와 심덕이 기특하고 또 양상서와 언약이 있었다 하니, 공주 혼사에서 시녀로 삼았으면 합니다."

태후가 즉시 채봉을 불러 말하였다.

"두 공주에게 희작시(喜鵲詩, 까치에 대해 노래한 시. 여기서 희작은 까치를 가리키 는 말)를 짓게 하였다. 이제 너를 양상서의 첩으로 정하니 너도 돌아갈 곳을 얻었구나. 이 자리에서 시 한 수 지을 수 있겠느냐?"

진씨가 즉시 글을 지어 올렸다.

까치가 울며 궁궐을 둘러싸니
어여쁜 복숭아꽃 위에 봄바람이 일도다.
편안히 깃들여 남으로 날아가지 않으리라.
셋 다섯 별이 드문드문 동녘에 있도다.

이를 보고, 태후와 천자가 함께 그 뜻과 필법이 기특함을 칭찬해 마지않
았다.

양소유가 두 공주와 결혼하다

양상서가 돌아온다는 소문이 황성에 들어오자, 천자가 직접 위교에 나와
양상서의 손을 잡고 말하였다.

"만 리 밖에 가 역적을 모조리 없앤 공을 어찌 갚겠는가?"

하고, 바로 그 날 대승상 위국공(魏國公, 중국 위나라의 제후)을 봉하고, 식읍(食
邑, 나라에서 공신에게 내려주어 거두어들인 조세를 받아 쓰게 한 고을) 삼만 호와 황금
일만 근, 백금 십만 근, 촉나라 비단 십만 필, 준마 일천 필을 내려주고, 이
밖에 상으로 준 여러 진기한 보배는 이루 다 기록할 수 없다. 양상서가 은
혜에 감사하여 깊이 절하자, 천자는 큰 잔치를 열어 군신이 함께 즐기고 양
상서의 초상을 기린각에 그려놓게 하였다.

양승상이 공손히 절하고 물러나와 정사도 집에 가자 사도 일가가 다 사
랑채에 모여 양승상을 위로할 때, 양승상이 사도 부부의 안부를 물으니 정
생이 말하였다.

"누이의 죽음을 당한 후에 항상 눈물로 지내시기에 나와서 승상을 맞이
하지 못하니, 승상은 들어가 뵙되 아프게 하는 말씀은 하지 마십시오."

양승상이 이 말을 듣고 질색하여 말을 못하다가 한참 후에 말하였다.

"소저가 죽었단 말이오?"

하고 눈물을 흘리니, 정생이 말하였다.

"양승상과 혼인을 정하였다가 불행하여 이렇게 되니 어찌 우리 집 가문의 운수가 쇠한 것이 아니겠습니까? 승상은 슬퍼 마십시오."

양승상이 눈물을 씻고 정생을 데리고 들어가 사도 부부를 뵈니 사도 부부의 얼굴에 별로 서러워하는 빛이 없었다.

양승상이 말하였다.

"저는 나라의 명으로 만리타국에 가 성공하고 돌아와 전생의 연분을 맺을까 하였는데, 하늘이 그르게 여기시어 소저가 인간 세상을 이별하였다 하오니 소자의 불행입니다."

사도가 말하였다.

"사람의 생사는 하늘에 달려 있으니 어찌 하겠나? 오늘은 승상의 즐길 날이니 부디 슬퍼하지 마시오."

정생이 양승상에게 눈짓을 해 일어나 화원에 들어가니 춘운이 반겨하며 달려오자, 양승상이 춘운을 보고 소저를 생각하여 눈물을 금치 못하였다.

춘운이 위로하여 말하였다.

"승상께서는 과히 슬퍼 마시고 제 말을 들으십시오. 소저는 본디 천상에서 귀양왔는데 하늘에 올라갈 때, 저에게 이르되 '양상서가 납채를 도로 내어주었으니 부당한 사람이다. 혹 내 무덤이나 내 제사를 지내는 대청에 들어와 조문(弔問, (남의 죽음에 대하여) 슬퍼하는 것을 드러내고 상주(喪主)를 위문함) 하면 나를 욕하는 일이니 아무리 죽은 혼령인들 어찌 노하지 아니하겠는가?' 하였습니다."

양승상이 말하였다.

"또 무슨 말을 하던가?"

춘운이 말하였다.

"상서께서 춘운을 사랑하시라고 전하였습니다."

양승상이 말하였다.

"소저가 말하지 않아도 내가 어찌 너를 버리겠느냐?"

하루는 천자가 양승상을 불러들여 물었다.

"승상이 부마를 사양하였지만 이제 정소저가 이미 죽었으니 또 무슨 말로 사양하겠는가?"

그러자 양승상이 두 번 절하고 말하였다.

"정소저가 죽었으니 어찌 거절하겠습니까만, 소신의 가문이 미천하고 재물과 덕행이 천하고 보잘것없으니 마땅치 못할 듯합니다."

천자가 크게 기뻐하여 태사(太史, 옛날 중국에서 기록을 맡아보던 관리. 사관(史官))를 불러 좋은 날을 선택하니 구월 보름이었다.

천자가 양승상에게 말하였다.

"경의 혼사를 확실히 결정치 못하였기에 미처 이르지 못하였는데, 짐에게 과연 두 누이가 있으니 하나는 영양공주요, 하나는 난양공주이다. 영양공주는 정부인을 정하고, 난양공주는 둘째 부인을 정하여 한날에 혼사를 행할 것이다."

구월 보름을 당하여 혼례를 궐문 밖에서 행할 때, 양승상이 비단으로 만든 도포와 옥으로 된 띠를 하고 두 공주와 예를 이루니 그 위엄 있는 모습은 다 헤아리지 못할 정도였다.

이 날 밤은 영양공주와 함께 지내고, 다음 날은 난양공주와 지내고, 또 다음 날에는 진씨 방으로 갔는데, 진씨가 양승상을 보고 슬픔을 이기지 못하여 눈물을 흘리자 양승상이 말하였다.

"오늘은 즐거운 날인데 낭자는 어찌 눈물을 흘리는가?"

진씨가 말하였다.

"승상이 저를 알아보지 못하시니 저를 잊으신 것이 분명합니다. 그래서 슬퍼하는 것입니다."

양승상이 자세히 보고 나아가 손을 잡고 말하였다.

"낭자가 화음 진씨인 줄을 알겠군. 낭자가 벌써 죽은 줄 알았는데 오늘 궁중에서 볼 줄 어찌 알았겠는가? 낭자의 집이 참화를 본 일은 차마 말하지 못하겠군. 주막에서 난리를 만나 이별한 후에 어느 날인들 생각지 아니하였겠는가."

하며 양승상과 채봉이 「양류사」를 서로 마주 앉아 읊으니, 한편으로는 반갑고 한편으로는 슬펐다.

양승상이 말하였다.

"내 처음에 배필을 기약하였다가 오늘날 첩을 삼으니 어찌 부끄럽지 아니하겠는가?"

진씨가 대답하여 말하였다.

"처음에 유모를 보낼 때 첩 되기를 원하였으니 무슨 원통함이 있겠습니까?"

하고, 서로 즐기는 정이 두 날 밤보다 백 배나 더하였다.

그 다음 날 두 공주가 양승상께 술을 권하다가 영양공주가 시비를 불러 진씨를 청하였다. 양승상이 그 소리를 듣고 감동하다가 문득 생각하였다.

'내 일찍이 정소저와 거문고 한 곡조를 의논할 때, 그 소리와 얼굴을 익히 듣고 보았는데 오늘 영양공주를 보니 얼굴과 말소리가 매우 같구나. 나는 두 공주와 함께 즐겨하는데……. 슬프다, 정소저의 외로운 혼은 어디에 가 의탁하였을까?'

영양공주를 거듭 보고 눈물을 머금고 말하지 아니하자, 영양공주가 잔을 놓고 물어 말하였다.

"승상이 무슨 일로 슬퍼하십니까?"

양승상이 말하였다.

"내 일찍이 정사도의 딸을 보았는데 공주의 얼굴과 소리가 매우 같아 자연 감동하여 그러합니다."

영양공주가 이 말을 듣고 낯빛이 변하여 일어나 안으로 들어가자, 양승상이 당황하여 난양공주에게 물었다.

"영양은 내 말을 그릇되다 여깁니까?"

난양공주가 말하였다.

"영양공주는 태후의 딸이요, 황상의 누이입니다. 뜻이 교만하고 건방져 한 번 그릇되게 여기면 마음을 좇지 아니합니다. 아까 상공께서 마마를 정소저에게 비기시니 이 일로 편치 않아 하는가 싶습니다."

양승상이 즉시 진씨를 불러 영양공주에게 용서를 빌며 말하였다.

"마침 술을 과히 먹고 망발을 하였으니, 공주는 나무라지 마십시오."

진씨가 즉시 돌아와 양승상에게 전하였다.

"공주가 하시는 말씀이 있었지만, 제가 차마 아뢰지 못하겠습니다."

양승상이 말하였다.

"공주의 말씀이 비록 지나치나 진씨의 죄가 아니니 전해보라."

진씨가 말하였다.

"공주가 막 화를 내시며, '나는 태후의 딸이요, 정녀는 여염집 천한 사람입니다. 제 얼굴만 자랑하고 평생 보지 못하던 상공과 반나절을 함께 거문고를 가지고 이야기를 나누니 행실이 아름답지 못하고, 또 혼인이 시기를 놓쳐 이루어지지 못하게 된 것에 심술이 나서 청춘에 죽었으니 복도 좋지 못한 사람입니다. 옛날 추호(秋胡, 중국 노나라 사람으로 아내를 맞은 지 5일 만에 진나라에 가서 벼슬을 하다가 5년 만에 돌아왔는데, 길가에서 뽕 따는 미녀에게 황금으로 환심을 사려다가 거절당하고 집에 돌아와보니 뽕 따던 미녀는 곧 그의 아내였다. 아내는 남편의 행실을 부끄러워하여 물에 빠져 죽었다는 고사가 있다)라는 사람이 뽕 따는 여자와 즐길 때 그 아내가 듣고 말하기를, '내 아무리 어질지 못하나 나를 생각한다면 어찌 뽕나무 가운데서 기생들과 즐길 수 있겠는가' 하고 물에 빠져 죽었으니, 낸들 무슨 면목으로 상공을 대하겠습니까? 나를 죽은 정씨에게 비하고 행실 없는 사람을 생각하니 내 그런 사람 섬기기를 원치 않습니다. 난양은 성질이 양순하고 인정이 많으니 승상을 모셔 백년해로 하십시오' 하였습니다."

양승상이 이 말을 듣고 크게 화를 내며,

"천하의 형세만 믿고 가장을 업신여기기는 영양공주 같은 사람이 없다. 예로부터 부마 되기를 싫어한 것은 이렇기 때문이다."

하고는 난양공주에게 말하였다.

"과연 정소저를 만나본 것에 곡절이 있습니다. 영양이 행실 없는 사람으로 책망하니 어찌 애닯지 아니하겠습니까?"

난양공주가 말하였다.

"첩이 들어가 알아듣도록 잘 타이르겠습니다."

하고, 즉시 돌아가 날이 저물도록 나오지 아니하고 시비를 시켜 양승상에게 전갈을 보내었다.

"백 번을 타일러도 도무지 듣지 아니합니다. 저는 영양과 생사고락(生死苦樂)을 함께하기로 했습니다. 영양이 깊은 방에서 혼자 늙기를 결단하니 저도 상공을 모시지 못하겠습니다. 부디 진씨와 함께 백년해로 하십시오."

양승상이 이 말을 듣고 분을 이기지 못하여 빈 방에 촛불만 대하고 앉았는데, 진씨가 금으로 만든 화로에 향을 피우고 양승상에게 알렸다.

"저는 군자를 곁에서 모시지 못하기에 저도 들어가니 승상은 평안히 쉬십시오."

하고 나가자, 양승상이 더욱 분하여 잠을 이루지 못하여,

'저희가 작당하고 가장을 이토록 조롱하니 세상에 이런 고약한 일이 어디에 있는가? 차라리 정사도 집 화원에서 낮이면 정십삼과 술이나 먹고, 밤이면 춘운과 지내는 것만 같지 못하다. 부마된 삼 일 만에 이토록 외로우니 어찌 분하지 아니한가?'

하고 창을 여니, 이때 달빛은 뜰에 가득하고 은하수가 비껴 있었다. 잠깐 일어나 신을 신고 배회하는데, 문득 바라보니 영양공주의 방에 등촉이 휘황하고 웃음소리가 자자하기에,

'밤이 깊었는데 어떤 궁인이 이제까지 아니 자는가? 영양이 나에게 화가 나서 들어가더니 침실에 있는가?'

하는 생각에 양승상이 가만히 들어가 창밖에서 엿들으니 두 공주가 재미삼아 쌍륙(雙六, 두 사람 또는 두 편이 15개씩 말을 가지고 2개의 주사위를 굴려 주사위대로 판 위에 말을 써서 먼저 나가면 이기는 놀이) 치는 소리가 분명히 들렸다. 양승상이 창틀로 보니 진씨가 한 여자와 함께 두 공주 앞에서 쌍륙을 치는데 자세히 보니 춘운이었다.

대개 춘운이 공주를 위하여 경치 구경을 하고 궁중에 머물렀지만, 나타나지 않은 까닭에 양승상이 알지 못하였다. 양승상이 춘운을 보자 마음이 이상하여,

'어찌 왔을까?'

하는데, 문득 진씨가 쌍륙을 다시 벌이고 말하였다.

"춘랑과 내기를 하겠습니다."

춘운이 말하였다.

"저는 본디 가난하여 내기하면 술 한 잔뿐였는데, 진숙인은 귀한 공주를 모셔 명주 비단을 흔한 삼베 같이 여기고 산해진미를 변변치 못한 음식처럼 여기니 무엇을 내기하려고 하십니까?"

진씨가 말하였다.

"내가 지면 보물과 패물을 끌러 춘랑을 주고, 춘랑이 지면 내가 청하는 일을 하거라."

춘운이 말하였다.

"무슨 일을 청하십니까?"

진씨가 말하였다.

"내 잠깐 말씀을 들으니 춘랑이 '신선도 되고 귀신도 된다' 하니, 그 말을 자세히 듣고자 하오."

춘운이 쌍륙판을 밀치고 영양공주를 향하여,

"소저가 평소 저를 사랑하시면서 어찌 이런 말씀을 공주께 하십니까? 진숙인이 들었으니 궁중에 귀 있는 사람이라면 누가 아니 들었겠습니까?"

진씨가 말하였다.

"춘랑이 어찌 우리 공주께 소저라 하는가? 공주는 대승상 위국공 부인이

시오. 비록 나이는 어리나 작위가 이미 높으신데 어찌 춘랑의 소저이겠는
가?"

춘운이 웃으며 말하였다.

"십 년 넘게 부르던 입을 고치기 어렵습니다. 꽃을 다투어 희롱하던 일이
어제인 듯해서 그러했습니다."

하고 서로 웃음소리가 낭랑하였다.

"춘랑의 말을 다 듣지 못하였지만 승상이 과연 춘랑에게 그토록 속았습
니까?"

영양공주가 웃으며

"승상이 겁내는 모습을 보고자 하였는데 승상이 사리에 어둡고 완고하여
귀신을 꺼릴 줄 알지 못하니, 예로부터 여자를 좋아하는 사람을 여자에 굶
주렸다고 하더니, 그 말이 과연 승상 같은 사람을 가리키는 말인가 봅니다."

하자, 모두 크게 웃었다.

승상이 비로소 영양공주가 정소저인 줄을 알고 한편으로 반가워 문을 열
고 급히 보고자 하다가, 갑자기 생각하니,

'제가 나를 속이니 나도 또한 속이리라.'

하고 가만히 진씨의 방으로 돌아와 누웠는데 날이 이미 새었다.

양소유가 진채봉을 알아보다

진씨가 나와 창밖에 서서 양승상이 일어나기를 기다리다가, 양승상이 신
음하는 소리가 때때로 들리자 진씨가 안으로 들어가 물었다.

"승상께서 편안히 주무셨습니까?"

양승상이 대답하지 아니하고 눈을 바로 떠보며 헛소리를 많이 하자 진씨가 물었다.

"승상은 무슨 헛소리를 이리 하십니까?"

양승상이 두 손을 내어 두르며 말하였다.

"너는 어떤 사람이냐?"

채봉이 놀라서 나아가 양승상의 머리를 만져보니 매우 더웠다.

진씨가 걱정이 되어,

"승상 병환이 하룻밤 사이에 어찌 이토록 중하십니까?"

하니 양승상이 말하였다.

"내 꿈에 정씨와 함께 밤새 말했더니 내 기운이 이렇소."

진씨가 다시 물으나 양승상이 대답지 아니하고 몸을 돌이켜 눕자, 진씨가 민망하여 시녀를 명하여 두 공주에게 보고하였다.

"승상의 병환이 중하니 빨리 나와보십시오."

영양공주가 말하였다.

"어제 술을 먹은 사람이 무슨 병이겠는가? 우리를 나오게 하려는 것이겠지요."

진씨가 바삐 들어가 태후에게 알렸다.

"승상의 병환이 중하여 사람을 알아보지 못하니 황상께 아뢰어 의원을 불러 치료하게 하십시오."

태후가 이 말을 듣고 두 공주를 불러 꾸짖어 말하였다.

"너희는 부질없이 승상을 지나치게 놀렸구나. 병이 중하다면 어찌 빨리 나가보지 아니하느냐? 급히 나가 병이 중하거든 의원을 불러 치료하게 하라."

두 공주가 마지못하여 양승상의 침소에 나와 영양공주는 밖에 서고 난양과 진씨가 먼저 들어가니, 양승상이 난양공주를 보고 두 손을 내어 두르며 눈을 굴려 사람을 알아보지 못하고 목 안으로 소리쳐 말하였다.

"내 목숨이 다하여 영양과 작별 인사나 할까 하는데 영양은 어디에 가고 아니 오는가?"

난양공주가 말하였다.

"승상은 어찌 그런 말씀을 하십니까?"

양승상이 말하였다.

"오늘밤 정씨가 와 나에게 이르기를, '상공은 어찌 약속을 저버리십니까?' 하며 술을 주어 먹었더니 말을 못하겠고 눈을 감으면 내 품에 눕고 눈을 뜨면 내 앞에 서니, 정씨가 나를 원망함이 깊은 모양인데 내 어찌 살 수 있겠는가?"

하고, 벽을 향하여 헛소리를 무수히 하고 기절하는 듯하자, 난양공주가 양승상의 증세를 보고 몹시 겁을 먹고 나와서 영양공주에게 말하였다.

"승상이 정소저를 보고자 하여 병이 되었으니, 정소저가 아니면 구하지 못할 것입니다. 급히 정소저를 불러오십시오."

영양공주가 오히려 의심하였지만, 난양공주가 영양공주의 손을 잡아 함께 들어가니 양승상이 헛소리를 하는데 모두 정씨에 대한 말이었다.

난양공주가 크게 소리하여 말하였다.

"영양이 왔으니 눈을 들어 보십시오."

양승상이 잠깐 머리를 들어 손을 내어 일어나고자 하자, 진씨가 나아가 몸을 붙들어 일으켜 앉히니 양승상이 두 공주에게 말하였다.

"내 두 공주와 백년해로하려 하였는데 지금 나를 잡아가려 하는 사람이 있으니, 나는 세상에 오래 머물지 못할 것 같습니다."

김만중

영양공주가 말하였다.

"상공은 어떤 재상이시기에 저런 허황된 말씀을 하십니까? 정씨가 비록 남은 혼이 있다 해도 궁중이 깊숙하고 그윽하며 천만 귀신이 지키고 보호하는데 어찌 감히 들어오겠습니까?"

양승상이 말하였다.

"정씨가 지금 내 앞에 앉았는데 어찌 '들어오지 못하리라' 하십니까?"

난양공주가 말하였다.

"옛사람이 술잔의 활 그림자를 보고 병이 들어 죽었다더니, 승상이 꼭 그러하십니다."

양승상이 대답하지 아니하고 두 손만 내어 두르자, 영양공주가 양승상의 병세가 좋지 않음을 보고 다시 속이지 못하여 나아가 앉아 말하였다.

"승상이 죽은 정씨를 이렇듯 생각하니 살아 있는 정씨를 보면 어떠하시겠습니까? 제가 바로 정씨입니다."

양승상이 말하였다.

"부인은 어찌 그런 말씀을 하십니까? 정씨의 혼이 지금 내 앞에 앉아 나를 황천에 데려가 전생의 연분을 맺자 하고 잠시도 머물지 못하게 하니 산 정씨가 어디에 있겠소? 불과 내 병을 위로코자 하여 산 정씨라 하지만 진실로 허망합니다."

난양공주가 나앉으며 말하였다.

"승상은 의심치 마십시오. 과연 태후께서 정씨를 양녀로 삼아 영양공주를 봉하여 저와 함께 양상서를 섬기게 하셨으니, 지금 영양공주는 전에 거문고로 만났던 정소저입니다. 그렇지 않으면 어찌 얼굴과 말소리가 이리도 같겠어요?"

양승상이 대답하지 아니하고 가만히 소리내어 말하였다.

"내가 정씨 집안에 있을 때 정소저에게 시비 춘운이 있었는데, 한 가지 묻고자 합니다."

난양공주가 말하였다.

"춘운이 영양을 뵈러 궁중에 왔다가 승상의 몸이 평안치 아니하심을 보고 밖에 대령하였습니다."

하고 즉시 춘운을 부르니 춘운이 들어와 앉으며 말하였다.

"승상께서는 몸이 어떠하십니까?"

양승상이 말하였다.

"춘운 혼자만 있고 다른 사람은 다 나가시오."

두 공주와 진숙인이 나와 난간에 나와 앉았는데, 양승상이 즉시 일어나 세수하고 의관을 잘 갖추어 입은 후, 춘운에게

"데려오라"

하니, 춘운이 웃음을 머금고 또 나와 전하자 모두 들어갔다. 양승상이 옷을 차려 입고 자리에 기대어 앉아 있는데, 전혀 병든 기색이 없었다.

"가까이 앉으시오."

영양공주가 들어온 줄을 알고 웃음을 머금고 머리를 숙이고 앉았다.

난양공주가 말하였다.

"상공께서 몸이 지금 어떠하십니까?"

양승상이 정색하고 말하였다.

"요새는 풍속이 좋지 못하여 부인이 작당하고 가장을 놀리니, 내가 비록 어질지 못하나 대신의 위치에 있어 문란해진 풍속을 바로잡을 일을 생각하여 병이 들었는데, 이제는 나았으니 염려 마십시오."

영양공주가 말하였다.

"그 일은 저희가 알지 못하는 일입니다. 승상의 병환이 쾌치 못하면 태후께 여쭈어 명의를 불러 고치고자 합니다."

양승상은 사실 '정소저가 죽었는가?' 하였는데, 이 날 밤에 소저가 살아 있음을 알고 기뻤다. 하지만 자신을 속인 것이 서운하여 이렇듯 거짓으로 앓아 누운 것이었다. 그러나 결국 양승상은 참지 못하여 크게 웃으며,

"이제 부인을 지하에 가서 상봉할까 하였는데, 오늘 일은 진실로 꿈인가 봅니다."

하고 영양공주의 손을 잡으니, 원앙새가 초목 사이의 푸른 물을 만난 듯, 나비가 붉은 꽃을 본 듯 그 사랑함을 이루 헤아리지 못할 정도였다.

영양공주가 일어나 절하고 말하였다.

"이는 태후께서 어지시기 때문이며 황상 폐하의 성덕과 난양공주의 덕이 오니, 그 은덕은 죽어도 갚지 못할까 합니다. 어찌 입으로 다 말씀드릴 수 있겠습니까?"

하고 그동안의 일을 다 이야기하는데, 세상에서 듣지 못한 이야기였다.

난양공주가 웃으며 말하였다.

"영양은 마음이 고와서 하늘이 감동하신 것이니 제가 무슨 관계가 있겠습니까?"

한편 태후가 이 이야기를 듣고 크게 웃으며,

"내가 또한 속았구나."

하고 즉시 양승상을 불러 물었다.

"승상이 죽은 정씨와 함께 끊어진 연분을 다시 맺으니 어떠하신가?"

양승상이 땅에 엎드려 말하였다.

"성은이 망극한데 만 분의 일이나 다 갚지 못할까 합니다."

태후가 말하였다.

"내가 놀린 것이 무슨 은혜라 하겠는가?"

이 날 천자가 신하들의 문안을 받는데, 신하들이 다같이 말하였다.

"요즘이 진실로 태평성대인가 합니다."

천자가 겸손하게 그 공을 신하들에게 돌리자 여러 신하가 또 말하였다.

"양소유가 요사이 부마가 되어 퉁소로 봉황을 길들이느라 오래도록 오지 않으니, 조정의 일이 많이 쌓였습니다."

천자가 크게 웃으며 대답하였다.

"태후마마가 매일 불러 보시니 나갈 수 없었던 것이라. 이제 내어 보내시리라."

양소유가 어머니를 모셔 오다

하루는 양승상이 대부인을 모시고자 하여 상소를 할 때, 그 말이 정성스럽고 간절하여 천자가 보고,

"양소유는 극진한 효자이다."

라며 황금과 비단, 그리고 옥가마를 내어주며 말하였다.

"즉시 가서 대부인을 위하여 잔치하고 모셔오라."

이에 양승상이 태후에게 작별 인사를 하려고 하니, 태후가 비단으로 장식된 신을 주었다. 양승상이 물러 나와 두 공주와 진씨, 춘랑 등과 이별하고 출발하여 낙양에 다다르니, 섬월과 경홍이 벌써 나와 기다리고 있었다.

양승상이 웃으며 말하였다.

"내 이 길은 황상의 명령이 아니요, 사사로운 용무로 가는데 두 낭자는 어찌 알고 왔는가?"

섬월과 경홍이 대답하였다.

"대승상 위국공이자 부마의 행차를 깊은 산골이라도 다 아는데, 저희가 아무리 산림에 숨어 있다고 해도 어찌 모르겠습니까? 또한 승상의 부귀는 천하의 으뜸이라 저희도 즐겁습니다. 소문에 두 공주를 부인으로 맞으셨다 하니, 저희도 첩으로 받아들이시겠습니까?"

양승상이 말하였다.

"한 분은 황상의 누이요, 또 한 분은 정사도의 소저이다. 태후가 양녀를 삼아 영양공주를 봉하였으니 계랑이 정한 것이다. 무슨 질투심이 있겠는가? 두 공주가 다 덕이 있으니, 두 낭자의 복이다."

섬월과 경홍이 크게 기뻐하였다.

양승상이 발걸음을 옮겨 고향에 이르렀다.

양소유가 대부인과 만나다

양승상이 십육 세에 대부인과 이별하고 과거에 갔다가 다시 사 년 사이에 대승상 위국공이 된 위엄을 갖추고 대부인을 찾아보니, 유씨 부인이 손을 마주 잡고 등을 어루만지며 말하였다.

"네가 진실로 내 아들 양소유냐? 근근히 너를 기를 때 이리 될 줄 어찌 알았겠느냐?"

하고, 반가운 마음을 헤아리지 못하여 손을 잡고서 눈물을 흘렸다.

양승상이 조상의 무덤을 깨끗이 한 후 제사지내고 천자에게 받은 금과 비단으로 대부인을 위하여 친구와 일가 친척을 다 청하여 큰 잔치를 베풀고 대부인을 모셔 경성으로 올라갈 때, 각 도의 수령이며 여러 고을의 태수들이 모두 따라나왔다.

황성에 이르러 대부인을 모시고 승상부에 들어가 천자와 태후를 만나니 천자가 수많은 금과 비단을 상으로 내렸다. 택일하여 임금이 내려준 새 집에 모시고 두 공주와 진숙인, 가유인을 다 예의바르게 뵙고 모든 신하들을 청하여 삼 일 동안 잔치할 때, 궁실 거처의 휘황함과 풍악 음식의 찬란함은 세상에 비할 데 없었다.

그때 한참 후에 문지기가 물었다.

"문 밖에서 두 여자가 승상과 대부인 뵙기를 청합니다."

양승상이 말하였다.

"분명 섬월과 경홍이다."

하고, 대부인에게 묻고 부르자, 섬월과 경홍이 머리를 숙여 계단 아래에 서서 만나니 진실로 절대가인이어서 모든 손님들이 다 칭찬하였다. 진숙인은 섬월과 옛정이 있기에 서로 만나 슬픔과 기쁨을 이기지 못하였다.

영양공주가 섬월을 불러 술 한 잔을 주어 말하였다.

"이것으로 나를 추천한 공에 감사하오."

대부인이 말하였다.

"너희는 섬월에게만 감사하고 두연사의 공은 생각지 아니하느냐?"

"오늘날 이렇게 즐기는 것은 다 두연사의 덕입니다."

양승상은 대부인의 말에 듣고 즉시 사람을 자청관에 보내어 두연사는 찾았으나 그는 이미 촉나라에 들어가고 없었다.

이로부터 승상부 기생 팔백 명을 동부와 서부를 만들어, 동부 사백은 섬월이 가르치고, 서부 사백 명은 경홍이 가르치니 춤과 노래가 날로 새로워, 비록 배우들이라고 해도 이에 미치지 못할 정도였다.

양소유가 월왕과 잔치를 벌이다

하루는 공주와 여러 낭자가 대부인을 모셔 앉았는데, 양승상이 한 편지를 들고 들어와 난양공주에게 주며 말하였다.

"이는 월왕의 편지니 보십시오."

난양공주가 펴보니 내용이 이러하였다.

> 지난번 국가에 일이 많아 이제껏 경치를 즐기며 놀지 못하였는데, 지금 황상의 넓으신 덕과 승상의 공명을 힘입어 천하태평하였으니, 승상과 함께 봄빛을 구경코자 합니다.

난양공주가 양승상에게 말하였다.

"월왕의 뜻을 아시겠습니까?"

양승상이 말하였다.

"봄빛을 잠깐 즐기려는 것 아닙니까?"

난양공주가 말하였다.

"월왕의 뜻이 본디 풍류를 좋아하여 무창의 이름난 기생 만옥연을 얻어두고, 승상 궁중에서 보았던 미인들과 한 번 다투어보고자 하는 것입니다."

영양공주가 말하였다.

"그렇다면 아무리 노는 일이라도 어찌 남에게 질 수야 있겠습니까?"

하고 섬월과 경홍을 쳐다보며 말하였다.

"군병을 십 년 가르치기는 한 번 싸움의 승패를 위한 것이니, 이 날 승부는 다 두 낭자에게 달려 있소. 부디 잘하오."

섬월이 말하였다.

"월궁의 풍류는 일국의 으뜸이요, 만옥연은 천하의 절색입니다. 제 얼굴과 음율이 다 부족하니 누를 끼치게 될까 두렵습니다."

경홍이 이 말을 듣고 큰 소리로 말하였다.

"섬랑, 우리 두 사람이 관동 칠십여 주를 돌아다녔지만 당할 사람이 없었는데, 만옥연 한 사람을 두려워하는가?"

섬월이 말하였다.

"홍랑은 어찌 이처럼 자신하는가?"

하고 양승상에게 말하였다.

"'교만한 사람과 하는 일은 반드시 잘못된다'고 하는데, 홍랑의 말이 지나치니 패배할 것 같습니다. 또 홍랑의 얼굴이 아리따우면 승상이 어찌 남자로 속으셨겠습니까?"

영양공주가 말하였다.

"홍랑의 얼굴이 부족한 것이 아니라 승상의 눈이 밝지 못한 것이지요."

양승상이 크게 웃으며 말하였다.

"부인도 눈이 있으면서 어찌 남자인 줄을 모르셨습니까?"

모든 사람들이 크게 웃었다.

이럭저럭 월왕과 모이는 날이 되자, 양승상이 의복과 안장 없은 말을 각별히 가다듬어 모양을 내고 섬월과 경홍 등 팔백 명의 기생을 거느려 좌우에 모시게 하니, 진실로 춘삼월 복숭아꽃 속이었다. 월왕이 또한 풍류를 성대히 갖추고 양승상을 맞아 서로 자리를 정한 후에, 양승상과 월왕이 말도 자랑하고 활 쏘는 법도 시험하여 서로 칭찬하였다. 이때 심부름꾼이 와서 알렸다.

"내시가 어명을 받고 왔습니다."

월왕과 양승상이 놀라 일어나 맞이하니, 내시가 와서 천자가 내려준 황봉주(黃封酒)를 부어 권하며 말하였다.

"글제를 받들어 글을 지으라 하셨습니다."

월왕과 양승상이 머리를 조아려 절하고 각각 시를 지어 보냈다.

이때 여러 빈객은 차례대로 쭉 벌여 앉았고 좋은 술과 맛난 안주를 한꺼번에 올리니, 위엄이 찬란하고 음식이 잘 차려져 있다. 각각 풍류와 온갖 노래는 서왕모의 요지연과 한무제의 백량대라도 미치지 못할 정도였다.

월왕이 양승상에게 말하였다.

"승상께 조그마한 정성을 아뢰고자 하니, 소첩 등을 불러 춤과 노래로 승상을 즐겁게 하고자 합니다."

양승상이 말하였다.

"제가 감히 대왕의 궁인과 상대하겠습니까? 저 또한 시첩(侍妾, 귀인이나 벼슬아치를 곁에서 모시고 있는 첩)을 시켜 재주를 아뢰어 대왕의 흥을 돕고자 합니다."

섬월과 경홍과 월궁의 네 미인이 나와 뵈니 양승상이,

"옛날 현종 황제 때 궁중에 부운이라는 한 미인이 있었습니다. 이태백이 그 미인을 보고자 황상께 청하였지만 겨우 말소리만 듣고 얼굴을 보지 못하였는데, 저는 대왕의 네 선녀를 보니 하늘의 신선인가 하거니와 저 미인의 이름은 무엇이라 합니까?"

하고 묻자, 월왕이 대답하였다.

"저 미인은 금릉의 두운선이요, 진류의 소채아요, 무창의 만옥연이요, 장안의 호영영입니다."

양승상이 말하였다.

"만옥연의 이름을 들은 지 오래 되었는데, 그 얼굴을 보니 과연 소문과 같습니다."

월왕이 또 섬월의 성명을 들은 바 있어 물었다.

"이 두 낭자를 어디서 얻으셨습니까?"

양승상이 말하였다.

"제가 과거 보러 오는 날에 마침 낙양 땅에서 섬월은 제 스스로 좇아왔고, 경홍은 연나라를 치러 갈 때 한단 땅에서 스스로 좇아왔습니다."

월왕이 손뼉 치고 크게 웃으며 말하였다.

"승상이 한림을 띠고 황금인을 차고 도적을 쳐서 승전하고 돌아오니 적낭자가 알아보기는 쉬웠겠지만, 계낭자는 승상이 곤궁할 때 부귀할 줄을 알았으니 기특하구나."

하고 술을 가득 부어 섬월에게 상으로 주었다.

양승상과 월왕이 장막 밖의 무사들이 활 쏘고 말 달리는 것을 보고 있다가 월왕이 말하였다.

"미인이 말 타고 활 쏘는 모습은 볼 만합니다. 내 궁녀 수십 명을 가르쳤는데, 승상에게도 그런 미인이 있습니까? 각각 뽑아서 함께 활 쏴 꿩과 토끼를 사냥하며 한 즐거움을 맛보십시다."

양승상이 크게 기뻐하여 즉시 수십 명을 뽑아 월궁녀와 승부를 다툴 때, 경홍이 물었다.

김만중

"비록 활을 잡아보지는 아니하였으나 남이 활 쏘는 것을 익히 보았으니 잠깐 시험코자 합니다."

양승상이 기뻐하며 즉시 차고 있던 활을 끌러주었다.

경홍이 여러 미인에게 말하였다.

"비록 맞추지 못하여도 웃지 말라."

하고 말에 올라 채찍질을 하는데 마침 꿩이 날자 쏴 말 아래 떨어뜨리니, 양승상과 월왕이 다 놀라고 월궁 미인이 모두 탄복하며 말하였다.

"우리는 십 년 헛공부를 하였다."

그러자 섬월과 경홍이 말하였다.

"우리 두 사람이 월왕의 미인들에게 첫 자리를 사양하는 것은 아니지만 외로워 안타깝구나."

심요연과 백능파가 찾아오다

이때 문득 바라보니 두 미인이 수레를 타고 장막 밖에 와 물었다.

"양승상의 첩입니다."

하고 수레에서 내려왔다. 자세히 보니 그중 하나는 심요연이요, 또 하나는 완연히 꿈속에서 보던 동정 용녀였다.

이들이 양승상에게 절하며 인사하니 양승상이 월왕을 가리켜 말하였다.

"이 분은 월왕 전하시다."

두 사람이 예를 갖추어 인사하였다.

두 사람이 섬월, 경홍과 함께 앉아 있는데 양승상이 월왕에게 말하였다.

"저 두 사람은 내가 토번을 정벌할 때 얻었지만 미처 데려오지 못하였는데, 오늘 이 성대한 모임을 듣고 온 듯합니다."

월왕이 그 두 사람을 보니 재주와 용모가 섬월과 같았지만 고고한 태도와 뛰어난 기운은 더하였다. 월왕이 기이히 여기고 월궁의 미인들도 다 얼굴빛이 바뀌었다.

왕이 물었다.

"두 낭자는 어디 사람이며 성명은 무엇이오?"

하나가 말하였다.

"저는 심요연입니다."

또 하나는 말하였다.

"백능파입니다."

월왕이 말하였다.

"두 낭자에게 무슨 재주가 있는가?"

요연이 말하였다.

"변방 밖 사람이라 음악 소리를 듣지 못하였으니 대왕께서 즐기실 바는 없지만, 칼춤은 좀 배웠습니다."

월왕이 크게 기뻐하여 양승상에게 말하였다.

"현종 조에 공손대랑이 칼춤으로 유명하였지만 후세에 전해지지 않아 항상 두보의 글만을 읊고 쾌히 보지 못함을 한탄하였는데, 낭자가 능히 하면 즐거울 일이다."

그러자 양승상이 칼을 끌러주었다.

요연이 한 곡조를 추는데, 몸과 칼을 자유자재로 움직이며 신기한 솜씨를 보이자 월왕이 놀라 정신을 잃었다가 한참 후에 말하였다.

"세상 사람이야 어찌 저럴 수 있겠는가? 낭자는 진실로 신선이구나."

김만중

또 능파에게 물으니 대답하여 말하였다.

"저는 상강 가에 살기에 항상 비파 타는 노래를 때때로 익혔는데 귀한 분께서도 들을 만하실 것입니다."

월왕이 말하였다.

"상비(湘妃, 호남성 북쪽의 동정호로 흘러간다는 상수의 여신을 말함. 이들은 원래 중국 순임금의 두 왕비 아황과 여영으로, 순임금이 창오에서 죽자 두 왕비도 상수에 빠져 죽어 상수의 신이 되었다고 함)의 비파 소리를 옛사람의 시구를 통해서나 알 수 있었을 뿐이다. 낭자가 능히 하면 좋겠도다. 어서 타라."

능파가 한 곡조를 타니 맑은 노래와 신통한 재주가 사람을 슬프게 하고 조화를 아는 듯하였다.

월왕이 기이히 여겨 말하였다.

"진실로 인간이 연주하는 곡조가 아니다. 정말로 선녀로구나."

날이 저물어 잔치를 끝내자 춤과 노래에 감탄하여 상금으로 내린 금과 비단이 헤아리지 못할 정도였다. 양승상과 월왕이 각각 풍류를 여러 가지로 갖추어 성문에 들어오니 장안 사람이 모두 구경하는데, 백 세 노인도 감탄하였다.

"현종 황제가 화청궁(華淸宮, 중국 섬서성 여산에 있는 당나라의 궁전)에 가실 때 위엄이 이와 같았는데 오늘 또다시 보는구나."

이때 두 공주가 진씨 집안의 두 낭자를 데리고 대부인을 모셔 양승상이 돌아오기를 밤낮으로 기다렸다.

날이 저물어 양승상이 대청에 오르자 좌우가 다 놀랐다. 요연과 능파 두 사람이 대부인과 두 공주에게 절을 올리니 부인이 말하였다.

"전일 승상이 두 낭자의 공로를 칭찬하여 일찍 보고자 하였는데 어찌 이리 늦었느냐?"

요연과 능파가 말하였다.

"저희는 먼 지방의 천인입니다. 비록 승상의 한 번 돌아보신 은혜를 입었으나 두 부인께서 한 자리 땅을 허락하지 않으실까 두려워 감히 오지 못하였습니다. 서울에 들어와 두 공주께서 관저와 규목(『시경』에 나오는 시들로, 「관저」는 사랑의 완성 과정을 노래하였고, 「규목」은 부부의 행복을 노래하였음)의 덕이 있으심을 듣고 이제야 나아와 뵙고자 하였는데, 마침 승상께서 성대히 노신다는 것을 듣고 감히 참여하고 돌아오니 저희의 영광스러운 행운인가 합니다."

난양공주가 웃으며 말하였다.

"우리 궁중에 봄빛이 한창인 것은 다 우리 형제의 공이니 승상은 아십니까?"

양승상이 크게 웃으며 말하였다.

"저 두 사람이 새로 와서 공주의 위풍이 두려워 아첨하는 말을 가지고 공주는 공(功)으로 삼으려 합니까?"

모두가 크게 웃었다.

두 공주가 섬월에게 물었다.

"오늘 승부는 어떠했는가?"

경홍이 말하였다.

"섬랑이 내 큰소리를 비웃었는데 내 한 마디로 월궁 미인들의 기운을 꺾었으니 섬랑에게 물으시면 아실 것입니다."

섬월이 말하였다.

"홍랑의 말 타고 활 쏘는 재주는 절묘하다 할 것이지만, 저 월궁 미인의 기운을 꺾은 것은 다 새로 온 두 낭자의 미모와 재주 때문입니다."

그 이튿날 양승상이 천자를 뵐 때, 태후가 양승상과 월왕을 보니 두 공주는 벌써 들어가 모시고 있었다.

태후가 월왕에게 물었다.

"어제 승상과 춘색을 다투었다더니 승부는 어떠했는가?"

그러자 월왕이 대답하였다.

"승상의 복은 보통 사람과 같을 바가 아닙니다. 다만 공주에게도 복이 되겠습니까? 부디 낭랑은 이 말씀으로 승상을 심문하십시오."

하니 양승상이

"월왕이 저에게 졌단 말은 이태백이 최호의 시를 겁내는 것과 같습니다. 공주에게 복이 되고 아니 됨은 공주에게 물으십시오."

하자, 공주가 태연하게 대답하였다.

"부부는 한몸이니 모든 인생사가 어찌 다르겠습니까?"

월왕이 말하였다.

"누이의 말이 비록 좋으나 자고로 부마 중에 누가 승상같이 방탕하였겠습니까? 부디 승상을 벌하여 주십시오."

태후가 크게 웃고 술 한 잔으로 벌하였다. 양승상이 크게 취하여 돌아올 때, 두 공주도 함께 왔다. 그러자 대부인이 물었다.

"어찌 오늘은 이렇게 취하였는가?"

양승상이 말하였다.

"공주의 오라비인 월왕이 태후께 고자질하여 소자의 죄를 지어내었는데 마침 말씀을 잘 드려 한 말 술로 벌을 받았습니다. 소자가 만일 주량이 약했으면 거의 죽을 뻔하였으니, 대개 월왕이야 낙원에서 진 일을 설욕하려

한 일이겠지만, 난양공주도 내가 첩이 많음을 시기하여 그 오라비와 함께 나를 모함하였으니, 어머니께서는 소자 대신 한 잔 술로 난양공주를 벌하여 주십시오."

대부인이 크게 웃으며 말하였다.

"공주가 비록 술을 먹지 못하나 취객을 위하여 마다하지는 못할 것이다."

대부인이 난양공주에게 말하고 시녀를 시켜 난양공주에게 벌주 잔을 보냈다. 난양공주가 받아 마시려 하자 양승상이 의심하여 잔을 빼앗아 맛보려 하므로 난양공주가 급히 바닥에 쏟아 버렸다. 양승상이 잔 바닥에 남은 술을 찍어 맛보니 설탕물이었다. 양승상이 시녀에게 좋을 술을 가져오도록 하여 손수 한 잔 가득 부어 난양공주에게 보냈다. 난양공주가 마지못해 받아 마시자 양승상이 대부인에게 다시 말하였다.

"태후께서 저를 벌하신 것이 난양의 계교이기는 하지만 영양도 옆에서 거들었고, 또 제가 태후 앞에서 머리를 조아려 사죄하는 모습을 보고 난양과 서로 마주보며 웃었으니 그 마음을 헤아리지 못하겠습니다. 영양도 벌하십시오."

대부인이 웃으며 또 한 잔을 영양공주에게 보내자 영양공주가 자리에서 일어나 받아 마시고 잔을 돌려주었다. 대부인이 다시 말하였다.

"태후마마께서 소유를 벌하신 것은 저희가 있기 때문이다. 이로 인하여 부인이 둘씩이나 벌주를 마셨으니 저희가 어찌 편안하겠소. 경홍, 섬월, 요연, 능파에게도 모두 한 잔씩 벌주를 내리라."

술이 내려지자 네 사람이 모두 꿇어앉아 한 잔씩 받아 마셨다. 섬월과 경홍이 대부인에게 말하였다.

"태후마마께서 승상을 벌하심은 저희가 있음을 책망하심이요, 낙유원 잔치에서 이겼기 때문이 아닙니다. 요연과 능파는 아직 승상의 잠자리를 받들지 못하여 부끄러운 낯을 들지 못하는데도 저희와 함께 벌주를 마셨으니, 춘운은 승상을 저렇듯 오로지 모시면서도 낙유원에 가지 않아 벌을 면하였으니 주시는 정이 공평하지 않습니다."

대부인이 고개를 끄덕이며,

"그렇구나."

하고 큰 잔으로 춘운을 벌하니 춘운이 웃음을 머금고 받아 마셨다. 이렇듯 모든 사람이 두루 벌주를 마셔 자못 시끌시끌하고 난양공주는 술에 부대껴 못 견뎌하는데 채봉만은 단정히 앉아 말도 하지 않고 웃지도 아니하였다.

양승상은 요연과 능파의 성품이 산과 물을 좋아한다 하여 화원 가운데에 거처를 정하였다. 맑은 물이 강같이 넓은 호수 한가운데 화려하게 색칠한 누각을 짓고 영일루라 이름 지어 능파가 지낼 수 있게 하고, 못의 북쪽에 산을 만들어 온갖 옥이 우뚝하고 늙은 소나무와 여윈 대나무 그늘이 섞인 사이에 정자를 짓고 빙설헌이라 이름 지어 요연이 지낼 수 있게 하였다. 그리하여 부인네들이 화원에서 놀 때면 이 두 사람이 주인이 되었다.

"낭자의 신통한 변화를 구경할 수 있을까?"

부인들이 묻자 능파가 대답하였다.

"그것은 저의 전신인 용녀일 때 한 일입니다. 천지 조화의 힘으로 사람의 몸을 얻을 때 벗어놓은 허물과 비늘이 산같이 쌓였으니, 참새가 변하여 조개가 된 후에 어찌 감히 두 날개로 하늘을 날 수 있겠어요?"

요연도 양승상과 부인들 앞에서 이따금 칼춤을 추어 즐게게 하기는 하나 또한 자주 하려 하지 않고 말하였다.

"처음에 검술을 빌려 승상을 만나기는 하였으나, 이것은 죽이고 치는 놀이이니 보통 때 볼 만한 것이 아닙니다."

이후로 두 부인이 육 낭자와 서로 즐기는 뜻이 고기가 물에서 놀고 새가 구름에서 나는 것 같아서 서로 정을 잊지 못하니, 비록 두 부인의 인자함에 감동하였지만 대개 남악산에 있을 때의 소원이 이러하였기 때문이었다.

2처 6첩이 의를 맺고 양소유와 행복을 누리다

하루는 두 공주가 서로 의논하여 말하였다.

"옛사람이 자매형제가 혹 남의 아내도 되고 혹 남의 첩도 되었는데, 우리 여덟 사람은 의리가 한 핏줄 같고 우애가 형제 같으니 어찌 하늘의 뜻이 아니겠는가. 마땅히 의자매가 되어서 일생을 지내는 것이 어떠한가?"

육 낭자가 다 겸손히 사양하고 춘운과 섬월이 더욱 응하려 하지 않자 영양공주가 말하였다.

"유비, 관우, 장비 세 사람은 임금과 신하 사이였지만 형제의 의(義)가 있었고, 세존의 아내 야수부인(耶輸夫人)과 등가(登伽)여자(아란존자를 고행하게 했던 음탕한 여자)는 높고 낮음이 현격히 차이가 났지만 다 함께 세존의 제자가 되었으니, 애당초 미천함이 앞날을 성취하는 데 무슨 상관이 있겠는가?"

두 공주가 육 낭자를 데리고 관음화상 앞에 나아가 향을 피우고 두 번 절한 후, 의자매의 맹세를 하고 글을 지었다.

"모년 모월 모일에 제자 정경패, 이소화, 진채봉, 가춘운, 계섬월, 적경홍, 심요연, 백능파는 삼가 남해대사께 말씀드립니다. 저희 제자 여덟 사람은 비록 각각 다른 집에서 태어나 자랐으나 모두 함께 한 사람을 섬겨 뜻과 정이 꼭 같사오니 오늘부터 자매가 되어 생사고락을 함께 하고, 누구든 다른 마음을 가지면 천지가 용납하지 아니할 것을 맹세하나이다. 대사께서는 복을 내리시고 재앙을 덜어 백 년 후에 다 함께 극락 세계로 가게 해주소서."

이후 육 낭자가 명분을 지켜 말이 공순하였으나 정은 더 깊어갔다. 여덟 사람이 각각 자녀를 두었는데, 영양공주, 난양공주, 가춘운, 계섬월, 심요연, 적경홍은 아들을 낳았고, 진채봉, 백능파는 딸을 낳았다. 모두 다 한 번 출산한 후에 다시는 잉태하지 않으니 낳고 기르는 데 괴로움이 없었다.

이럭저럭 세월이 물 흐르는 듯하였다. 양승상이 장상(將相, 재상)이 되어 권세를 잡은 지 이미 수십 년이었다. 대부인이 세상을 떠나자 양승상이 슬퍼서 지나칠 정도로 야위어갔다. 임금과 왕비가 위로하고 왕후로 대접하여 장사 지내게 하였으며, 정사도 부부가 또한 세상을 떠나니 양승상이 서러워하기를 영양공주와 같이 하였다.

양승상에게 육남 이녀가 있었다. 맏아들 대경은 영양공주의 소생으로 이부상서(吏部尙書, 이부의 장관. 이부는 문관의 인사와 공훈에 관한 사무를 담당함)를 하고, 둘째 차경은 적경홍의 소생으로 경조윤(京兆尹, 한성부 판윤. 행정 일반을 담당하던 관아의 으뜸 벼슬)을 하고, 셋째 순경은 가춘운의 소생으로 어사중승(御史中丞, 통판관. 민정을 살피던 어사대의 관직. 어사대는 민정과 민심을 바로잡고 관리를 조사, 탄핵하던 관청)을 하고, 넷째 계경은 난양공주의 소생으로 병부시랑(兵部侍郎, 국방부 차관에 해당됨)을 하고, 다섯째 오경은 계섬월의 소생으로 한림학사를 하고, 여섯째 치경은 심요연의 소생으로 나이 열다섯에 용맹이 뛰어나 금오상장군(金吾上將軍, 의금부의 최고 장수)이 되었다. 맏딸 전단은 진채봉의 소생으로 월왕의 며느리가 되었고, 둘째딸 영락은 백능파의 소생으로 황태자의 후궁이 되었다.

양승상이 글공부하는 서생으로 난리를 평정하고 태평을 이루어 그 부귀영화가 대단하였다.

어느 날 양승상이 나라의 큰 명령 아래에 있은 지 오래인데다가 누리는 것이 너무 넘친다고 생각하여 벼슬을 돌려드리며 '조정에서 물러가고자 합니다'라고 상소하였지만, 천자가 만류하다가 결국 친필로 답장을 써서

그대의 높은 절개를 이루어주고자 하지만, 태후께서 돌아가신 후에 어찌 차마 두 공주를 멀리 떠나보낼 수 있겠는가? 성남 사십 리에 취미궁이라는 별궁이 있으니, 거기서 한적하게 지내는 것이 마땅하다.

하며, 양승상을 위국공으로 더 봉하여 재산을 더 주고 승상의 자리를 거두었다. 양승상이 큰 은혜에 더욱 감격하여 바로 취미궁으로 가니, 이 궁은 종남산(終南山, 중국 산시성 시안 남쪽에 있는 중난산. 예로부터 도사들이 사는 곳으로 유명함) 가운데 있는데 경치가 아주 빼어났다.

양승상이 두 부인과 육 낭자를 데리고 물에 이르러 달빛을 즐기고 산에 들어가 매화를 찾아, 혹은 시로 화답하며 거문고도 타니 나이들어 얻은 그 복을 모두 부러워하였다. 팔월 보름날은 양승상의 생일이어서 모든 자녀들이 다 장수하기를 빌며 잔치하니, 그 화려한 모습은 비할 데가 없었다.

양소유가 인생의 덧없음을 느끼다

이럭저럭 구월이 되니 국화가 만발하여 구경하기 좋은 때였다. 취미궁 서편에 한 높은 누각이 있으니 올라보면 팔백 리 진천(秦川, 중국 섬서·감숙성 안의 진령산맥 이북의 평야지대. 장안도 여기에 포함됨. 중화민족의 발원지라고 함)이 손바닥 펼친 모양으로 훤히 보였다. 양승상이 두 공주와 육 낭자를 데리고 올라가 가을 경치를 즐기는데, 어느덧 석양은 기울어지고 구름은 낮게 깔려 있고 가을빛이 찬란하니, 마치 그림 속 같았다.

양승상이 옥퉁소를 내어 한 곡조를 부니 그 소리가 처량하였다. 미인이 모두 다 슬픔을 이기지 못하니, 두 공주가 물었다.

"승상이 일찍이 공명을 이루고 오래 부귀를 누려 오늘날 좋은 풍경을 당하였는데, 퉁소 소리가 처량하여 예전과 다르니 어찌된 일입니까?"

양승상이 옥퉁소를 던지고 난간에 기대어 밝은 달을 가리키며 말하였다.

"동쪽을 바라보니 진시황의 아방궁이 풀 속에 외롭게 서 있고, 서쪽을 바라보니 한무제의 능이 가을 풀 속에 쓸쓸하며, 북쪽을 바라보니 당명황의 화청궁에 빈 달빛뿐이라오. 이 세 임금은 천고의 영웅이어서 천세를 지내고자 하였지만, 이제 어디 있는가?

나는 하동의 베옷을 입던 선비로 다행히 현명하신 임금을 만나 벼슬이 장상에 이르고 또 여러 낭자와 함께 서로 만나 정이 두텁고 심정이 늙도록 더 가까워지니, 천생연분이 아니면 어찌 그러하겠소? 연분이 있어 모이고 연분이 다하면 흩어지기는 당연한 일이오.

우리 한 번 돌아가면 누각과 연못, 노래하던 궁전과 춤추던 정자들이 거친 풀과 쓸쓸한 연기로 적막한 가운데 나무하는 아이들과 소 치는 아이들이 손가락질하며, '양승상이 낭자와 함께 놀던 곳이다' 하리니 어찌 슬프지 아니하겠소?

천하에 세 가지 도가 있으니 유도(儒道), 선도(仙道), 불도(佛道)라오. 이 가운데 유도는 윤리의 기본 질서를 밝히고 살아 있는 동안의 일을 중요하게 여기며 죽은 후에 이름을 남길 따름이오. 선도는 예부터 구하는 사람은 많으나 얻은 사람이 드물다오.

근래에 꿈을 꾸면 내가 항상 부들 방석 위에서 참선하는 것을 보게 되오. 아마도 불도에 인연이 있는 것 같소. 내 장차 장자방이 적송자를 따른 것같이 하여 관음을 뵙고, 문수보살(文殊菩薩, 석가여래의 왼편에서 지혜를 맡고 있는 보살)에게 예불하여, 불생불멸(不生不滅, 불교에서 이르는, 생겨나지도 아니하고 죽어 없어지지도 아니하는 진여(眞如)의 경지. 여기서 진여는 진실함은 항상 같다는 뜻임)의 도를 얻고자 하나, 그대들과 함께 반평생을 서로 의지하다가 장차 이별하려하니 자연 슬픔이 퉁소 소리에 나타난 모양이오."

여러 낭자도 다 남악 선녀로서 세속의 인연이 다한 가운데 양승상의 말을 들으니 어찌 감동하지 않겠는가?

다 같이 말하였다.

"상공께 이런 복잡한 마음이 있으니 분명 하늘의 뜻입니다. 저희 여덟 사람이 마땅히 아침저녁으로 예불하여 상공을 기다릴 것이니, 상공은 밝은 스승을 얻어 큰 도를 깨달은 후에 저희를 가르치십시오."

양승상이 크게 기뻐하며 말하였다.

"우리 아홉 사람의 마음이 서로 맞으니 무슨 근심이 있겠소? 나는 내일 떠날 것이니, 오늘은 낭자들과 실컷 취하리다."

여러 낭자가 술을 내어 와 작별하려는데, 문득 지팡이 끄는 소리가 난간

밖에서 나니 여러 사람이 다 이상히 여겼다.

노승이 나타나 성진이 꿈에서 깨다

한참 후에 한 노승이 나타났는데, 눈썹은 한 자나 길고 눈은 물결 같았는데, 얼굴과 행동이 평범한 중은 아니었다.

누각 위에 올라 양승상과 자리를 맞대고 앉아 말하였다.

"촌사람이 대승상을 뵙습니다."

양승상이 일어나 답례하여 말하였다.

"사부는 어디에서 오셨습니까?"

노승이 웃으며 말하였다.

"승상은 평생 사귀던 오랜 벗을 모르십니까?"

양승상이 한참 보다가 깨닫고 여러 낭자를 돌아보며 말하였다.

"내 토번을 치러갔을 때 꿈에 동정호에 갔다가 남악산에 올라 늙은 중이 제자를 데리고 강론하는 모습을 보았는데 사부가 바로 그분이십니까?"

노승이 손뼉을 치고 크게 웃으며 말하였다.

"옳소! 옳소! 그러나 승상은 꿈속에서 한 번 본 것만 기억하고, 십 년을 같이 산 일은 생각하지 못하십니까?"

양승상이 멍한 채로 말하였다.

"십육 세 이전은 부모의 곁을 떠나지 아니하고, 십육 세 후는 벼슬하여 임금을 섬기느라 바빠서 겨를이 없었는데, 어느 때 사부를 좇아 십 년을 놀 았겠습니까?"

노승이 웃으며 말하였다.

"승상이 오히려 꿈을 깨닫지 못하였소."

양승상이 말하였다.

"사부께서 저를 깨닫게 하시겠습니까?"

노승이 말하였다.

"이는 어렵지 않다."

하고 지팡이를 들어 난간을 치니, 문득 흰구름이 일어나며 사면에 두루 끼니 바로 눈앞도 분간하지 못할 지경이었다.

양승상이 크게 불러 말하였다.

"사부는 바른 도리로 가르치지 아니하시고 어찌 도술로 놀리십니까?"

양승상이 채 말을 마치기도 전에 구름이 걷히며 노승과 두 공주, 육 낭자는 온데간데 없었다. 양승상이 크게 놀라 자세히 보니 누대 궁궐은 사라져 버렸고, 자기 몸만 홀로 작은 암자 가운데 앉아 있었다. 손으로 머리를 만지니 새로 깎은 흔적이 송송하고 백팔염주가 목에 걸려 있으니 다시는 대승상의 위엄은 없어지고, 단지 연화도장의 성진의 모습이었다.

다시 생각하니,

'처음에 사부의 책망을 받고 황건역사를 따라 지옥풍도로 갔고, 거기서 인간 세상으로 쫓겨나 양씨 집안의 아들로 태어났지. 장성하여 장원급제하고 한림학사가 되었고, 전쟁에 나가서는 장수가 되고, 조정에 들어가서는 재상이 되어 공명을 이루었구나. 그 후 조정에서 물러나 두 공주와 여섯 낭자와 함께 즐긴 것이 모두 다 하룻밤 꿈이었단 말인가? 이것은 사부가 나의 잘못을 깨닫게 하고자 인간 세상에 나가 부귀영화와 남녀 정욕을 한 번 알게 하신 것이 분명하구나.'

하고, 즉시 샘터에 가 세수한 후, 장삼을 바로 입고 고깔을 뚜렷이 쓰고 방장(房丈, 화상, 국사, 주실 등 높은 중의 처소)에 들어가니 모든 제자들이 다 모여 있었다.

대사가 큰소리로 말하였다.

"성진아, 인간 세상의 재미가 어떠하더냐?"

성진이 머리를 땅에 두드리며 눈물을 흘려 말하였다.

"이제야 깨달았습니다. 성진이 함부로 굴며 마음을 바르게 갖지 못했으니, 마땅히 이승에서 재앙을 받아야 하는데 사부께서 꿈을 불러 일으켜 성진의 마음을 깨닫게 하시니, 사부의 은덕은 천만 년이라도 갚지 못하겠습니다."

대사가 말하였다.

"네 흥을 타고 갔다가 흥이 다하여 왔으니 내가 어찌 간섭하겠느냐? 또 너는 인간 세상에 윤회하는 것을 꿈꾸었다 하는데, 이것은 네가 세상과 꿈을 다르다고 하는 것이다. 너는 아직도 꿈을 깨지 못하였구나."

"제자가 어리석어 꿈과 참을 알지 못하니, 사부께서는 불법을 가르쳐 깨닫게 해주소서."

"이제 불경인 『금강경(金剛經)』(금강반야바라밀경. 인도에서 2세기에 이루어진 공(空)사상의 기초가 되는 경전. 공사상은 한곳에 집착하지 말고 세상의 모든 모습은 모양이 없으니, 모양으로 부처를 보지 말고 진리로서 존경하라는 사상을 말함) 큰 법을 말하여 너의 마음을 깨닫게 하려니와 새로 오는 제자가 있을 것이니 잠깐 기다려라."

말이 끝나자 문 지키던 도인이 들어와 말하였다.

"어제 다녀간, 위부인 밑에 있는 팔 선녀가 또 와서 스승께 뵙고자 합니다."

대사가 들어오라 하자, 팔 선녀가 대사 앞에 나아와 합장하고 머리를 조

143
· ·
구운몽

아리며 여쭈었다.

"저희가 위부인을 모셔 배운 것이 없기에 정욕을 금치 못해 중한 책망을 입었는데, 사부께서 구제하심을 입어 꿈에서 깨어났으니, 제자가 되어 같은 길을 가게 해주십시오."

"선녀들의 뜻은 비록 아름다우나 불법은 깊고 멀어서 해낼 능력이 있고 소원하는 바가 크지 않다면 이룰 수 없으니, 모름지기 스스로 생각해보거라."

팔 선녀가 물러가 얼굴 위의 연지분을 씻어버리고 소매에서 금가위를 꺼내어 검은 구름 같은 머리칼을 다 깎아낸 후에 들어와 다시 말하였다.

"제자들이 이미 얼굴이 변하였으니 사부의 가르침과 명에 게으르지 아니하겠습니다."

대사가 크게 웃으며 말하였다.

"너희들이 진실로 꿈을 알았으니 다시는 망령된 생각을 하지 말라."

마침내 대사가 자리에 올라 불경을 가르치자 부처의 두 눈썹 사이의 하얀 털빛이 세계를 비추고 하늘에서 연꽃이 비같이 내렸다.

"유위(有爲, 불교에서, 인연으로 말미암아 일어나는 모든 현상을 이르는 말)의 법은 꿈 같고 환각 같고 물방울 같고 그림자 같으며 이슬 같고 번개 같으니 마땅히 이같이 볼 것이다."

그러자 성진과 여덟 여승이 동시에 깨달아 불생불멸(不生不滅)할 바른 도를 얻었다. 대사는 성진의 수행이 높고 순수하며 원숙함을 보고 대중을 모아놓고 말하였다.

"나는 본디 도를 전하려고 중국에 들어왔도다. 이제 부처의 법을 전할 사람이 있으니 돌아가노라."

말을 마치자 가사와 염주와 바리때, 깨끗한 물병, 지팡이, 그리고 『금강경』 한 권을 성진에게 전해주고 천축국으로 돌아갔다.

　　이후로 성진이 연화도장의 대중을 거느리고 크게 깨달음을 전하니, 신선, 용신, 사람, 귀신 모두가 성진을 육관대사처럼 존중하였다. 또한 여덟 여승은 성진을 스승으로 섬겨 깊이 보살의 큰 도(道)를 얻어 마침내 아홉 사람이 다 함께 극락 세계로 갔다.

이야기 따라잡기

　중국 당나라 때 서역에서 불교를 전하러 온 육관대사가 남악 형산 연화봉에 법당을 짓고 불법을 베푼다. 어느 날 육관대사는 동정호의 용왕이 참석한 데에 사례하기 위해 제자 성진을 용왕에게 보낸다. 이때 형산의 선녀인 위부인이 팔 선녀를 보내어 육관대사에게 인사하고 오게 한다. 용왕의 후한 대접을 받고 술이 취해 돌아가던 성진은 팔 선녀와 석교에서 만나 서로 농담을 주고받는다. 선방에 돌아온 성진은 팔 선녀의 미모에 취해 불가(佛家)의 적막함에 회의를 느끼고 속세의 부귀와 공명을 생각한다. 그러다가 육관대사에게 꾸중을 듣고 팔 선녀와 함께 인간 세상으로 쫓겨난다.

　성진은 당나라 회남도 수주 고을에 사는 양처사의 아들로 다시 태어난다. 아들이 태어나자 양처사는 자신이 원래 살던 봉래산으로 올라가 버린다. 아버지 없이 자란 양소유는 15세에 과거를 보러 서울 황성으로 가던 중 화음 땅에서 진어사의 딸 채봉을 만나 서로 마음이 맞아 결혼하기로 약속한다. 그러나 구사량의 난으로 채봉과 헤어진 채 양소유만 남전산으로 피신한다. 거기서 아버지를 아는 도사에게 거문고와 통소를 배우고, 나중에 공을 세워 이름을 날리게 된다는 말을 듣게 된다. 한편 난리 중에 진어사와 식구들은 노비가 되어 잡혀간다.

이듬해 다시 과거를 보러 올라가던 양소유는 낙양 천지교의 시 짓는 모임에 참석하였다가 기생 섬월과 인연을 맺는다. 장안에 도착한 양소유는 어머니의 사촌인 두연사를 만나 배필을 만나는 데 도움을 받는다. 그리하여 양소유는 거문고를 탄다는 구실로 정사도의 생일날 여장을 하고 정사도의 딸 경패를 만난다. 과거급제한 후 양소유는 정경패와 결혼하고 싶어하나, 경패가 몰래 여장을 하고 자신을 보러왔던 양소유의 행동에 모욕을 느껴, 시비 가춘운을 선녀처럼 차리게 하여 양소유와 먼저 인연을 맺게 한다.

토번이 난을 일으키자, 양소유가 이 난을 평정하고 돌아오는 길에 계섬월과 결의형제를 맺고 있는 하북의 명기 적경홍과 인연을 맺는다. 그리고 양소유는 난을 평정한 공으로 예부상서가 된다.

한편 진채봉은 경사로 잡혀온 뒤 난양공주의 시녀가 되었는데, 천자가 베푼 주연에서 양소유를 보고 애를 태운다. 얼마 후 천자는 진채봉과 양소유의 관계를 알게 된다.

양소유는 한림원에서 난양공주의 퉁소소리에 화답한 것이 인연이 되어 부마로 간택되지만, 정경패와의 혼약을 이유로 거절하다 옥에 갇힌다. 그때 토번왕이 쳐들어오자 양소유가 대사마 대원수로 전쟁에 나아가 승리한 후 병부상서 대원수가 된다. 진중에서 토번왕이 보낸 여자 자객 심요연과 인연을 맺고, 후일을 기약한다. 양소유는 남해 태자의 구혼을 피해 백룡담으로 온 동정 용왕의 딸인 백능파를 도와주고, 그녀와 인연을 맺는다.

태후는 양소유와 약혼하고 글도 뛰어난 정경패를 양녀로 삼아 영양공주로 삼는다. 토번왕을 물리친 공으로 양소유는 위국공에 봉해지고, 천자는 부마가 되는 날을 잡는다. 결국 영양공주, 난양공주와 혼인하고, 진채봉, 춘운을 첩으로 맞는다. 양소유는 고향으로 노모를 찾아가다가 계섬월과 적경홍, 심요연과 백능파를 다시 만나게 된다.

그 뒤 양소유는 2명의 부인과 6명의 첩을 거느리고 부귀공명을 누리며 살아간다. 생일을 맞아 종남산에 올라가 노래와 춤을 즐기던 양소유는 역대 영웅들의 황폐한 무덤을 보고 문득 인생의 무상함을 느끼고 슬픔에 잠긴다. 이에 아홉 사람이 인간 세계의 허무를 느끼며, 내일의 이별을 앞두고 술로 작별 인사를 나눈다.

이때, 노승이 나타나자 꿈에서 깨어난 양소유는 육관대사의 앞에 자신이 와 있음을 깨닫게 된다. 양소유는 본래의 성진으로 돌아와 지은 죄를 뉘우치고 육관대사의 가르침을 받는다. 이때 팔 선녀가 찾아와 육관대사의 제자가 되기를 희망한다. 대사는 부처의 법을 전할 사람으로 성진을 정한 뒤 천축국으로 떠나고, 성진과 팔 선녀 모두 극락으로 간다.

쉽게 읽고 이해하기

『구운몽』은 최초의 몽자류 소설인가?

한국의 고전소설과 현대소설을 통틀어 해외에도 가장 많이 알려진 소설이다. 그만큼 한국인의 보편적인 정서에 들어맞는 동시에 세계적인 보편성을 갖고 있는 소설이라고 할 수 있다.

『구운몽』은 영웅소설과 몽자류소설을 변형시켜 결합한 소설이다. 양소유는 사대부들이 꿈꾸는 영웅이다. 양소유는 글을 잘 짓고 무예가 뛰어나, 나가서는 장수요 들어와서는 재상을 지내는 등 높은 벼슬을 두루 지낸다. 양소유의 계속되는 부귀공명은 유교적 생활관의 표현으로 사대부들이 꿈꾸는 생활로, 양소유에 의해 이 꿈이 완전히 성취된다. 그러나 전반적인 사건을 현실의 이야기가 아닌 꿈속의 이야기로 설정하고, 현실의 깨달음을 꿈속의 사건을 통해 얻는 몽자류소설(제목 끝에 '몽(夢)'를 붙인 소설)의 형태를 지닌다.

꿈을 소재로 한 작품들이 대부분 단편구조인 데 비해, 『구운몽』은 장편구조 최초의 '몽자류소설'이라고 할 수 있다.

『구운몽』의 이야기 구조는 어떠한가?

이야기의 기본구조는 현실에서 꿈으로 다시 현실로 돌아오는 과정으로, 현실에서 이루지 못한 뜻을 꿈속에서 실현하다가 다시 현실로 돌아와 꿈속의 일이 허망한 한바탕 꿈인 줄 깨닫게 되는 불교적인 인생무상(人生無常)의 사고가 중심이 된 문학이다. 성진과 육관대사를 통해 불법을 전하고, 불법에 회의를 느낀 죄로 인간 세계로 내려가고, 공명과 출세의 길에서 허무함을 느끼고, 다시 불교에 정진하는 과정은 이 작품의 주된 사고가 불교임을 이야기해준다. 이것은 도교를 대표하는 인물인 위부인과 팔 선녀가 결국 성진과 함께 불교에 귀의하는 모습을 통해서도 알 수 있다.

『구운몽』의 구조는 상계에서 죄를 짓고 하계로 쫓겨가는 내용의 적강형(謫降型, 신선이 세상에 내려오거나 사람으로 태어난다는 이야기 형태) 구조를 취하고 있다. 성진은 낙원인 연화봉에서 팔 선녀와의 만남 이후 번민을 하게 되고, 결국 그 벌로 팔 선녀와 함께 인간 세계로 쫓겨나 그곳에서 생활하고 깨달음을 얻은 후 다시 구원을 받아 불도에 전념하게 된다. 즉 '현실-꿈-현실'의 구조는 '상계-하계-상계'의 구조이며 '낙원(불교의 세계)-인간 세계-낙원(불교의 세계)'의 구조라고 할 수 있다.

『구운몽』은 애정소설인가?

이 작품은 양소유와 8명의 여인의 만남과 사랑이 큰 줄기를 이루는 애정소설이다. 그러나 여인과의 만남은 성진의 출세에 따르는 부수적인 사건으로 처리되어, 남녀간의 애정이 중심인 다른 애정소설과는 차이를 보인다.

김만중은 양소유가 온갖 부귀영화를 누리면서 팔 선녀를 차례로 맞이하는 과정을 인간의 다양한 감정과 함께 표현하여, 오늘날의 사람들도 이를 읽고 섬세하고 아기자기한 감정을 느낄 수 있게 한다. 흔히 유교 이념에 갇혀 남녀유별의 세계관을 가지고 있었다고 생각되는 조선시대에『구운몽』은 우리의 고정관념을 깨뜨리는 역할을 한다고 볼 수 있다.

그러나 여덟 명의 여인이 한 지아비를 섬기며 화목하게 지내는 모습, 양소유의 어머니에 대한 지극한 효성과 정혼에 대한 지조 등은 전통 유교사회의 모습을 그대로 보여준다.

『구운몽』은 김만중이 어머니 윤씨를 위로하기 위해서 유배지에서 지은 소설로 유명하다. 김만중은 일찍 혼자가 되어 불행한 삶을 산 어머니에게 양소유의 깨달음처럼 인간의 부귀영화는 한낱 헛된 것에 불과하다는 것을 이야기하고 싶었던 것 같다. 그리고 정치 싸움에 휩쓸려 귀양간 자신에게도 양소유의 깨달음을 이야기하고 싶었을지도 모른다.

하루하루란 도대체 얼마나 값진 생의 특전인가.
거창하게, 아름답게, 행복하게.
— 헬렌 니어링(미국의 작가, 1904~1995)

『사씨남정기』는 숙종을 둘러싼

인현왕후와 장희빈의 갈등을

풍자하기 위한 것으로,

김만중이 인현왕후 폐출 사건의 부당함을

일깨우려고 쓴 소설이다.

사씨남정기

"내 낯을 들고 부인을 보니
부끄러움을 이기지 못할지라 무슨 말을 하리오."

등장인물

사씨(사정옥) 강직한 언관으로 간신들의 모함을 받아 귀양가서 죽은 사후영의
딸로 조선시대의 이상적인 여성상이다. 덕행과 용모가 출중하고 학식을
갖춘 현명한 부인이다. 요조숙녀의 인격을 갖추었으나, 그것이 문제가 되
어 교활한 첩 교씨의 간계로 쫓겨난다. 그러면서도 사씨는 친정으로 돌아
가지 않고 시부모의 산소에서 지내며 유교적인 덕을 끝까지 잃지 않는다.

교씨(교채란) 가난한 선비의 아내가 되느니, 부유하고 좋은 집안의 첩이 되는
것이 좋다고 생각한다. 아름다운 용모로 16세에 유연수의 첩으로 들어왔
으나, 시간이 갈수록 본성이 드러나면서 질투와 헛된 욕심으로 본부인
사씨를 괴롭힌다. 자신의 목적을 이루기 위해서는 자신의 아들까지도 죽
이는 간교함을 보이며, 방탕하고 옳지 못한 행동을 하다가 끝내 창기가
되고 비참하게 죽는다.

유한림(유연수) 15세에 과거에 급제하는 총명함을 지녔고 덕행과 풍채가 뛰어
났다. 사씨와 결혼 후 10년 동안 자식이 없어 첩을 구하려고 할 때, 미색보
다는 덕을 중요시했다. 그러나 시간이 갈수록 판단력이 흐려지면서 교씨
의 모함에 동조하고 사씨를 쫓아낸다. 다른 사람의 모함으로 귀양을 가게
되면서 자신을 돌아보고 반성한다.

두부인 유연수의 숙모로, 사물의 이치나 사태를 정확히 꿰뚫어 보는 날카로운
눈을 가진 지혜로운 여인이다.

사씨남정기

사씨와 유한림과 혼인하다

　명나라 가정(嘉靖, 중국 명나라 세종 때의 연호) 연간 순천부 땅에 유명한 인사가 있었는데 성은 유요, 이름은 현이라고 하였다. 그는 개국공신 유기의 자손으로 사람됨이 현명하고 문장과 풍채가 뛰어났고 나이 십오 세 때 시랑 부모의 딸을 아내로 맞아 부부의 금슬이 좋아서 세상 사람의 칭송을 받았다. 그는 소년 때에 과거에 급제하여 벼슬이 이부시랑(吏部侍郞, 옛날 국가기관에 해당하는 육부의 하나인 이부의 차관(次官)) 참지정사(參知政事, 재상의 다음 가는 벼슬)에 이르니, 이름이 세상에 알려졌다. 그러나 당시 간신이 조정에서 국권을 제멋대로 농간하므로 벼슬을 버리고 물러가려 기회를 보고 있었다. 유현은 부인 최씨와 금슬은 좋았으나 소생이 없어 근심하며 지내다가 늦게야 아들을 낳고 부인은 세상을 떠났다. 부인을 잃은 그는 인생무상을 느끼며 병을 빙자하고 사직한 후 한가로운 세월을 보냈다.
　그에게는 성격이 유순하고 정숙한 누이가 있었는데, 선비 두홍의 아내가 되어 고생하다 늦게야 두홍이 벼슬을 하였다. 유공의 아들의 이름은 연수라 하였는데 어려서부터 성숙하고 매우 총명하여 열 살 때 향시에 장원으로 뽑혔고, 십오 세 때 장원급제하여 즉시 한림학사(翰林學士, 문장에 능한 학자가 모이던 한림원의 관리)를 제수받았다. 유한림이 급제 후 혼인하려 하나 마땅한 규수가 없어 결정하지 못하고 있을 때, 주파라는 매파(媒婆, 혼인을 중매하는 노파)가 모든 매파들의 천거가 끝난 후 입을 열었다.

"모든 말이 공평하지 못하니 제가 바른 대로 소견을 말하겠습니다. 부귀한 곳을 구하면 엄승상(丞相, 중국의 역대 왕조에서 천자를 보필하던 최고 관직. 우리나라의 정승과 같음) 댁만 한 곳이 없고 현철한 분을 구하려면 성현의 사급사(給使. 왕의 곁에서 조언하는 일을 맡아 보며 조정의 육부를 감시하는 벼슬) 댁 소저밖에 없으니 이 두 댁 가운데서 택하십시오."

"부귀는 본디 내가 원하는 바가 아니고 어진 규수를 택하려고 하오. 사급사는 진실로 강직한 인물인데 그 집에 소저가 있는 줄을 몰랐소."

"소저의 용모와 덕행이 일세에 드뭅니다. 어찌 다 형언하오리까? 소인이 매파로 나선 지 삼십여 년에 왕공, 재상의 모든 댁을 다니며 많은 신부를 보았으나, 이같이 요조현철(窈窕賢哲, 부녀자의 행실이 아리땁고 얌전하며 현명함)한 소저는 처음이오니 두 번 묻지 마옵소서."

"사소저는 덕행과 용모가 출중합니다. 제 말씀을 못 믿으시겠다면 현명한지 아닌지를 다시 알아보십시오."
하며 돌아갔다.

유공이 두(杜)부인과 상의하자 두부인이 묘한 제안을 하였다.

"사람의 덕행과 성질은 필법에 나타나니 사소저의 필체를 얻어봅시다. 우화암의 묘혜를 불러서 우화암에 기증하려던 관음찬(觀音讚, 관음보살을 예찬하는 글)을 사소저에게 짓도록 청탁하게 합시다."

이튿날 묘혜는 유공과 두부인의 간곡한 부탁을 받고 그 화상을 가지고 사급사 댁으로 갔다.

　"소저의 어머니는 전부터 불법을 신앙하였기 때문에 묘혜를 반겨하면서 오래 보지 못하였더니, 오늘은 무슨 바람이 불어서 우리 집에 왔소?"

　"아시는 바와 같이 소승의 암자가 헐어서 금년에 시주를 받아 고치느라 댁에도 와 보일 틈이 없었습니다. 이제 역사가 끝났으니 부인께 한 가지 청이 있어 왔습니다."

　"불교 행사를 위한 일이라면 어찌 시주를 아끼겠소. 빈한한(貧寒-, 살림이 가난하여 집안이 쓸쓸한) 집에 재물이 없어서 크게 시주하지 못하겠지만 청이라 함은 무엇이오?"

　"소승이 청하려는 것은 댁에서는 재물 시주가 아니옵고 소승에게는 금은 이상으로 귀중한 일입니다."

　"궁금하니 말해보시오."

　"소승의 암자를 고쳐 지은 후에 어느 시주댁에서 관음 화상을 보내주셨는데 그림 뒤에는 제목과 찬미의 글이 없는 것이 큰 흠이니, 댁의 소저가 금석 같은 친필로 관음찬을 지어주십사 하고 청하러 왔습니다."

　"스님의 말은 고맙소. 우리 집 아이가 비록 시가와 산문에 통하나 이런 글을 지을 수 있을지 좌우간 시험삼아 물어봅시다."

　시녀의 부름을 받고 소저가 대령하였다. 소저를 보니 용모가 아름답고 기이한 우아함에 실로 관음보살이 강림한 듯 황홀하였다. 소저와 묘혜와의 인사가 끝난 뒤에 부인이 소저에게 말하였다.

　"스님이 멀리서 찾아와 네 필체로 관음찬을 써달라고 부탁하는구나."

　"소녀에게 지으라고 하시더라도 어찌 감당하겠습니까? 더구나 시부 짓는 것은 여자로서 경계할 일이라고 했으니, 스님의 청이라도 사양할 수밖에 없습니다."

부인이 또한 은근히 딸에게 권하고 싶어하는 눈치로 말하였다.

"네 재주가 모자라다면 하는 수 없지만, 그 글은 보통 무익지문(無益之文, 아무런 도움이 되지 못하는 글)과는 다르니 웬만하면 지어보는 것이 어떠냐, 나도 보고 싶다."

이에 묘혜가 얼른 책보를 풀어 관음보살의 화상을 펼치니 화폭 위에 바다 물결이 끝이 없다. 그 가운데 외로운 정자가 있는데 관음보살이 헌 옷을 입고 머리도 빗지 않고 어린 사내아이를 품에 안고 물결을 헤치고 앉아 있는 장면이었다. 그 그림을 본 사소저가 머리를 갸웃하고 그제서야 더 사양하지 않고 손을 정결히 씻은 뒤에 족자를 벽에 걸어 모시고 향을 피워 절하고 채필을 들고 앞으로 가서 관음찬 일백이십 자를 쓰고, 그 아래 연월일과 '정곡 은사 배작서'라고 서명하였다.

묘혜가 그 글의 뜻과 글씨의 모양을 극구 칭찬하고 유공 댁으로 돌아왔다. 묘혜의 회답을 기다리고 있던 유공과 두부인은 묘혜가 돌려주는 관음 화상의 족자를 받으면서 물었다.

"그 소저를 자세히 보았소?"

"족자 속에 그린 관음과 같은 얼굴이었습니다."

유공이 묘혜의 말을 듣고 매우 기뻐하고 이 관음찬의 글과 글씨를 보니 그 재주와 덕행이 보통 사람이 아니다 칭찬하여 마지않고, 매파를 사급사 댁으로 보내어서 통혼을 부탁하였다.

사소저는 개국공신 사일청의 후예요, 사후영의 딸이었다. 사후영이 본래 청렴강직하여 조정의 소인배가 꺼려하던 인물이었다. 그러다가 마침내 급사가 되어 반란을 음모하며 간신들이 떼지어 권력을 휘두르는 데 분노하여 여러 번 상소를 올리다가 간신들의 모해를 받아 귀양가서 죽었다. 그러나 부인은 비분을 참고 소저를 애지중지 길렀다. 소저는 어미를 지성으로 받들어 봉양하며 모녀가 서로 의지하며 살아왔다. 딸이 성장하여 혼기가 되었으나 혼인을 정할 방도가 없어 근심하던 중 매파가 찾아와서 그 미모와 덕을 칭찬하며, 제가 유씨 문중의 명을 받자와 귀댁 소저와 혼인하겠다는 뜻을 전하러 왔다. 부인은 이미 유한림의 덕행과 풍채의 뛰어남을 알고 있으나, 매파의 말만으로 허혼할 수 없어 병약을 핑계로 시원한 대답을 주지 않았다. 하는 수 없이 그냥 돌아온 매파가 사실대로 유공과 두부인에게 보고하였다.

유공은 크게 실망하고 그 이튿날 유공이 직접 신성현으로 가서 지현을 찾아보고 정중한 중매를 부탁하였다.

부인이 혼인을 허락하자 지현은 매우 기뻐하며 유공에게 상세히 알렸다. 유공도 매우 기뻐하여 곧 택일하고 혼례 준비를 시작하였다. 어느덧 길일이 되니 양가에서는 큰 잔치를 베풀고 예식을 치렀다.

이튿날부터 소저는 효도를 다하여 시아버지를 받들고, 공순함(공손하고 온순함)으로써 남편을 섬기고, 정성으로써 제사를 받들고, 은혜로써 종들을 다스리니, 집안이 편안하고 화기애애하였다.

하루는 유공이 우연히 병을 얻어 점점 증세가 더해만 갔다. 유한림 부부 밤낮으로 약을 드시게 하며 돌보았으나, 백 가지 약이 모두 효험이 없었다. 공이 다시 일어나지 못할 줄 알고 이에 두부인을 청하고 길게 탄식하며,

"나 죽거든 현명한 누이는 너무 슬퍼 말고 건강하시어 자주 오가며 집안을 잘 돌보아주게."

하고, 또 아들 유한림의 손을 잡으며 말하였다.

"너는 마땅히 부부가 서로 의논해 하고, 고모의 가르침을 내 말과 같이 알고 학문을 힘쓰고 충성을 다하여 집안을 빛내도록 하라."

또 며느리 사씨에게도

"현명한 너의 덕행은 이미 다 안다. 다시 무엇을 부탁하리오."

세 사람이 눈물을 흘리는데, 유공이 이제 안심하고 세상을 떠날 수 있다고 마지막까지 칭찬하며 세상을 떠났다. 유한림 부부가 애통해하며 통곡하였고, 두부인 또한 매우 슬퍼하였다.

어느덧 장사 지내는 날이 되니, 그 시신을 선산에 묻었다. 세월이 흘러 삼년상을 다 마치고 유한림이 임금의 명을 받아 조정에 나갔으나 소인을 배척하고 몸가짐이 강직하므로, 천자가 사랑하여 벼슬을 올려주려 했으나, 승상 엄숭이 방해하여 여러 해가 되도록 제대로 승진도 못하였다.

사씨가 교씨를 유한림 첩으로 들이다

유한림의 부부가 혼인한 지 벌써 10년이 넘고 나이가 거의 서른에 가까워도, 자녀가 없으니 부인이 깊이 근심하여 유한림을 대하여 탄식하며 말하였다.

"첩의 기질이 허약하여 아이 갖기가 어려울 듯하오니, 첩의 죄는 존문(尊門, 남의 집이나 가문(家門)을 높이어 이르는 말)에 용납치 못할 것이오나 낭군의 넓으신 은혜로 지금까지 부지하였습니다. 이제 생각하니 상공이 대대로 독자(獨子)로 유씨 가문의 대를 잇는 일이 급하옵니다. 상공은 저를 마음에 두지 마시고 어진 여자를 택하여 대를 이으신다면 집안의 좋은 일이 될 것이오,

저 또한 죄를 면할 수 있을 것입니다."

유한림이 허허 웃으며 말하였다.

"어찌 한때 자식 없음을 한탄하여 첩을 얻으리요. 첩을 얻는 것은 집안을 어지럽히는 근본이니, 부인은 화(禍)를 만들지 마시오. 이는 옳지 않은 소리요."

사씨가 대답하기를,

"재상(宰相) 집안에서 부인 하나와 첩 하나는 예전부터 있는 일입니다. 또 첩이 비록 덕이 없사오나 여염집 부녀자들이 투기(妬忌, 부부간이나 서로 사랑하는 이성 사이에서, 상대자가 자기 아닌 다른 이성을 사랑하는 데 대한 강한 샘. 질투)하는 것은 더러 아는 사실이오니 상공은 조금도 염려치 마십시오."

하고 가만히 매파를 불러 그럴듯한 집안 여자를 구하더니, 두부인이 이 말을 듣고 크게 놀라 사씨에게 말하였다.

"그대 조카를 위하여 첩을 구한다더니 과연 그런 일이 있는가?"

사씨가 그렇다고 하자, 두부인이 말하였다.

"집안에 첩을 두는 것은 화를 만드는 근본이라. 속담에 이르기를, '한 말에 두 안장이 없고 한 밥그릇에 두 술이 없다' 하니, 군자가 비록 첩을 얻으려 하더라도 굳이 안 된다고 해야 하는데, 어찌 화를 스스로 만들려 하느냐?"

사씨가 말하였다.

"첩이 집안에 들어온 지 벌써 10년이 지났으되 아직 한낱 혈육이 없사오니 옛날 법도에 따르면 군자에게 버림받더라도 두말을 못할 것입니다. 어찌 감히 첩 둠을 꺼리리까."

두부인이 말하였다.

"자녀를 생산함은 이르고 빠름이 없으니, 두씨 문중에도 서른 뒤에 생산하여 아들 다섯을 낳은 일도 있고, 또 세상에는 마흔이 지난 뒤에 비로소

첫아이를 낳는 이가 많으니, 그대의 나이 아직 서른이 멀었으니 너무 염려하지 말라."

사씨가 말하였다.

"첩은 기질이 허약하여 아이 낳을 가망이 없사오며 또한 도리로써 말할지라도 1처 1첩은 남자의 떳떳한 일입니다. 첩이 비록 태사(太師, 중국 주나라 무왕의 어머니요 문왕의 현모(賢母)였음) 같은 덕은 없사오나 부녀들의 투기함을 본받지는 않겠습니다."

두부인이 웃으며 말하였다.

"태사가 비록 투기하지 않는 덕이 있었으나 문왕(文王, 중국 주나라의 창건자인 무왕의 아버지. 서백(西伯)이라고도 함. 유교 역사가들이 칭송하는 성군(聖君))의 한결같은 은혜와 사랑에 감복하여 모든 첩들이 원망이 없었거니와, 만일 문왕 같은 덕이 없었으면 비록 태사 같은 부인일지라도 어찌 잘 살 수 있었겠는가. 더욱이 옛날과 지금은 때가 다르고 성인(聖人)과 보통 사람이 길이 다르거늘, 한갓 투기하지 않은 태사를 본받으려 하는 것은 옳지 못하니 다시 깊이 생각하라."

사씨가 말하였다.

"첩이 어찌 감히 옛적 성인을 바라리까마는 시속 부녀들이 도리를 모르고 질투를 일삼아 집안을 문란케 하는 이가 많음을 한탄하는 바이오나, 첩이 비록 부족하오나 어찌 이런 행실을 하겠습니까. 그리고 또 군자 만일 몸을 돌아보지 않고 요염한 미인에만 빠져 계시지 않도록 첩이 정성을 다하겠습니다."

두부인이 말리지 못할 줄 짐작하고 탄식하여 말하였다.

"장차 들어올 새 사람이 양순한 여자거나 또는 군자의 말을 잘 따르면 좋

김만중

겠네. 허나 그 사람이 좋은 사람이 아니거나, 사나이 마음이 한번 그쪽으로 기울어지면 다시 돌리기가 어려우리니, 그대는 이 뒤 내 말을 생각하고 뉘우치는 일이 없기를 바라네."

하고 크게 걱정하였다.

이튿날 매파가 들어와 사씨에게 말하였다.

"어느 곳에 한 여자 있는데 부인이 바라고 있는 것보다 더 나은 듯합니다."

"어찌 그러느냐?"

"부인이 구하시는 것은 다만 덕이 있고 생산을 잘하오면 그만이어늘, 이 사람은 그렇지 않고 용모가 뛰어나오니 부인의 뜻에 맞지 않는 것 같습니다."

그러자 사씨가 웃으며 말하였다.

"매파, 나를 떠보지 말고 자세히 말해보시오."

"그 여자의 성이 교(喬)씨요, 이름은 채란(採卵)이라 하며 하간부에서 자랐답니다. 본래 벼슬하는 집 딸로서 일찍 부모를 여의고 큰아버지 댁에서 사는데, 지금 나이 16세입니다. 제 스스로 말하기를, '가난한 선비의 아내가 되느니보다 집안 좋고 부유한 댁의 첩이 되는 것이 좋다' 하오며, 그 아름다운 외모는 그 고을에서 으뜸이요, 바느질과 길쌈도 잘한다 하오니, 부인이 만일 상공을 위하여 첩을 구하신다면 이보다 나은 이가 없을까 합니다."

매파의 말을 듣고 사씨는 매우 기뻐하며,

"본래 벼슬 다니던 사람의 딸이면 그 성격과 행동이 반드시 천하지는 않을 것이니 가장 적당하도다. 내가 상공께 말해보리라."

하고는 유한림에게 매파의 하던 말을 전하고 데려오기를 강력히 권하니 유한림이 말하였다.

"내 첩 둠이 그리 급하지 아니하나 부인의 호의(好意)를 저버리기 어려우니 마땅히 날을 택하여 데려오리라."

이에 친척을 모시고 교씨를 맞아오니, 교씨 유한림과 부인께 절하고 자리에 앉으니 모두 보매 얼굴이 아름답고 행동이 산뜻하고 가뿐하여 해당화 한 송이가 아침 이슬을 머금고 바람에 나부끼듯 하매 모두 다 칭찬하였다. 그러나 두부인만은 안색이 우울해지며 한 마디도 하지 않았다. 이 날 밤에 교씨를 화원별당에 머물게 하고 유한림이 들어가 밤을 정답게 보냈다.

첩 교씨가 아들을 낳다

이튿날 두부인이 사씨로 더불어 말하였다.

"그대가 소실 두기를 권한다면 마땅히 마음이 순하고 곧으며 착실한 사람을 구할 것이지. 이렇듯 미인을 데려왔으니 아마 그 성품이 어질지 못한다면 그대에게만 이롭지 못할 뿐 아니라 유씨 가문에 화가 있을까 두렵구려."

사씨가 말하였다.

"옛날 위장강은 고운 얼굴과 공교로운 웃음으로 착한 덕이 가득하였으니, 어찌 미인이라고 다 어질지 않겠습니까?"

두부인이 말하였다.

"장강이 비록 어질었지만 자식을 두지 못하였나니."

하고 웃었다.

유한림은 교씨가 사는 집 이름을 고쳐 백자당이라 하고 시비(侍婢, 곁에서 시중을 드는 여자종)로 납매 등 네다섯 명을 주었고, 집안에서는 교씨를 모두 교낭자라 불렀다.

교씨는 총명 민첩하여 교활한 솜씨로 유한림의 뜻을 잘 맞추며 사씨 섬김을 극진히 하니 집안 사람이 모두 칭찬하였다. 그러다가 반년이 채 못 가서 교씨가 잉태하니 유한림과 부인이 매우 기뻐하였다. 교씨가 행여나 남자를 낳지 못할까 염려하여 점쟁이를 불러다 물으니 혹은 아들이라 하고 혹은 딸이라 하며, 또 말하기를 아들을 낳으면 오래 살지 못하고 딸을 낳으면 장수하고 복이 많으리라 하니, 교씨가 더욱 걱정하였다. 시비 납매가 그것을 알고 교씨에게 말하였다.

"이 동리에 십랑이라는 여자가 있습니다. 원래 남방 사람으로 이곳에 임시로 살고 있는데 재주가 비상하여 모르는 것이 없사오니 이 여자를 불러 물으소서."

교씨가 이 말을 듣고 크게 기뻐하여 곧 십랑을 불렀다. 교씨가 이에 십랑에게 물어보았다.

"네 어찌 태중에 들어 있는 아이의 남녀를 분간한단 말이냐?"

십랑이 대답하였다.

"소녀 비록 재주가 능치 못하오나 태 안에 든 아이의 남녀를 분간하는 방법이 있사오니, 잠깐 맥 짚기를 청하옵니다."

교씨가 이에 팔을 걷고 맥을 보라 하니, 십랑이 손을 짚어 맥을 본 뒤 말하였다.

"이는 분명히 여자를 낳을 맥입니다."

교씨가 크게 놀라 말하였다.

"상공이 나를 취하심은 한갓 여색을 취한 것이 아니라 아들을 낳으려 하시는 것인데, 내 만일 딸을 낳으면 아니 낳음만 같지 못하니 이를 장차 어찌하리오."

십랑이 말하였다.

"제가 일찍 산중에 들어가 귀인을 만나 복중에 든 여태를 변하여 남태를 만드는 술법을 배워서 여러 사람을 시험하매 백발백중하여 맞지 않은 적이 없습니다. 낭자가 만일 남자를 원하신다면 어찌 이런 묘한 법을 시험치 아니하시나이까."

교씨는 이 말을 듣고 크게 기뻐하여 말하였다.

"만일 이러한 술법이 있다면 어찌 시험하지 않겠소. 만일 성공만 하면 천금을 아끼지 않을 것이다."

십랑이 가장 어려운 빛을 보이며 허락하고 이에 종이와 붓과 먹을 가져오게 하여 부적 여러 장을 쓰고 기괴한 일을 많이 베풀어 교씨의 방 안과 자리 밑에 감추고 교씨에게 말하였다.

"나중에 와서 아들을 낳으신 경사를 축하하리이다."

하고 돌아갔다.

세월이 물 흐르듯 하여 열 달이 지나, 교씨가 과연 순산하여 아들을 낳으니 용모가 빼어나며 몸이 튼튼하였다. 유한림과 사씨의 기쁨은 이루 말할 수 없었고, 종들까지 서로 축하하였다. 교씨가 이미 아들을 낳으니 유한림의 대접이 더욱 두터워서 사랑이 비할 데 없었으므로 백자당을 떠날 날이 없었다. 아이의 이름을 장주(掌珠)라 하고 장중 구슬같이 어루만지며, 사씨 또한 사랑함이 극진하여 자기가 낳은 자식과 다름이 없으니, 집안 사람들도 그 아이를 누가 낳았는지 알지 못하였다.

교씨가 사랑을 독차지하고자 하다

때는 마침 봄날이었다. 동산에 백화가 만발하여 그 아름다운 경치가 정말 구경할 만하였다. 유한림은 천자를 모시고 서원에서 잔치를 베풀어 아직 집에 돌아오지 않았고, 사씨가 홀로 책상에 의지하여 옛 글을 보고 있는데, 시녀 춘방이 말하였다.

"화원 정자에 모란꽃이 만발하였으니 한 번 구경할 만하옵니다. 상공이 아직 조정에서 돌아오시지 않고 계시니 한 번 화원에 가서서 꽃을 구경하소서."

사씨가 기뻐하여 즉시 책을 덮고 일어나 시녀 오륙 명을 데리고 거닐다가 정자에 이르니, 버드나무 그늘이 난간을 가리우고 꽃향기는 연못가 정자에 젖었고, 화원 안이 가장 고요하여 정히 구경함 직하였다. 사씨가 시비에게 명하여 차를 마시고 교씨를 청하여 같이 춘색을 구경하려 하였다. 그때 문득 바람결에 거문고 타는 소리가 은은히 들리거늘 괴이히 여겨 귀를 기울여 자세히 들으니, 거문고의 소리가 맑아서 비취가 옥쟁반에 구르듯 사람의 마음을 감동시켰다.

부인이 좌우 시녀에게 물었다.

"괴이하다. 이 거문고를 누가 타는고."

시비 대답하였다.

"거문고 소리가 교낭자의 침소로부터 나는가 싶습니다."

사씨가 믿기지 않아 말하였다.

"음률은 여자의 할 바 아니라 교낭자가 어찌 그럴 리 있겠느냐. 듣는 것이 보는 것만 못하니, 너희는 슬며시 그 소리 나는 곳을 좇아가서 자세히 알고 오라."

시비가 부인의 명을 듣고 소리 나는 곳을 좇아가니, 과연 백자당으로부터 나는 소리였다. 이에 가만히 문밖에서 엿보니 교씨가 상에 온갖 음식을 차려놓고 섬섬옥수로 거문고를 희롱하며, 한 미인이 화려한 의복을 입고 앉아 노래를 부르고 있었다.

시비가 자세히 보고 곧 돌아와 알리니, 사씨가 크게 놀라 말하였다.

"교낭자가 어느 사이에 거문고를 배웠으며 또 노래 부르는 미인은 어떠한 사람인고. 내 한 번 불러 자세히 물어 그 사실 여부를 밝힌 후에 가히 좋은 말로 경계하여 다시 그런 행사를 못하게 하리라."

하고 이에 시비에게 명하여 교씨를 부르라 하니, 시비가 나갔다.

이때 교씨는 십랑의 공으로 아들을 낳고 유한림의 사랑이 두터워지자 그 사랑을 독차지하려고 노력할 때, 십랑이 교씨에게 말하였다.

"낭자 이제 유한림의 사랑을 더 받고자 하면 거문고와 노래는 장부의 맘을 혹하게 하는 것이니, 이제 거문고 잘 타는 사람을 구하여 스승을 삼아 배움이 마땅할까 합니다."

교낭자가 크게 기뻐하여 말하였다.

"내 또한 그 마음이 있으되 스승을 만나지 못하여 한탄하노라."

십랑이 말하였다.

"내 일찍 탄금(彈琴, 거문고, 가야금을 탐)에 익숙한 동무가 있으니 이름은 가랑(佳娘)이오. 탄금하기와 노래 부르기를 잘하니, 가랑을 청하여 배움이 어떠할까요?"

교씨가 가장 좋게 여겨 바삐 불러오기를 청하니 십랑이 즉시 사람을 시켜 가랑을 부르니, 원래 이 가랑은 온갖 노래와 탄금을 유명하게 잘하였다. 이에 부름을 듣고 크게 기뻐하여 종을 따라 교씨의 침소에 이르러 서로 사귀매 뜻이 자연 합하여 교씨는 가랑으로 스승을 삼고 가곡을 배웠다. 교씨는 원래 영리하여 배우기 시작하자 이제는 음률 가운데 모를 것이 없었다. 가랑을 곁방에 감추고 유한림이 조정에 들어가고 없을 때면 가랑을 불러내어 가곡 음률을 배우고, 유한림이 집에 있으면 노래와 탄금으로 유한림을 유혹하여 즐기니, 유한림이 교씨를 사랑함이 날로 더하고 사씨의 침소와는 날로 멀어졌다.

그날도 유한림이 조정에 나간 후 집에 없자, 가랑과 함께 술을 부어 잔을 들어 즐기며 거문고와 노래로 서로 화합하였다. 이때 시비가 이르러 사씨의 명을 전하고 가기를 재촉하니, 교씨가 바삐 술상을 치고 시비를 따라 화원에 이르니, 사씨가 좋은 낯으로 맞아서 자리에 앉힌 뒤 그 미인이 누구인지를 물으니, 교씨가 이에 대하여 말하였다.

"그 여자는 저의 사촌 아우올시다."

하니, 사씨가 정색하여 말하였다.

"여자의 행실은 출가하면 시부모 봉양과 낭군 섬기는 일, 그리고 자녀를 엄숙히 가르치고 종들을 은혜로 부리는 것이 중요하네. 그런데 함부로 음률을 행하고 노래로 시간을 보내면 집안이 자연 시끄러워지니, 교랑은 깊이 생각하여 두 번 다시 그런 일이 없도록 조심하게. 그리고 그 여자는 곧 제 집으로 보내고, 또한 나의 말을 고깝게 여기지 말게."

교씨가 대답하였다.

"제가 배우지 못하여 그런 잘못을 깨닫지 못하였다가 이제 부인의 훈계 말씀을 들었으니 각골명심(刻骨銘心, 뼈에 새기고 마음에 새겨 영원히 잊어버리지 않음)하겠습니다."

사씨가 거듭 위로하며,

"내가 낭자를 사랑하여 진심으로 이르는 것이니 명심하고, 후에 내가 허물이 있거든 낭자도 또한 일러 깨닫게 하라."

하고 함께 해가 저물도록 이야기를 나누었다.

이때 유한림이 서원에서 잔치를 끝내고 백자당에 이르러 술이 취하여 잠을 이루지 못하고 난간에 빗겨 원근을 바라보니 달빛은 낮 같고 꽃향기는 무르녹으니 취흥이 일었다. 교씨를 명하여 노래를 부르라 하니, 교씨가,

"바람이 차매 몸이 아파 노래를 부르지 못합니다."

하고 굳이 사양하니, 유한림이 말하였다.

"여자의 도리는 지아비가 죽을 일을 하라 하여도 반드시 명을 어기지 못하거늘, 이제 네 병 핑계로 내 말을 거역하니 그것이 어찌 여자의 도리인가."

교씨가 말하였다.

"사실은 첩이 심심하기로 노래를 부르고 있었더니, 부인이 듣고 불러 꾸짖기를, '네가 요괴한 노래로 집안을 요란케 하고 상공을 유혹하느냐'며, '네 만일 이후에 또 노래를 부르면 내게 혀를 끊는 칼도 있고 벙어리 만드는 약도 있나니, 삼가 조심하여라' 하셨습니다. 첩이 원래 가난한 집 자식으로 상공의 은혜를 입어 부귀영화가 이와 같사오니 죽어도 한이 없겠나이다. 만일 첩 때문에 상공의 덕에 흠이 생기면 어찌하오리까?"

유한림이 크게 놀라며 마음속으로,

'투기하지 않겠노라 하고 또 교씨를 후하게 대접하여 한 번도 모자람이 없더니, 이제 교씨의 말을 들으니 집안에 무슨 일이 있도다.'

하고 교씨를 위로하였다.

"너를 취한 것은 다 부인의 권했기 때문이요, 일찍이 부인이 너 대접하기를 극진히 하여 한 번도 낯빛을 변하지 않았다. 이는 아마 종들이 수작을 부린 것이로다. 부인은 원래 유순하니 결코 네게 해를 끼칠 사람이 아니다. 너는 부질없는 염려는 말고 안심하라."

교씨는 속으로 불평불만이 있으나 더 이상 어쩔 수 없었다.

김만중

일반적으로,

"범을 그리는데 뼈를 그리기 어렵고, 사람을 사귐에 그 마음을 알기 어렵다."

하니, 교씨는 재치있는 말과 아리따운 빛으로 공손하게 대하니, 사씨가 어찌 교씨의 안과 밖이 다름을 알겠는가. 그냥 보통 사람으로 알고 음탕한 노래가 장부를 흔들어 놓을까 염려하여 교씨를 진심으로 타이른 것이요 조금도 투기함이 아니었다. 그러나 교씨는 한을 품고 교묘하게 말을 지어 집안의 화를 빚어내니, 교씨의 요사스럽고 간악함이 이러하였다.

사씨가 아들을 낳다

하루는 납매가 사씨의 시비들과 같이 놀다가 들어와 교씨에게 일러 말하였다.

"지금 추향의 말을 들으니 부인에게 태기가 있는 듯하다 하더이다."

교씨가 이 말을 듣고 크게 놀라 말하였다.

"혼인한 후 십 년이 지나서 잉태함은 참 희한한 일이로다. 혹시 월경이 불순하셔서 그런 소문이 난 것이 아니냐?"

하고 겉으로 아무렇지도 않은 체하나 속으로는,

'사씨가 정말 잉태하여 아들을 낳고 보면 나는 쓸데없는 이 될 것이니, 이 일을 어떻게 하면 좋단 말이냐.'

하고 혼자 애를 태웠다. 그러는 동안에 사씨의 태기 확실해지니, 온 집안이 모두 기뻐하나 교씨만 홀로 시기하는 마음을 참지 못하여 기쁘게 생각하지 않으며, 납매와 수를 써서 낙태할 약을 여러 번 사씨가 먹는 약에 타서 올렸다. 그러나 어쩐 일인지 부인이 그 약만 마시면 구역이 나서 토해버리니,

이는 천지신명이 도우심이라 간악한 수단을 쓸 도리 없었다.

부인이 만삭이 되어 아들을 낳으니 용모가 비범하고 준수하였다. 유한림이 크게 기뻐하며 이름을 인아(麟兒)라 하였다. 인아가 차차 자라면서 장주와 같이 한곳에 놀며, 인아가 비록 어리나 씩씩한 기상이 장주와는 많이 달랐다. 유한림이 한 번 밖에서 들어오다가 두 아이가 노는 것을 보고 먼저 인아를 안고 어루만져 말하였다.

"이 아이의 이마 흡사히 신선을 닮았으니, 장래 반드시 우리 가문을 빛나게 하리로다."

하고 안방으로 들어갔더니, 장주 유모가 들어와서 교씨에게 알렸다.

"상공이 인아만 안아주고 장주는 돌아보지도 않더이다."

하고 인하여 눈물을 흘리니, 교씨가 또한 애를 태우며 말하였다.

"내 용모와 자질이 모두 사씨에게 미치지 못하고, 더욱이 처와 첩의 신분 차이가 뚜렷하건만, 다만 나는 아들이 있고 저는 아들이 없기 때문에 상공의 은총을 받아왔다. 그런데 지금은 저도 아들을 낳았으니 그 아이 이 집 주인이 될 것이니, 내 아들은 쓸데없겠구나. 부인이 비록 좋은 낯으로 나를 대하나 그 심장은 알 수 없으니 만일 부인에게 상공의 마음이 기울어 버린다면 나의 전정은 어떻게 되는지 알 수 없다."

하고 다시 십랑을 청하여 의논하니, 십랑은 교씨에게서 금은과 진주, 옥구슬을 많이 받았으므로, 그 심복이 되어서 가만히 교씨의 못된 꾀를 도왔다.

동청과 교씨가 뜻을 같이 하다

하루는 유한림이 조정에서 물러나와 집에 돌아오니, 이부 석랑중이란 사람한테서 편지 한 장이 와 있었다. 편지 내용은 이러하였다.

이 동청이란 자는 소주 사람으로 재주 있는 선비지만, 운명이 기구하여 일찍 부모를 여의고 과거도 못하고 외롭게 이리저리 떠돌다가 어떤 인연으로 제 집에 와서 잠깐 지내게 되었습니다. 제가 마침 지방 관아로 나가게 되니 동청이 갈 곳이 없는지라. 듣기에 존형께서 서사(書士, 붓글씨에 능한 사람)의 가감지인(可堪之人, 맡은 일을 감당할 만한 사람)을 구하신다 하오니, 이 사람이 민첩하고 글씨를 잘 써서 한 번 시험해보시면 가히 그 재주를 짐작하실 듯하여 이에 편지를 주어 댁으로 찾아가 뵙게 하오니 한 번 시험해보옵소서.

이 편지의 내용과 달리, 동청은 일찍이 부모를 잃고 제멋대로 살며 주색과 도박을 일삼다가 지금은 재산을 다 써버리고 생계가 어려운 형편이었다. 그래서 고향을 떠나 객지로 나와 권세가와 부잣집의 식객이 되었던 것이다. 동청이 원래 인물이 잘생기고 말솜씨가 좋으며 글씨를 잘 쓰므로 처음에는 누구에게나 귀염을 받았다. 그러나 조금만 지나면 그 집 자제를 타락하게 만들고, 처첩을 빼앗으므로 쫓겨나곤 하였다.

그러다가 석랑중의 집까지 굴러와서 지내는 동안 낭중도 역시 그의 간악함을 알아챘으나, 이번에 지방으로 떠나게 되니 구태여 그 잘못을 드러낼 필요가 없으므로 좋은 말로 유한림에게 천거한 것이다. 유한림이 그때 마침 글씨를 잘 쓰는 사람을 하나 구하던 터이므로 석랑중의 편지를 보고 즉시 동청을 불러들여서 보았다. 민첩하게 유한림의 비위를 잘 맞추었으므로 유한림이 크게 미더워하여 일마다 그 말을 따랐다. 그러한 동청의 태도를 본 사씨가 유한림에게 말하였다.

"들리는 말에도 동청은 위인이 정직하지 못하다 하니, 상공은 오래 머물러두시지 말고 큰일을 저지르기 전에 내어보내는 것이 좋을까 합니다."

"소문에 이 말을 들었을 뿐이오. 내가 그를 구한 것이지, 친분이 있는 것은 아니니 그 어질고 아님을 의논하여 무엇하리오."

"상공이 비록 그 사람과 친구는 아니나 부정한 무리와 같이 있으면 자연 사람을 잘못 되게 만드나니, 이런 부정한 사람을 집안에 두었다가 만일 화가 생긴다면 돌아가신 시아버지의 뜻을 더럽히게 될까 두렵습니다."

"부인의 말씀이 과연 이치에 맞으나 세속 사람들이 남 부족함을 더 반기는 법이오. 오래 두고 보아 잘 조처하리니, 부인은 염려 말고 가중(家中) 비복(婢僕, 계집종과 사내종. 노비)들이나 은혜롭게 잘 다스려 집안이 어지럽지 않게 하시오."

사씨는 남편 유한림의 태도가 못마땅하였다. 사실 유한림으로서 사씨의 신임하는 정도는 전과 달라졌으며 첩 교씨의 모함으로 인하여 유한림이 사씨를 의심하는 마음이 생긴 줄 사씨는 모르고 있었다.

동청 또한 사씨의 충고도 공연한 말이라고 못 들은 척하였다.

첩 교씨는 노골적으로 사씨를 모함하나, 유한림은 그저 모른 척 집안에 내분이 없기를 바라는 태도였다.

마침내 질투에 불타게 된 교씨는 무당 십랑을 불러 사씨를 모해할 계교를 물었다. 십랑이 한참동안 생각하다가 이에 교씨의 귀에다 입을 대고 여차여차 하면 어찌 사씨를 없애기를 근심하리오 하니,

"그럼, 지체 말고 빨리 해서 내 속을 편히 하여주게."

"염려 마십시오."

십랑은 신이 나서 사씨 음해 일에 착수하였다. 교씨는 십랑을 불러 사씨 음해의 비방을 재촉하고 십랑은 요물을 만들어 사면에 두루 묻고, 교씨의

심복(心服, 마음 놓고 부리거나 일을 맡길 수 있는 사람) 납매를 불러 이리이리 하라고 가르쳐주었다. 집안에 교씨와 십랑과 납매밖에는 이 일을 알 사람이 없었다.

하루는 유한림이 조정에 들어갔다가 여러 날만에 돌아오니 교씨 소생 장주가 급한 병이라고 고하였다. 유한림이 놀라 백자당으로 달려가보니, 교씨가 유한림을 보고 울며 호소하였다.

"장주가 홀연히 병이 생겼는데, 이는 심상치 아니한 일이라. 병세를 보니 체증과 감기 따위가 아니고, 필경 집안의 누가 방자(남이 못되기를, 또는 남에게 재앙이 내리도록 귀신에게 비는 짓)를 하여 일으킨 귀신의 장난인가 합니다."

유한림이 교씨를 위로하고 방에 들어가 장주의 병세를 살펴보니, 과연 헛소리를 하고 정신을 잃어 대단히 위태로워 보였다. 크게 염려하여 약을 지어 납매를 불러 급히 달여 먹이라 하고 상태를 자세히 보니 조금도 낫지 않았다. 유한림이 크게 우려하고 교씨는 울기를 그치지 않았다. 유한림의 총명이 점점 줄어들어 차츰 교씨의 말을 믿게 되고 사씨를 의심하게 되었으니, 안타깝도다. 사씨의 성덕이 옛사람을 부러워할 바 아닌데, 교씨 같은 첩이 들어와 집안을 어지러이 하니 어찌 애석하지 않겠는가?

이때 교녀가 동청과 더불어 가만히 정을 통하니 짐짓 한 쌍 요물이 함께 한 것이었다. 백자당이 사랑채와 다만 단 한 겹이 막히고 화원문의 열쇠를 교씨가 가진지라, 유한림이 안채에서 자는 날은 교씨가 동청을 청하여 함께 자되, 이를 비밀로 하니 시비 납매 외는 아무도 알 이가 없었다.

그러한 것을 알 수 없는 유한림은 장주의 병이 심상치 않음을 보고 매우 염려하고 있을 때 교씨 또한 병을 핑계로 음식을 끊고 밤이면 더욱 슬퍼하니 유한림의 마음을 불안케 하였다. 하루는 납매가 부엌에서 청소를 하다가 괴이한 물건 하나를 발견하니, 유한림이 교씨와 함께 같이 보고 얼굴이 흙빛으로 변하였다. 이윽고 교씨가 울며 말하였다.

"첩이 십육 세에 귀댁에 들어와 일절 원수를 맺은 곳이 없더니, 어떤 사람이 우리 모자를 이렇듯 모함하는고."

하니, 유한림이 다시 보고 아무 말 없자, 교씨가 말하였다.

"상공이 이 일을 어찌 처리하려고 하십니까?"

유한림이 한동안 잠자코 있다가 말하기를,

"일이 비록 간악하나 집안에 잡인이 없으니 누구를 지목하리오. 그런 요괴한 물건을 불에 살라 없앰이 옳을까 하노라."

교씨가 생각하는 듯하다가 여쭈었다.

"상공 말씀이 옳습니다."

하니, 유한림이 납매에게 명하여 불을 가져오라 하여 뜰 앞에서 태워버리고, 이 말을 삼가 누설치 말라 하였다. 유한림이 나간 후, 납매가 교씨에게 물었다.

"낭자, 어찌 상공의 의심을 돋우지 아니하고 일을 그르치십니까."

교씨가 말하였다.

"다만 상공을 의심케 할 따름이라. 너무 급거히 서둘다가는 도리어 해로울지라. 상공의 마음이 이미 움직였으니 여차여차 하리라."

하였다. 원래 그 방자한 물건에 쓴 글씨는 교씨가 동청에게 사씨의 필적을 본떠서 만든 것이므로 유한림이 보니 사씨의 필적이 분명하였다. 그 근본을 캐어내면 자연 난처한 사정이 있을 듯하여 즉시 불에 살라버리고 말았으나 속으로 생각하였다.

"저번에 교씨가 사씨의 투기하는 말을 이르나 오히려 믿지 아니하였더니, 이런 짓을 할 줄이야 어찌 뜻하였으리오. 당초에 자식이 없으므로 부인이 주선하여 교씨를 얻었는데, 이제는 자신도 자식을 얻더니 독한 계교를 지어 내는구나. 이는 밖으로 인의를 베풀고 안으로는 간악함이라."

하고, 유한림은 차츰 부인 대접이 전일과 달리 냉담하게 되었다.

첩 교씨가 사씨를 쫓아낼 흉계를 꾸미다

이때 사씨 친정에서 어머니가 위독하여 딸을 보고 싶어 한다는 기별을 보내니, 사씨가 크게 놀라 유한림에게 말하였다.

"어머니 병환이 위독하시다니 만일 지금 뵙지 못하면 평생 종천지한(終天之恨, 이 세상에서 또 없을 만한 극도의 원한)이 될지라 상공의 허락하심을 바라나이다."

유한림이 말하였다.

"장모님의 병환이 위중하시면 일찍 가서 뵙는 것이 옳을 것이니 어찌 말리겠는가. 나도 또한 틈을 타서 한 번 가서 문안하겠소."

사씨가 교씨를 불러 가사를 부탁하고 즉시 인아를 데리고 신성현 친정으로 향하였다. 친정에 이르러 모녀가 오랜만에 서로 만나니 매우 기뻐하였다. 그러나 부인이 어미의 환후가 자못 위태하심을 보고 친정에 머물러 어미의 병환을 돌보느라 빨리 시가로 돌아오지 못하고 자연 몇 개월이 되었다.

유한림의 벼슬이 본디 한가하여 때를 타서 신성현 사부에 왕래가 빈번하더니, 이때 산동과 산서와 하남 지방에 흉년이 들어 백성들이 사방으로 흩어졌다. 천자가 이를 듣고 크게 근심하여 조정에 명망이 있는 신하 세 사람을 빼어 세 길로 나누어 보내어 백성의 괴로움을 보살피라 하니, 이때 유한림이 그중에 뽑히어 산동으로 나아갈 때 미처 부인을 보지 못하고 떠났다.

유한림이 집을 떠난 후 교씨가 더욱 방자하여 동청과 부부같이 거리낌없이 지냈다. 하루는 교씨가 동청에게 말하였다.

"이제 상공이 멀리 나아가고 사씨 오래 집을 떠났으니, 정히 계교를 베풀 때라. 장차 어찌하면 사씨를 없앨 수 있을까요."

동청이 말하였다.

"내게 계책 하나가 있으니 이것으로 사씨를 집안에 있지 못하게 하리라."
하고 가만히 이리이리 함이 어떠하냐고 하자, 교씨가 크게 기뻐하여 말하였다.

"낭군의 계교는 진실로 귀신이라도 측량치 못하리로다. 그러나 어떠한 사람이 이 일을 행할 수 있겠소?"

동청이 말하였다.

"나의 심복 한 친구가 있는데 이름은 냉진이라 하오. 이 사람이 재주가 민첩하고 눈치가 빠르니 마땅히 성공할 것이오. 사씨가 소중히 여기는 보물을 얻어야 하는데 이 일이 쉽지 않겠구려."

교씨가 생각하다 말하였다.

"사씨의 시비 설매는 납매의 동생이라. 그년을 달래 얻어내리라."

이에 납매가 조용한 때를 타서 설매를 불러 후히 대접하고, 금은 패물을 주어 달래며 계교를 이르니, 설매가 말하였다.

"부인의 패물을 넣은 그릇은 방 안에 있으나 열쇠를 가져야 할 것이니 알지 못하게 하라. 무엇에 쓰려 하느뇨?"

납매가 말하였다.

"쓸 데를 굳이 묻지 말고 남에게 이르지나 말아라. 만일 이 일을 누설하면 우리 두 사람이 살지 못하리라."

하고 열쇠 여럿을 내어주며,

"그중에 맞는 대로 열고 상공이 평일에 늘 보시고 사랑하시던 물건을 얻고자 하노라."

설매가 즉시 열쇠를 감추고 들어가 가만히 상자를 열고 옥반지를 훔쳐낸 후 상자를 전과 같이 덮은 후 즉시 나와 교씨에게 드리며 말하였다.

"이 물건은 유씨댁 세전지물(世傳之物, 대대로 전하여 내려오는 물건)로 가장 중히 여기더이다."

하니, 교씨가 크게 기뻐하며 설매에게 후한 상금을 주고 동청과 함께 흉계를 진행시키기로 하였다. 이때 마침 사씨를 따라갔던 하인이 신성현 친가에서 쫓아와 사씨 어머니가 돌아가심을 전하고 말하였다.

"사공자, 나이 어리고 가까운 일가친척이 없으니 부인이 손수 장사를 지내시고, 사공자에게 집안일을 착실히 살피라 하시더이다."

교씨 납매를 보내어 극진히 위문하고 한편 동청을 재촉하여 빨리 꾀를 행하라 하였다.

이때 유한림이 산동 지방에 이르러 주막에 들어 음식을 사먹으려 하더니, 문득 한 소년이 들어와 유한림을 보고 절하였다. 유한림이 답례하며 자리에 앉아 바라보니 그 사람의 풍채가 훌륭하였다. 유한림이 성명을 물으니 청년이 대답하였다.

"소생은 남방 사람이요, 냉진이라 합니다. 저 또한 존사(尊師, 나이 많은 상대방을 높여 부르는 말)의 성함을 듣고자 하나이다."

유한림이 바로 이르지 않고 다른 성명으로 대답하고 인하여 민간 물정을 물으니 대답이 선명하거늘, 유한림이 기뻐 속으로,

'이 사람이 가장 아름답다.'

하고 이어서 물었다.

"그대 이제 어디로 나아가려 하느냐. 그대 비록 남방 사람이라 하나 음성이 서울 사람 같도다."

냉진이 말하였다.

"저는 본래 외로운 자취로 뜬구름같이 동서로 떠돌며 정처 없이 다니는지라. 수 년을 서울에 있었더니 금춘에 신성현이라 하는 곳에서 반년을 지내고 이제 고향으로 가더니 수일 동행함을 얻으니 다행입니다."

유한림이 말하였다.

"나도 심사 울적한 사람이라. 정히 형을 만나니 다행하도다."

하고, 인하여 술을 권하여 서로 먹고 한 가지로 행하여 주막에 들어가 쉬고 이튿날 새벽에 떠날 때, 유한림이 보니 그 사람의 속옷고름에 옥반지가 매였다. 유한림이 가장 괴이히 여겨 자세히 보니 눈에 익은 옥반지라 의심스러웠다.

"내가 일찍이 서역 사람을 만나 옥류를 좀 분별할 줄 아는데, 지금 자네가 가진 옥반지가 예사 옥이 아닌가 싶으니 한 번 구경시켜주게."

그 사람이 보인 것을 뉘우치고 머뭇거리다가 끌러주기에, 받아보니 옥빛과 물형 새긴 모양이 완연히 사씨의 옥반지와 같았다. 의심하여 다시 보니 또한 푸른 털로 동심결(同心結, 두 고리를 내고 마주 죄어서 매는 매듭. 사주단자에 쓰는 실이나 시신을 염할 때 띠를 매는 매듭 등)을 맺었는데, 심중에 더욱 의심하여 소년에게 물었다.

"과연 좋은 보배로다. 형이 그것을 어디서 얻어 가졌느냐?"

그 사람이 거짓 슬픈 빛을 띠고 대답치 않고 도로 거두어 고름에 차니, 유한림이 알고자 하여 다시 물었다.

김만중

"형의 옥반지가 반드시 까닭이 있는 일이니, 나에게 이야기한들 무슨 방해가 되겠는가."

소년이 한참 있다가 말하였다.

"북방에 있을 때에 마침 아는 사람이 준 바라. 형이 알아 무엇하며 무슨 사연이 있으리오."

유한림이 생각하니, 제 말이 가장 의심스러웠다. 옥반지도 분명한 사씨의 것이고 또 신성현으로부터 오노라 하니, 혹시 종들 가운데서 누가 훔쳐서 이 사람에게 판 것이나 아닌가 하여 생각이 이에 미쳐서는 그 이유를 자세히 알고자 하여 짐짓 여러 날 동행하니 정의가 자연히 친해졌다.

"자네가 옥반지에 동심결 맺은 이유를 말하지 않으니, 어찌 친구의 정이라 하리오."

소년이 주저하다가 말하였다.

"형으로 더불어 정이 깊으니 이야기를 하여도 해롭지 아니하되, 이 다만 정의 있는 사람의 일이니 저를 보고 웃지 마소서."

유한림이 말하였다.

"그와 같이 유정한 사람이 있으면 어찌 함께 살지 않고 남방으로 나아가는가."

소년이 말하였다.

"좋은 일에 마(魔)가 많고 조물이 시기하여 아름다운 인연이 두 번 오지 아니하는지라. 옛 글에 이르기를 '궁문(宮門)에 들어가기가 깊은 바다에 들어감과 같은데 이로조차 소랑은 행인과 같이 되었다' 하니 정히 소제를 두고 이름이라, 어찌 탄식하지 아니하리오."

하고 인하여 슬픈 빛을 보이니, 유한림이 말하였다.

"형은 참 다정한 사람이로다."

하고, 이에 두 사람이 종일토록 술을 마시고 즐기며 놀다가 이튿날에 각각 따로 길을 떠났다. 그 사람의 근본은 어떠하며 사씨의 액운이 필경 어찌될 것인가?

유한림이 사씨를 의심하다

이때 유한림이 길을 떠나 산동으로 향하여 갈 때 옥반지를 한 번 보고 그 근본을 자세히 알지 못한지라, 크게 의심하여 생각하였다.

"세상에 알 수 없는 일이 많도다. 혹시 종들이 훔쳐낸 것인가?"

유한림은 의심과 걱정으로 반년 만에 나라 일을 다 마치고 서울로 돌아오니 이미 사씨가 집으로 돌아와 있었다. 유한림이 부인과 더불어 서로 눈물을 흘리고 애도한 후 교씨와 다만 두 아이를 보고 어루만지며 좋아하더니, 그때 문득 소년 냉진의 옥반지 일을 생각하고 낯빛이 변하여 사씨에게 물었다.

"부인은 예전에 돌아가신 아버지가 주신 옥반지를 어디에 두었소."

"그대로 패물 상자 속에 넣어두었는데 갑자기 왜 물으십니까?"

"괴이한 일이 있으니 궁금해서 내어보고자 하오."

부인 또한 이상하여 시비로 하여금 상자를 가져오라 하여 열어보니, 다른 것은 다 그대로 있는데 옥반지 한 개만이 없었다. 사씨가 크게 놀라 말하였다.

"내 분명히 여기 두었는데 어이 없는고."

유한림이 안색이 변하고 말을 아니하니 사씨 말하였다.

"옥반지 간 곳을 상공이 아시나이까?"

유한림이 성내 말하였다.

"그대가 남에게 주고 날더러 물으면 어찌하는가."

사씨가 이 말을 듣고 부끄럽고 분하여 말을 못하였다. 이때 갑자기 시비가 들어와 알렸다.

"두부인이 오셨나이다."

유한림이 급히 맞아들여 절하고 무사히 다녀옴을 기뻐하더니, 유한림이 두부인을 대하여 말하였다.

"집안에 큰 변이 있어 장차 숙모께 상의하러 가려던 참인데 잘 오셨습니다."

부인이 놀라며 의심하여 말하였다.

"무슨 일이뇨?"

유한림이 소년 냉진의 말을 이르고,

"그 일이 심히 괴이하기로 집에 돌아와 옥반지를 찾았으나 없으므로 이것은 집안의 큰 불행이라. 이를 장차 어찌 처치하리이까."

사씨가 이 말을 듣고 정신이 나간 듯 눈물을 흘리며 말하였다.

"상공이 이같이 제 행실을 의심하시니 첩이 무슨 면목으로 사람을 대하리오. 첩의 목숨을 상공이 마음대로 하소서. 옛날에 이르기를, '어진 군자는 참언을 믿지 말고 모함하는 사람을 시호(豺虎, 승냥이와 호랑이를 아울러 이르는 말)에게 던지라' 하였으니, 상공은 깊이 살피시어 원통함이 없게 하소서."

두부인이 다 듣고서 크게 화를 내어 말하였다.

"네 아버지가 본래 견문이 넓고 사리판단을 잘하며 또한 천하에 모를 일이 없이 지내셨다. 늘 사씨를 칭찬하며, 내 며느리는 천하에 기특한 열부라 하고 내게 너를 부탁하되 '연수가 나이 어리니 만사를 가르쳐 그른 곳에 빠지지 말게 하라' 하시고 며느리에게는 아무런 당부도 하지 않으셨다. 이는 사씨의 덕행을 아시기 때문이다. 그렇지 않더라도 너의 총명으로도 짐작할 것인데, 어찌 사씨에게 이 같은 누명을 입게 하여 옥 같은 아내를 의심하느냐. 이는 반드시 집안에 악인이 있어 훔친 것이니 엄중히 찾아내어 혼내지 않고 이같이 불명한 말만 하느냐."

유한림이 말하였다.

"숙모의 가르치시는 말씀이 당연하여이다."

하고 즉시 형장 기구를 갖추고 시비 등을 문초(問招)하니, 애매한 시비는 죽어도 모르노라 하고 그중에 설매는 바로 고하면 죽을까 겁내어 한결같이 항복하지 않더니, 마침내 종적을 감추었다. 두부인 또한 그냥 집으로 돌아가니 사씨는 누명을 벗지 못한 채 스스로 죄인이라 하였다. 유한림이 이렇게 모함하는 말을 많이 들었으므로 의심을 풀지 못하자, 교씨가 속으로 은근히 기뻐하였다.

교씨가 자기 아들까지 죽여 사씨를 모해하다

이때 교씨가 두 번째 아이를 낳으니 유한림이 기뻐하여 이름을 몽추라 하고 몹시 사랑하였다. 두부인이 옥반지의 출처를 캐고자 했으나 찾지 못하고, 속으로만 교씨의 간계인 듯 생각하고 증거를 찾지 못해 마음이 답답하였다.

그러다가 두부인은 유한림 집에 오래 머물기가 거북하므로 장사부 총관으로 부임하는 아들 두억을 따라가게 되니, 유한림에게 사씨의 억울함을 경솔히 하지 말라 부탁하고 사씨를 찾았다.

사씨는 얼굴이 창백해지고 온몸이 쇠약해져 옷무게조차 이기지 못하는 듯 애처로운 모습이었다.

사씨는 고모님을 보고 반가워하며,

"이번에 고모님 댁이 멀리 가시게 되니 제가 마땅히 앞으로 나아가 하직 인사를 올려야 하겠지만. 누명을 쓴 이 몸으로는 나가지 못하였습니다. 그런데 이렇듯 찾아주시니 감사합니다."

두부인은 눈물을 흘리며,

"너무 근심하지 말고 조카의 총명이 되돌아오는 날까지 지나치게 심사를 상하지 말게."

하고 당부한 뒤 유한림을 불러 엄숙히 훈계하였다.

"금후에 집안에서 조카며느리를 음해하거나 혹 무슨 흉사를 보게 되거든 결코 사씨를 의심하지 말고, 내가 돌아올 때까지 기다렸다가 처리하도록 하라."

유한림은 이마를 찌푸리고 엎드려서 고모의 말을 듣고만 있었다.

두부인은 사씨를 거듭 부탁하고 갔다.

원수 같던 두부인이 떠난 후 교씨는 매우 기뻐하며 동청을 청하여 사씨 없앨 꾀를 다시 의논하였다. 동청은 당나라 『사기(史記)』(여기서는 당나라의 역사를 기록한 책. 원래 중국 한나라 때 사마천이 상고시대부터 한무제 때까지의 중국과 주변 나라의 역사를 종합하여 쓴 책)를 들어 측천무후(則天武后, 당나라의 제3대 고종(高宗)의 황후. 간계를 써서 황후 왕씨(王氏)를 모함하여 쫓아내고 655년 스스로 황후가 되었음)를 얘기하며 장주를 죽일 계획을 세웠다.

교씨가 사씨의 시비 춘방을 시켜 약을 달이게 한 후 몰래 독약을 섞었다. 아들 장주가 약을 먹고 즉사하자 교씨가 가슴을 치며 대성통곡하였다. 유한림의 얼굴이 흙빛으로 변하여 사유를 물으니 납매가 말하였다.

"소비가 문 앞을 지나다 우연히 춘방과 설매가 손짓을 하더니만 돌아가는 것을 보았으니, 이 둘을 불러 물으며 짐작하실 듯합니다."

유한림이 두 사람을 잡아들여 설매를 문초하자, 매질하기 십여 차례에 설매가 고함질러 말하였다.

"소비 죽겠습니다. 죽을 바에야 무슨 말을 못하오리까. 부인이 소비에게 이르시기를, '인아와 장주 둘이 같이 있을 수 없으니, 누구든지 장주를 해하는 자가 있으면 큰 상을 주리라' 하시기에, 소비 등이 여러 날을 틈타던 차 마침 공이 마루에서 혼자 자고 있기에 소비는 간이 서늘하고 손이 떨려 앞장서지 못하고 실상 공자를 눌러 죽이기는 춘방이 하였습니다."

유한림이 크게 노하여 춘방을 문초하니, 춘방이 설매를 꾸짖으며 매를 이기지 못하고 끝내 진실한 말을 하지 않고 죽어버렸다.

이튿날 유한림이 일가 친척을 청해놓고 사씨의 전후 죄상(罪狀)을 이르고 기어코 쫓아낼 것을 말하였다. 모든 사람이 본디 사씨의 친절함을 알고 모두 유한림의 잘못임을 짐작하나 모두 유한림에게 먼 일가 아니면 손아래 사람이라, 누가 즐거이 고집을 부려서 유한림의 뜻을 거스르겠는가. 그래서 모두 말하였다.

"이는 유한림의 생각대로 처리할 것이요. 우리는 판단하지 못하겠노라."

이에 유한림이 사당으로 가서 향을 피워 절하고 사씨의 죄상을 고하고, 조상의 영위(靈位, 죽은 이의 이름을 써놓은 신주나 지방)에 나아가 네 번 절하고 하직하자, 사씨는 눈물을 흘리며 모든 일가들과 이별하였다.

유모가 사씨 소생 인아를 데리고 나오자 사씨 부인은 받아서 안고 눈물을 흘리며,

"너는 내 생각 말고 잘 있거라. 알지 못하겠구나, 너를 더불어 다시 만날 날이 있을는지."

하고 탄식하였다.

"깃 없는 어린 새가 그 몸을 보존치 못한다 하니, 어미 없는 어린애가 어찌 잔명을 부지하랴. 슬프다, 이 생에 못다 한 인연을 후생에나 다시 만나 모자 됨을 원하노라."

하고 눈물을 금치 못하니, 눈물이 변하여 피가 되었다. 그리고 길이 탄식하여 말하였다.

"시부를 따라 죽지 못하고 살아 있다가 이런 광경을 당하니 어찌 슬프지 아니하리오."

하고 사랑스러운 아들 인아를 유모에게 돌려주고 가마에 오른 후 인아의 장래를 수없이 당부하고 하인 하나만 데리고 떠났다.

이때 교씨와 그의 심복 시비들은 저희들 세상을 만난 듯이 기뻐하였다.

사씨가 쫓겨나고 교씨가 정실이 되다

한편 집안 시비들이 교씨를 붙들어 가묘에 분향할 때, 잘 갖추어 입으니 선녀와 같았다. 예를 마치고 가중 비복에게 축하 인사를 받을 때 교씨가 말하였다.

"내 오늘부터 새로 집안일을 주장하니, 너희들은 다 각각 맡은 일을 부지런히 하여 죄에 범치 말라."

하니, 시비 등이 그 말을 듣고 고개를 숙이고 물러났다. 이때 비복 등 팔구 인이 모여서 교씨에게 말하였다.

"사씨가 비록 쫓겨났으나 여러 해 섬기던 터라 은혜가 중한지라. 부인이 허락하시면 소인들이 한 번 나아가 한 번 보고자 합니다."

교씨가 말하였다.

"이는 너희들의 뜻이라 어찌 막으리오."

모든 시비가 일제히 사씨를 따라가 통곡하니, 사씨가 교자를 멈추고 말하였다.

"너희들이 이같이 와서 나를 전송하니 고맙구나. 너희들은 힘써 새 부인을 섬기며 고인(故人)을 잊지 말라."

비복들이 눈물을 흘리고 절하며 작별하였다.

이때 사씨가 가마꾼을 분부하여 신성현으로 가지 말고 성도에 있는 시부모의 산소 아래로 향하라 하니, 가마꾼이 명을 듣고 유씨의 묘소 아래에 도착하였다. 사씨는 여기에서 자그마한 초가집을 얻어 살면서, 부모와 시부모를 생각하고는 처량한 신세를 슬퍼하여 눈물과 한숨으로 세월을 보내었다.

이때 사씨의 동생 사공자가 이 소문을 듣고 곧 찾아가서 눈물을 흘리며 말하였다.

"여자가 지아비에게 용납치 못하면 마땅히 본가로 돌아와 형제 서로 의지하심이 옳거늘, 아무도 없는 산에 홀로 계시니 도리어 불편하리로다."

사씨가 슬퍼하여 말하였다.

"내 어찌 동기의 정과 어머니 영전에 모시기를 알지 못하리오마는, 내 한 번 돌아가면 유씨와 아주 끊어지고 마는 것이라. 유한림이 비록 급히 나를 버렸으나, 내 일찍 돌아가신 시아버지에게 죄 짓지 않았으니, 시부모 묘 앞에서 남은 생을 마침이 나의 소원이니 동생은 염려치 말라."

사공자는 사씨의 고집을 알고 돌아가 늙은 창두(蒼頭, 중국의 노예 중의 한 부류) 한 명과 비자婢子(별궁·본궐·종친 사이의 문안 편지를 전달하던 여자 종) 두 명을 보내었다. 그러자 사씨가 말하였다.

"우리 집에도 본디 노복이 얼마 안 되거늘 어찌 여럿을 두리오."

하고, 늙은 창두 한 명만 두어 바깥일을 맡아보라 하고 두 비자를 돌려보냈다. 이곳은 유씨 종족과 노복 등이 많이 사는 데라, 사씨가 온 것을 보고 모두 나와 위로하며 야채를 나눠주며 그 마음을 풍족케 하니, 사씨 또한 솜씨가 민첩하여 남의 바느질과 옷감 짜는 일도 하며, 약간의 패물을 팔아 생계를 이으며 세월을 보내었다.

교씨가 사씨를 해치려 하다

교씨는 사씨가 친정으로 가지 않고 묘 아래에 머물러 있다는 소식을 듣고 후환을 염려하여 동청과 상의하여 냉진의 첩으로 삼으려고 사씨를 납치해오기로 하고, 두부인의 필법으로 모방하여 사씨에게 보냈다.

냉진은 사씨를 유괴할 인부들을 보낸 뒤, 집으로 돌아가서 화촉을 갖추고 있었다.

하루는 사씨가 창가에서 베를 짜고 있을 때,

"문안 드립니다. 이 댁이 유한림 부인 사소저 계신 댁입니까?"

노복이 나가 그렇다 하고 어디서 왔느냐고 물었다.

서울 두춘관에서 두부인의 전갈을 받고 왔다는 그들은 편지를 사씨에게 전해주었다. 봉한 부분을 떼어보니 이별한 후로 염려하던 말로 위로하고 오해로 쫓겨나 산소 밑에서 고생하다 강폭한 무리의 침노를 당할까 두려우니 자기 집으로 와서 있으면 좋을 거라는 내용이었다.

사씨는 가겠다는 답장을 써서 보낸 후 이곳이 비록 산골짜기이지만 선산을 바라보며 마음을 위로해왔었는데, 이제 떠나게 되니 서울 두부인댁으로 가면 몸은 편할지라도 마음은 더욱 허전할 것이니 그 신세가 처량하였다. 그런 생각 중에 문득 잠이 와서 비몽사몽간에 잠깐 졸고 있는데, 전에 부리던 시비가 와서 유공이 부르신다기에 따라갔다. 사씨가 눈을 들어보니, 생시의 모습과 조금도 변함없는 시부님이 슬하에 앉히고 어루만지며 위로하고,

"오늘 너를 불러 가겠다는 두부인의 편지는 가짜다. 속지 마라. 글씨의 자획을 다시 자세히 보면 위조 편지임을 알 것이니 속지 말라."

사씨는 시부 유공에게 울면서 대답하였다.

"두부인께서 부르시더라도 어찌 묘소를 떠나겠습니까?"

"그러나 여기에 오래 머물지 말고, 더구나 며늘아기 너에겐 칠 년 재액의 운수이니 남쪽으로 피신하는 것이 좋다. 빨리 떠나라."

"외롭고 약한 여자의 몸이 어찌 칠 년 동안이나 의지할 데 없이 타향을 떠돌겠습니까? 앞으로 겪을 길흉을 가르쳐주십시오."

유공이 말하였다.

"그 운명을 낸들 어찌 알겠느냐? 다만 일러두거니와 육 년 후의 사월 십오 일 배를 백빈주에 매어두었다가 급한 사람을 구해주어라. 이 말을 명심불망(銘心不忘, 마음에 새겨두어 잊지 않음)하였다가 꼭 그래야만 네 운수도 대통한다."

흐느껴 우는 사씨를 유모와 노복이 흔들어 깨웠다. 사씨는 놀라 깨달으니 꿈이었다. 그 신기한 꿈 이야기를 시비에게 하고 유공의 말대로 두부인의 편지를 다시금 보았다.

"두추관의 아버지 이름이 강자이므로 두부인이 보통 말할 때 일절 강자를 쓰지 아니하시는데 이 편지에 강자를 썼구나. 이는 반드시 위조가 분명하도다. 어떤 사람이 이렇듯 모해하는지 알지 못하겠구나."

하여 날이 밝아오자 사씨가 유모에게 말하였다.

"시부께서 분명히 남방으로 물길 오천 리를 가라 하시니 장사 땅은 남방이요, 또 두부인이 가실 때에 물길로 오천여 리나 된다 하셨으니, 이제 반드시 두부인을 찾아가 의탁하라 하시니 어찌 가지 아니하리오."

하고 장차 남방으로 가는 배를 이리저리 알아보았다. 그때 창두가 아뢰었다.

"두부에서 가마를 가지고 왔으니 어찌하리이까."

사씨는 꿈을 생각하고 말하였다.

"내 어젯밤에 감기가 들어 일어나지 못하니, 수일 후 낫거든 가리라."

창두가 그대로 이르니 가마꾼이 어쩔 수 없이 돌아가 그 말을 전하니 동청이 말하였다.

"사씨는 본래 지혜 많은 사람이라. 반드시 의심하여 병을 핑계삼으니 이 일이 아니 되면 화가 적지 않을 것이다."

냉진이 말하였다.

"이미 내친 걸음이니 건장한 사람 수십 명과 교군을 데리고 묘 아래에 가 있다가, 밤이 들거든 사씨를 붙잡아 데려옴이 좋을까 합니다."

동청이 말하였다.

"그 꾀가 묘하니 그리 행하라."

냉진이 응낙하고 이에 강도 수십 명을 데리고 갔다. 이때 사씨 남방으로 가는 배를 얻지 못하여 근심하더니, 마침 남경으로 가는 장삿배를 만나니, 이는 두부인의 창두로서 일찍이 풀려나 장사하는 장삼이라는 사람의 배였다. 사씨가 그 말을 듣고 기뻐하여 즉시 장삼을 불러 함께 가기를 약속하였다. 장삼도 또한 두부에 있을 때에 사씨를 뵈온 까닭에 고생하는 것을 알고 배를 대어 오르기를 청하였다. 사씨는 시부모 묘 앞에 나아가 재배 하직하고 유모와 차환이며 늙은 창두 한 사람을 데리고 배에 올라 남방으로 길을 떠났다. 이때 냉진이 수십 명 강도를 데리고 묘 앞에 나아가 수풀에 숨어서 밤을 타서 사씨가 머무는 집으로 달려드니 집이 비고 한 사람도 없었다. 냉진이 크게 놀라서,

"사씨는 과연 꾀가 많은 사람이로다. 우리의 계교를 벌써 알고 달아났도다."

하고 돌아서서 동청에게 알리니, 동청과 교씨는 사씨를 잡지 못함을 안타까워하였다.

사씨가 계속 액운에 시달리다

사씨가 배에 올라 남방으로 향할 때 만경창파(萬頃蒼波, 한없이 넓은 바다나 호수의 푸른 물결)가 하늘에 닿은 듯하고 왔다갔다하는 장삿배가 새벽달 찬바람에 닻 감는 소리는 수심을 돕고 잔나비의 울음소리는 슬픈 사람의 간장을 끊으니, 사씨 자기의 신세를 생각하고 규중여자로 몸에 더러운 누명을 입고 일신을 만경창파 일엽편주(一葉片舟, 한 척의 조각배)에 의지하여 장사로 향하는 바를 생각하니 가슴이 무너지는 듯하였다. 사씨가 크게 통곡하며,

"하늘이 어찌 정옥을 내시고, 타고난 운명의 기구함이 이러한가."

하니, 유모와 차환이 또한 슬픔을 참지 못하여 서로 붙들고 울다가 유모 울음을 그치고 부인을 위로하여 말하였다.

"하늘이 높으시니 살피심이 부족하오나 어찌 항상 이러하리오. 몸을 아

끼시어 슬픔을 진정하옵소서.”

부인이 눈물을 거두며,

“나의 팔자 기박하여 너희들이 나와 함께 고초를 겪으니 유모와 차환은 무슨 죄인가. 이는 주인을 잘못 만남이라. 두부인이 나를 기다리시는 것이 아니요 또한 시댁에서 쫓겨난 몸이 구차히 살아 장사로 가니, 신세 어찌 슬프지 않겠는가. 차라리 이곳에서 몸을 물에 던져 굴원(屈原, 중국 초나라 회왕에게 옳은 소리를 하다가 간신의 모함을 받아 강남서 귀양살다가 멱라수에 빠져 죽음. 삼려대부(三閭大夫)의 벼슬을 함)의 충혼을 좇고자 하노라.”

말을 마치고 우니, 서로 울고 서로 위로하였다. 배가 어느 곳에 이르렀을 때 풍랑이 심하고 사씨가 배멀미가 심해졌다. 이때 멀리 집 한 채가 보이니, 차환(머리를 얹은 젊은 여자 종을 이르는 말)이 그 문을 두드리고 주인을 찾으니, 한 여자가 나오는데 나이 겨우 십사오 세쯤 되고 용모가 아름답고 태도가 얌전하였다. 차환이 전하는 말을 듣고 기꺼이 허락하고 부인을 맞아 안방으로 인도하니 날이 이미 저물었다. 사씨가 물었다.

“자네 부모는 어디 가시고 혼자 있소.”

여자가 공경하여 대답하였다.

“저의 성은 임가이옵고, 일찍 아비를 여의고 편모를 모시고 삽니다. 어미가 마침 물 건너 마을에 갔사온데 폭풍을 만나 돌아오지 못하였습니다.”

여자 차환에게 물어서 부인의 행색을 알고 밥과 반찬을 알뜰히 차려서 불 밝히고 저녁상을 드리니, 사씨가 그 은근한 정에 감복하여 약간 수저를 들고 그 여자에게 감사하여 말하였다.

“불시의 손이 폐를 많이 끼쳐서 미안하오.”

여자가 엎드려 대답하였다.

"부인은 귀인이라 누추한 곳에 행차하시니 가문의 영광됨은 말할 것도 없습니다. 촌가의 대접이 너무 허술하여 황공무지하오니, 이렇듯 과분한 말씀을 하시니 더욱 죄송합니다."

그날밤에 부인이 임씨 집에서 자고 그 이튿날 떠나려 하였으나 풍랑이 좀처럼 그치지 않아서 사흘을 연해 쉬게 되니, 그 여자는 더욱 정성을 다하였다. 다행히 그 집의 여자가 양순하여 사씨의 병이 나아서 이별을 할 때 주인과 손님이 서로 헤어짐을 슬퍼하였다.

사씨는 주인에게 감사의 뜻으로 손에 끼었던 가락지를 주며,

"이것이 비록 미미하지만 그대로 손에 끼고서 나의 마음으로 보내는 정을 잊지 말아요."

"이 패물은 부인이 먼 길을 가시는데 노비가 떨어졌을 때 긴요하실 텐데 제가 어찌 받겠습니까?"

"여기서 장사 땅이 멀지 않고 그곳에 가면 긴히 쓸 데가 없사오니 사양치 말라."

사씨가 굳이 주었으므로 그 여자는 감사히 받았다. 작별하고 즉시 떠나 며칠을 가는데, 창두가 늙은 데다가 그곳 기후와 풍토에 익지 못하여 병들어 죽으니, 부인이 비참하고 불행함을 이기지 못하여 배를 머무르고 장삼을 시켜 강가 언덕에 묻어주고 떠났다.

이처럼 사씨는 천신만고 뱃길을 얻어서 장사에 거의 다 왔다가 액운이 점점 더 닥쳐오는지라, 홀연 풍랑에 밀려 동정호로 향하여 악양루 아래 이르니 옛적 열국 때 초나라 지경이었다. 초나라의 충신 굴원이 충성을 다하여 회왕(懷王)을 섬기다가 간신의 참소를 만나 강남으로 귀양 오니, 이에 자그마한 초가집을 짓고 있다가 몸을 멱라수(汨羅水, 중국 호남성의 상수의 물줄기)

에 던졌으며, 또 한나라의 가의(賈誼, 중국 전한대의 문인, 학자)는 낙양재사로서 다른 대신들의 시기를 받고 장사로 내쫓겼는데, 역시 이곳에 이르러 제문을 지어 강물에 던져 굴원의 충혼을 애도하였다. 이러한 까닭으로 지나는 나그네들에게 강개(慷慨, 불의를 보고 의기가 북받치어 원통하고 슬픔. 또는 그런 마음)한 마음을 자아내게 하는 곳이었다. 사씨는 요조숙녀의 귀중한 몸으로 요녀(妖女)의 모함을 받아 가장(家長)의 내침을 당하여 약한 몸으로 여기까지 이르렀으니, 옛사람을 느끼고 자기 신세를 생각하여 뱃전에 기대서서 밤이 늦도록 잠을 이루지 못하였다.

이때 장사하는 배들이 남북으로 모여들어서 심히 복잡하였다. 가만히 들으니 옆배에서 한 사람이 말하였다.

"우리 장사 백성들은 정말 복이 없구나."

하니, 또 한 사람이 말하였다.

"어찌 그러는가."

"지난해에 오신 두추관 노야께서는 마음이 정직하고 일 처리가 공평해서 백성들이 근심이 없었소. 그런데 이번에 새로 온 유추관은 재물을 탐내고 돈을 좋아해서 백성들의 유죄무죄를 물론하고 함부로 매질하여 돈을 뺏는지라. 이와 같이 명관을 잃고 탐관을 만났으니 어찌 복이 있다 하겠소."

사씨가 다 듣고 두추관이 이미 갈려서 어디로 옮아간 줄 알고 애가 타고 기가 막혀서 어이할 줄을 모르다가 새벽이 되어 장삼을 시켜서 자세히 물어보라 하였다.

이윽고 장삼이 돌아와 알렸다.

"우리 댁 주인어른이 장사마을에 와 현명하게 백성을 다스리시니, 암행어사가 나라에 이를 알려 성도지부가 되어 진작 대부인을 모시고 성도로 부임하셨다 합니다."

부인이 하도 어이없어 하늘을 우러러 가슴을 두드려 말하였다.

"하늘이여, 나에게 왜 이러십니까?"

하고 장삼에게 일렀다.

"두부인이 이미 성도로 가셨으니 장사는 객지라. 저리로 갈 수도 없고 여기서 머물 수도 없으니, 그대는 우리 셋을 여기에 내려놓고 배 저어 빨리 가시오."

장삼이 말하였다.

"장사는 계실 곳이 못 되고 소인도 여기 오래 있을 수가 없사오니, 그러면 부인은 어디로 가시려 하십니까?"

"내 갈 곳은 구태여 알아 무엇하리. 자네 갈 데로 가게."

유모와 차환들이 이 말을 듣고 당황하여 서로 붙들고 통곡하였다. 장삼은 세 사람을 강언덕에 내려놓고 부인을 향하여 절하고 작별하였다.

사씨가 죽으려 하다

사씨는 천신만고(千辛萬苦, 몸과 마음을 온 가지로 수고롭게 애씀)하여 겨우 배를 얻어 장사 땅을 거의 왔다가 마침내 이 지경에 이르고 보니 희망이 없었다. 심장이 녹는 듯하여 아무리 생각하나 죽을 수밖에 할 일 없었다. 유모와 차환 등이 울며 말하였다.

"사고무친(四顧無親, 의지할 만한 사람이 전혀 없음)한 땅에 와서 부인은 장차 어찌 귀체를 보존하려 하십니까?"

사씨가 길게 탄식하여 말하였다.

"사람이 세상에 나매 수요장단(壽夭長短, 오래 살고 일찍 죽음)과 화복, 길흉, 천명은 운수니 일시 액운을 구태여 근심할 바 없네. 이제 내 신세를 생각하니 화를 자초함이라. 옛말에 '하늘이 만든 화는 피할 수 있으나 제가 만든 화는 피할 수 없다' 하였으니 이제 내 도중에서 이같이 낭패하니 다시 어디를 가며 누구에게 의지하겠나?"

하니, 유모가 위로하여 말하였다.

"옛날 영웅 호걸과 열녀 절부가 이런 곤경을 아니 당한 사람이 드무니, 이제 부인께 일시 액운 있사오나 하늘에 빌면 장차 검은 바람이 구름을 쓸어버리면 일월을 다시 보실 것이니, 부인은 너무 슬퍼하지 마소서. 어찌 일시 액운으로 귀한 몸을 삼가지 않겠습니까?"

사씨는 탄식하며,

"옛사람이 액운을 당한 자가 하나 둘이 아니로되 자연 구하여주는 사람이 있어 몸을 보전하였거니와, 이제 나의 일은 그렇지 아니하여, 약한 몸이 위로 하늘에 오르지 못하고 아래로 땅에 들지 못하니 어찌 하리오. 구차하게 인생을 살려고 할 것이 아니라 한 번 죽어서 옛날 사람처럼 꽃다운 이름이나 나타내자는 것이 하늘의 뜻인 것 같구나."

하며 강으로 뛰어들려 하는 것을 유모가 놀라 애원하며

"소비 등이 천신만고 하여 부인을 모셔 이에 이르렀으니 마땅히 사생을 한 가지로 하겠습니다. 그러하오니 저희들도 죽겠나이다."

"나는 죄인이니 죽음이 마땅하나 너희들은 무슨 죄로 죽는단 말인가? 차환은 나이 젊으니 말할 것도 없거니와 유모도 아직 남의 집에 들어가 밥을 지을 수 있으니 어찌 의탁할 곳이 없겠는가. 각각 몸을 아꼈다가 북방 사람을 만나거든, 내 이곳에서 죽은 줄을 알게 하시오."

신신당부한 뒤에 나무 껍질을 깎고 글씨로,

"모년 모월 모일에 사씨 정옥은 시댁에서 쫓겨난 몸으로 여기에 이르러 물에 빠져 죽었노라."

하고 다 쓴 뒤 통곡을 하며 슬피 울 때 유모와 차환이 좌우에서 우니 달빛도 없이 초목과 금수가 슬퍼하였다. 이렇게 날이 어둡고 동천에 달이 오르니, 사방에서 귀신이 울고 황릉묘 위에 두견새의 소리가 처량하고, 소상강 대숲 아래 잔나비 슬피 우니, 유모가 부인에게 말하였다.

"밤 기운이 차니 저 위에 올라 밤을 지내고, 내일 다시 생사(生死)을 판단하소서."

사씨가 마지못하여 악양루에 올라서서 밤을 지내고 누상에서 지칠 대로 지친 사씨는 유모 무릎에 기댄 채 꼬박 졸았다.

그때 비몽사몽간에 한 소녀가 와서 말하였다.

"저의 낭랑께서 부인을 모셔오라는 분부로 왔습니다."

"너의 낭랑이 누구시냐?"

"저와 함께 가시면 아실 겁니다."

사씨가 소녀를 따라가니 큰 저택의 전각이 강가에 즐비하고 두 분의 낭랑이 황금 의자에 앉아 사씨를 맞아 말하였다.

"우리는 다른 사람이 아니라 순임금의 두 왕비라. 상제께서 우리의 사정을 측은히 여기시고 이곳 신령을 시키셔서 여기에 있소. 모든 절부와 열녀를 담당하며 세월을 보내더니, 그대 이제 일시 화를 만나 이곳에 이르렀구려. 하늘의 뜻이니 아무리 죽고자 하나 그럴 수 없으니, 마음을 너그럽게 하시오."

"모든 일이 다 하늘의 뜻이요 인력으로 못하나니, 어찌 굴원의 죽음을 본

김만중

받으며 하늘을 원망하리오. 유씨 집은 본래 선을 쌓은 가문이라. 오직 유한림이 너무 어린 나이에 출세하여 천하의 일은 통달하나 사리가 부족하므로 하늘이 잠깐 재앙을 내리시어 크게 경계하고자 함이오. 부인은 어찌 이렇게 조급하게 구는가. 부인을 모함한 자는 아직 득의하여 방자교만하여, 제 더러운 줄은 모를 것이라. 하늘이 장차 큰 벌을 내리시리라. 그러니 부인은 안심하고 바삐 돌아가시오."

"낭랑이 첩의 허물을 더럽다 아니하시고 이같이 밝게 가르치시니 감격스럽습니다. 그러나 돌아가 의탁할 곳이 없사오니 낭랑은 첩의 사정을 돌아보시어 시녀로 있게 하시면 낭랑을 모시고 영원히 있을까 하나이다."

"부인도 이 다음에 이곳에 머물려니와, 아직 당치 않으니 빨리 돌아가시오. 남해도인이 부인과 인연이 있으니 거기에 잠깐 의탁함이 또한 하늘의 뜻이니라."

하니, 사씨가 말하였다.

"첩이 예전에 들으니 남해는 하늘 한가운데라 길이 멀다는데 어찌 가오리까?"

"연분이 있으면 자연 가게 되리니 염려 마시오."

하고, 낭랑이 동쪽 벽 왼쪽에 앉아 있는 눈이 별 같은 부인을 가리켜 말하였다.

"이는 위국부인 장강(莊姜)이라."

하고, 또 한 부인을 가리켜 말하였다.

"이는 한나라 반첩여라."

하고, 그 다음 차례로 이름을 가리켜 말하였다.

"부인이 이미 이에 이르렀으니 서로 알게 함이로다."

사씨 일어나 인사하며,

"오늘에 여러 부인의 면목을 이렇듯 뵈옴은 뜻하지 아니한 바니, 영광이
옵니다."

여러 부인이 흔쾌히 답하였다. 사씨가 네 번 절하고 하직하니 낭랑이 말
하였다.

"매사를 힘써 하면 오십 후에 이곳에 자연 모이게 될 것이니 그때까지 몸
조심하라."

꿈을 깬 사씨는 소상강의 대밭으로 들어가니 꿈에 보던 것과 조금도 다
름없는 한 묘당이 있고 황릉묘라고 써 있었는데, 이는 곧 두 왕비의 사당이
다. 완연히 꿈속에 보던 바와 다름이 없으니, 사씨가 절하고 축원하여 말하
였다.

"첩이 낭랑의 가르치심을 입고, 다른 날 좋은 때를 만날진대 낭랑의 성덕
을 어찌 명심치 아니하리오."

하며 물러나와, 차환에게 묘지기의 집에 가서 밥을 구하여 세 사람이 요기
하였다.

사씨가 묘혜의 도움을 받다

이때 사씨가 말하였다.

"우리 세 사람이 두루 방황하여 의지할 곳이 없으매 신령이 놀리시는구나."

묘 안에 들어가서 사방을 살펴보니 짐승 소리가 여기저기서 들려왔다.

사씨가 곰곰이 생각하다가,

"사람이 세상에 나서 부귀 빈천이 팔자에 있으나 여자로서 씻지 못할 누

명과 허다한 고초를 지나고, 마침내 이곳에 이르러 의지할 바가 없게 되니 죽는 것이 상책이로다."

하고는 사씨가 다시 죽을 생각으로 물에 빠지려 하는데, 그때 갑자기 황릉묘의 묘문이 열리고 여승과 여동이 나타나서,

"부인이 또 고초를 당하고 물에 빠지려고 하십니까?"

하며 물었다.

"그대들은 어떻게 우리 일을 아는가?"

여승이 황망히 예를 갖추고 말하였다.

"소승은 동정호 군산사에 있는데, 아까 비몽사몽간에 관음보살님이 나타나시어 어진 여인이 화를 당해 갈 곳을 몰라 물에 빠지려 하니 빨리 황릉묘로 가서 구하라 하시므로 급히 배를 저어왔더니, 과연 부인을 만났으니, 부처님 영험하심이 신기하나이다."

"우리는 죽게 된 사람이었으나, 존자의 구원을 얻으니 실로 감격스럽습니다. 그러나 존자의 암자가 멀고 또 귀 암자에 폐가 될까 걱정이옵니다."

"출가한 사람이 본래 자비를 베푸는 것이니, 부처님의 지시로 모시러왔는데 그게 무슨 말씀이십니까?"

세 사람은 여승을 따라 배를 타고 동정호 가운데 있는 군산사 암자 수월암(水月庵)에 이르렀다. 그리고는 종일 고통스러웠기 때문에 깊이 잠에 빠져 날이 밝아옴을 몰랐다.

이튿날 아침에 여승이 불당을 깨끗이 씻고 향을 피워놓고 예불하라 하니, 사씨 등이 비로소 일어나 법당에 올라 향을 피우고 절하는데, 사씨가 눈을 들어 부처를 보니, 십육 년 전 자기가 찬을 지어 썼던 백의관음의 화상이었다.

자연 놀라며 슬픈 회포를 금할 수 없어 눈물을 흘리므로, 여승이 이상하게 여겨 물었다.

"회상 위에 쓴 것이 내가 아이 때 지은 찬이요. 여기 와보니 자연 슬픔을 금치 못하겠소."

대답을 들은 여승이 크게 놀라며,

"그러시다면 분명히 신성현 땅의 사급사 댁 소저가 아니십니까?"

하고 물었다.

"스님께서 어찌 내 신분을 아십니까?"

여승이 대답하였다.

"소승은 저 관음화상의 찬을 받아간 우화암의 묘혜입니다. 소승이 유소사의 명을 받고 부인에게 관음찬을 받아가니, 소사 보시고 크게 기뻐하여 혼인을 정하시고 소승에게 상을 주셨습니다. 그때 머물러 혼사를 보려 하다가 스승이 급히 찾으시기에 산에 돌아와 스승을 따라 십 년을 수도하였더니, 소승이 돌아가고 얼마 후에 이곳에 와 암자를 짓고 조용히 공부하며 불상을 뵈올 때마다 부인의 용모를 생각하였습니다. 헌데 부인은 어찌 이러한 고생을 하십니까?"

사씨는 유씨 집안의 부인이 된 이후의 전후 사정을 자세히 들려주었다. 그후 사씨는 수월암에 머물면서 전에 시부님의 현몽을 묘혜에게 말하였다. 그러자 묘혜가 탄식하며 말하였다.

"세상일이 본래 이 같은 것이오니 부인은 너무 슬퍼하지 마옵소서."

사씨가 불상을 다시 보니, 외로운 섬 가운데 앉아 기운이 생생하여 분명히 살아 있는 듯하고, 관음찬의 의미가 자기의 이야기를 그렸는지라, 사씨가 이를 보고 탄식하며,

"세상일이 다 하늘이 정한 것이니 어찌하리오."

하고, 이날부터 관음보살에게 분향하여 인아를 다시 만나기를 빌었다. 묘혜는 조용한 때를 타서 사씨에게 말하였다.

"부인이 이제 이에 와 계시니 의복을 어찌하시렵니까?"

"내 이곳에 있음이 부득이함이라 어찌 옷을 바꿔 입으리오."

"내 생각하니 유한림은 현명한 군자라. 한때 참언을 신청하나 후일은 일월같이 깨달아 부인을 맞아가리이다. 소승이 일찍 스승에게 수도할 때 사주도 약간 배운 바 있사오니, 부인은 생년월일시를 말씀하옵소서."

사씨가 다시 이르니 묘혜가 잠시 생각하다가 크게 기뻐하여 말하였다.

"팔자는 앞으로 좋을 것이오. 초년은 잠깐 재앙이 있으나 나중은 부부 안락하고 자손이 영화하여 행복이 무궁하리로다."

사씨가 탄식하여 말하였다.

"박명한 인생이 스님의 칭찬을 받는 것은 당치 못하리니 어찌 그것을 믿으리오."

하고 이에 이야기를 시작할 때, 사씨가 강상에서 풍파를 만나 머물었던 집 여자의 어짊을 이야기하며 못내 칭찬하니, 묘혜가 말하였다.

"부인이 소승의 조카딸을 보셨도다. 그 애 이름은 취영이니 제 어미 일찍 강보에 두고 죽으매 제 아비 변씨를 따랐다가, 그 아비 또 죽으매 변씨 취영을 소승에게 주어 머리를 깎게 하여 중을 삼고자 하였으나, 내 그 상을 보니 귀한 자식을 많이 두어 복록이 완전할 상이라. 변씨에게 데리고 살라 하였지요. 요사이 들으니 질녀가 효성스러워 모녀 서로 사랑하고 산다 하더니, 부인이 만나보셨구려."

사씨가 말하였다.

"얻기 어려운 것이 어진 사람이라. 나라 사람의 마음을 알지 못한 까닭으로 이에 누명을 입고 이렇듯 고생하니 어찌 한(恨)이 되지 아니하리오."

"이는 반드시 하늘의 정한 뜻이라. 부인과 소승이 잠시 인연이 있사오니 그런 줄 아십시오."

"내 여기 있음을 한함이 아니라. 집을 떠나니 인아의 신세 외로운지라. 어찌 살고 있는지 염려가 되고 또 요사이 집안에 요괴한 사람이 있어 유한림의 신상에 어떠한 재앙이 미칠까 염려되옵니다. 전에 시부 묘 앞에 있을 때 시부의 존령이 꿈에 나타나시어 이르기를, '육년 사월 모일에 배를 백빈주에 대었다가 급한 사람을 구하라' 하시고 신신당부하시니, 어떤 사람이 급한 화를 만날 것인지 알지 못하겠습니다."

"유한림 상공은 오복이 구비한 상이요, 겸하여 유씨 대대로 적덕이 많사오니 어찌 요기(妖氣)가 들어오겠소. 백빈주에 급한 사람을 구하라 하셨으니 그때를 기다려 어기지 말고 구합시다. 유소사는 본디 공명정대하신 어른이시니 무슨 일이 있으시겠습니까."

사씨는 옳다 하고 계속 수월암에서 세월을 보내니, 유모와 차환과 함께 부지런히 절의 일을 거드니 모든 여승이 기뻐하여 사씨를 극진히 공경하였다.

유한림이 사씨의 억울함을 알게 되다

이때 교씨는 안방을 차지하여 집안일을 모두 다스리고 있었으나, 악독함이 날마다 더하여 비복들이 그녀의 혹독한 형벌을 견디지 못하고 쫓겨난 사씨를 생각하였다.

그런 어느 날 유한림이 숙직하고 돌아와 교씨를 찾았으나 정당에 없고 백자당에 있다는 대답이었다.

"왜 여기서 자는 거요?"

"요즘 안방에서 자면 꿈자리가 뒤숭숭하고 기분이 좋지 않아 여기서 잤습니다."

"그대 역시 그 방에서 자면 꿈이 흉하던가? 나도 잠만 들면 꿈자리가 뒤숭숭하여 정신이 혼미하고 나가 자면 평안한지라. 의심이 생기더니 부인이 또한 그러하다니 점 잘 치는 사람을 불러 물어보리라."

유한림은 도진이라는 진인(眞人, 참된 도를 깨달은 사람)을 안으로 불러,

"이 방에서 자면 흉몽을 꾸게 되니 무슨 악귀의 장난이냐?"

고 물었다. 진인이 방 안의 기운을 살피더니,

"비록 대단치 않으나 기운이 좋지 않소이다."

하고 하인을 시켜 벽을 뜯고 방예물의 나무인형을 꺼내어 유한림에게 보이니 크게 놀랐다.

"이것은 사람을 해치려 함이 아니고 오직 시첩이 유한림의 사랑을 얻으려는 마음으로 한 소행입니다. 이런 일이 있어 사람의 정신을 요란케 하는 계교니 없애고, 또 집안에 좋지 못한 기운이 떠도니 이런 일을 술법에서는 '주인이 집을 떠나리라' 하였나니 오로지 조심하여 재앙이 없게 하소서."

"삼가 명심하겠소."

하고 유한림은 그제서야 사씨가 억울한 누명을 쓰고 쫓겨난 것이 아닐까 하고 의심하게 되었다. 비로소 악몽을 깬 듯이 스스로 부끄러워하였다. 이런 일로 지난 일을 생각하며 정히 의심하던 차에 장사로부터 두부인의 서찰이 이르렀거늘, 반가이 떼어보니 글월의 뜻이 깊고 오히려 사씨의 출가한 줄 모르고 당부한 말씀이 더욱 간절하였다. 유한림이 마음속으로 생각

하기를,

'사씨가 원래 현명한데 옥반지는 친히 보았으나 혹시 시비 중에서 도적함이 괴이치 아니하고, 시비 춘방이 죽을 때에 납매 등을 꾸짖고 죽었으나 종시 불복하였으니 왜 그리 하였을까?'

하고 마음이 불편하였다.

교씨와 동청의 모략으로 유한림이 유배를 떠나다

이를 눈치챈 교씨는 유한림의 기색이 전과 다름을 보고 두려워하여 동청에게 말하였다.

"내 유한림의 기색을 보니 앞날과 다릅니다. 아마 우리 두 사람의 일을 아는가 싶으니 어쩌면 좋을까요?"

동청이 말하였다.

"우리 일은 집안에서 모를 이 없으되 유한림의 귀에 가지 아니함은 부인을 두려워함이라. 유한림이 만일 뜻이 변하면 비방할 자 많으리니, 우리 두 사람은 죽어 묻힐 땅이 없을 것이오."

"일이 이 같으니 어찌 하리오. 나는 여자라 소견이 없으니, 낭군은 좋은 꾀를 생각하여 화를 면하게 하시오."

"오직 한 가지 꾀가 있으니, 옛말에 '남이 나를 저버리거든 차라리 내 먼저 남을 저버리라' 하였으니, 조용한 때에 독약을 섞어 유한림을 해하고 우리 두 사람이 해로하면 무슨 해로움이 있겠소."

"이 말이 맞소만, 행여 누설하면 화를 면하기 어려우리니 조용히 의논합시다."

하였다. 그리고는 동청과 깊은 방에서 유한림을 해칠 궁리를 하는데, 마침 유한림이 병을 핑계로 조정에 들어가지 아니한 지 오래라, 가끔 벗을 찾아 다녔다. 동청이 우연히 유한림의 책상 위에서 한 글을 얻어 내니, 이는 유한림이 지은 것이었다. 두어 번 읽어 보고 문득 기뻐 날뛰며 교씨에게 말하였다.

"지난번에 천자 조서를 내리시어 '나의 기도하는 것을 간하는 신하는 죽이리라' 하셨는데, 지금 이 글을 보니, 시를 지어 실없는 말로 엄승상을 간악한 소인에 비하였으니, 이 글을 엄승상께 보이면 그가 천자께 아뢰어 법으로 다스리리니, 우리 두 사람이 어찌 백년해로를 못하리오."

교씨가 크게 기뻐하여 제 뺨을 동청의 뺨에다 대어 교태를 부리며 말하였다.

"전일에 말씀하던 꾀는 위태하더니, 이는 남의 손을 빌어서 없이 함이니 어찌 쾌치 아니하리오."

하고 은밀한 일을 꾀하니, 이런 악독한 여자가 어디 또 있을까?

동청이 유한림의 글을 소매에 넣고 바로 엄승상 댁에 가서 뵈옴을 청하니, 엄승상이 들어오라 하였다. 동청이 말하였다.

"천생은 유한림학사 유연수의 문객입니다. 비록 그 집에서 머물러 있으나 그 사람의 의논을 듣자오니 늘 승상을 해치고자 하므로 늘 마음이 불안하였습니다. 어제는 연이어 술을 먹고 취하여 소생에게 이르되, '엄숭은 임금을 잘못 지도하는 소인이라' 하고, 또 지금 세상을 송나라 휘종(徽宗) 시절에 비하여 '비록 간하지 못하나 글을 지어 내 뜻을 표하리라' 하고, 이 글을 지어 쓰거늘 천생이 그 글 뜻을 물으니, 승상을 옛날 간신 진회(秦檜, 송나라 강녕 사람으로, 19년 동안 재상을 지내면서 충신과 장수를 많이 죽이고 자기 이익을

취했다고 함)와 왕흠약(王欽若, 송나라 신유 사람으로, 진종 때에 벼슬이 동평장사에 이르고, 꿈에 신령이 천서를 태사에 내려보냈다고 거짓말을 하여 산에 사당을 짓고 도사들을 동원하여 도교 책을 펴내는 일 등으로 나라일을 어지럽힘)에 비유하여 쓴 글이라 하는데, 천생이 훔쳐서 승상께 드립니다."

이를 엄승상이 받아보니 과연 옥배천서(玉杯天書, 옥으로 만든 술잔과 하늘에서 내려온 글. 나라의 기강이 문란함을 일컫는 말)란 문자가 있었다.

"유연수의 부자 홀로 내게 항복하지 아니하더니, 이제는 이렇듯 나를 놀리다니…… . 정녕 죽고자 하는구나."

하고 엄승상이 그 글을 가지고 궐 안에 들어가,

"근래 기강이 풀어져 젊은 학사 국법을 두려워하지 아니하오니 심히 한심하온지라. 이제 성상이 법을 세워 계시거늘, 유한림 유연수가 감히 저를 옛날 간신배인 신원평(新垣平, 중국 한나라 문제 때 사람으로, 장안 동북쪽에서 신기가 있어 오색이 찬란하니 사당을 세우라 하여 위양오제묘를 세워 벼슬이 상대부가 되는 등 갖은 거짓말을 하여 결국 죽음을 당함)의 옥배와 왕흠약의 천서에 비유하여 욕하오니, 신이야 무슨 말씀하오리까마는 성주를 얕보니 국법을 보여주옵소서."

하고 글을 받들어 천자에게 보이니, 천자 크게 노하여 유한림을 옥에 가두어 장차 사형을 내리려 하였다. 그러나 태우 서세가 상소하여

"충신을 죽이려 하시나 그 죄를 알지 못하오니, 그 글을 내리셔서 알게 하소서."

천자가 글을 보이고 말하였다.

"유연수가 간신배 이야기로 나를 얕잡아보니, 어찌 죽기를 면하리오."

서세가 말하였다.

"이 글을 보니 천서와 옥배로 천자를 우롱함이 분명치 아니하고, 한나라

208
• • •

문제와 송나라 진종은 태평성군이라. 유연수가 죄를 입었으나 죽을 죄는 아니오니, 어찌 밝게 살피지 않으십니까?"

임금이 잠자코 있으니, 엄승상이 불평하나 남의 이목을 가리우지 못하여 착한 체하여 아뢰어 말하였다.

"학사의 말이 이 같으니 유연수를 귀양 보냄이 마땅하여이다."

천자가 허락하시니 엄승상이 분부하여,

"행주로 귀양 보내라."

하고 돌아오니, 동청이 엄승상에게 말하였다.

"간하는 말이 있어 죽이지는 못하였으나 행주는 토양이 사나워 북방 사람이 가면 살아오는 이 없으니 칼로 죽이는 것이나 다름이 없도다."

동청이 기뻐하였다. 이때 유한림이 귀양을 하게 되니, 교씨가 비복을 거느려 성 밖에 나아가 짐짓 슬피 통곡하는 체 이별하였다.

"유한림께서 먼 곳으로 고생길을 떠나시는데 첩이 어찌 혼자 있으리요. 상공을 쫓아 생사를 함께 하려 하나이다."

하니 유한림이 말하였다.

"그대는 집을 잘 지키고 제사를 받들고 아이들을 잘 길러주시오. 인아는 비록 사나운 어미의 소생이나 골격이 비범하니 거두어 잘 기르면 내 죽어도 눈을 감을 것이오."

이에 교씨가 말하였다.

"상공의 자식이 곧 첩의 자식이라, 어찌 봉추와 달리하여 박대하오리까."

"부디 그렇게 부탁하오."

하며 유한림은 재삼 부탁하고 비복 몇 명을 데리고 먼 귀양길을 떠났다.

그 후 동청은 엄승상의 세력으로 진유현 현령으로 출세하여 부임하게 되니, 교씨에게 사람을 보내어 기별하였다.

기별을 받은 교씨는 매우 기뻐하며,

"사촌형이 먼 시골에 살더니 이제 병들어 죽었다고 기별이 왔기로 간다."
하고, 봉추와 인아, 심복 시비들만 데리고 길을 떠나니, 그들 탕아 동청과 음
부 교씨는 서로 만나 저희들 세상이라 기뻐하며 어찌할 줄을 몰랐다.

"인아는 원수의 자식인데 데리고 가서 무엇하겠소."

동청이 말하자 옳게 여기고 시비 설매를 시켜 어린 인아를 물속에 넣어
죽이도록 시켰다.

설매는 그 말을 듣고 인아를 안고 물가에 오니 아이가 오히려 깊이 잠들
었거늘, 차마 죽일 수 없어 스스로 눈물을 흘렸다.

"사씨의 성덕이 저 물 같거늘, 내 무상하여 그를 모해하고 이제 또 그 아
들마저 해하면 어찌 천벌이 없으리오."
하고 인아를 강가의 숲에 감추어두고 와서 거짓말로 교씨에게 고하였다.

"아이를 물속에 넣었더니 물속에서 잠깐 들락날락하다가 가라앉고 보이
지 않았습니다."

이에 교씨와 동청은 기뻐하며 배에 올라 술을 부어 서로 권하고 거문고
를 타며 노래를 부르며 놀았다. 동청은 육지에 내려 옷을 갖추고 진유현에
도임하였다.

한편 유한림은 귀양의 길을 떠난 후 자기의 과오를 깨닫고 후회하여 마
지않았다. 이때부터 주야로 심화가 가슴을 태워 병에 눕게 되어 위중하게
되었다.

그러던 중 하루는 비몽사몽간에 한 노인이 와서 꿈에 나타나,

"유한림의 병이 위중하시니 이 물을 잡수시고 쾌차하시기 바랍니다."

하며 물병을 마당에 놓고 홀연히 떠나가버렸다.

유한림이 이상한 꿈이라고 생각하고 있을 때 이튿날 아침 노복이 뜰을 쓸다가 놀라며 중얼거리는 소리가 들렸다.

"뜰 마른땅에서 웬 물이 솟아날까? 참 이상도 하다."

이에 유한림이 창을 열어보니 꿈에 노인이 물병을 놓고 간 자리에서 물이 솟아 나오고 있었다. 유한림은 꿈을 생각하고 물을 떠오라 하여 먹어 보니 맛이 달고 시원해서 감로수처럼 좋았다. 그 후 유한림의 병은 깨끗이 나았으며 그 지방 수토병(水土病, 물과 토질로 인해 생기는 병)이 없어지고 이에 감격한 사람들은 그 우물을 학사천(學士川)이라 하였다.

진유현에 도착한 동청은 백성들에게 세금을 가혹하게 착취하고 그것도 부족하여 엄중하게 글을 올려,

"진유현령 동청은 머리를 숙이고 두 번 절하며 승상께 글월을 올립니다. 소생이 약한 정성을 다하여 승상을 섬기고자 하나 고을이 작아서 재물이 부족하므로 마음과 같이 못하오니 보배와 금은이 많은 남방의 관원을 하오면 정성을 다하여 섬기겠습니다."

하였다. 엄승상이 기뻐하여 즉시 남방의 큰 고을에 부임시키려 천자에게 여쭈니, 천자가 계림 태수에 부임하게 하였다.

유한림이 풀려나서 교씨의 죄를 알게 되다

때마침 황제가 태자를 책봉하는 날이라 유한림도 그 은혜를 입어 유배에서 풀려나 친척이 있는 무창 땅으로 향하였다.

여러 날 길을 가다가 피곤하여 장사 땅의 어느 나무그늘 아래에서 잠시

쉬고 있었다.

'내 신령의 도움을 입어 병이 낫고 또 은사를 입어 돌아오니, 서울에 가서 처자를 데려다 고향에 돌아와 농부가 되리라.'

하고 있는데, 갑자기 어마어마한 행차가 있기에 자세히 보니 간악한 동청의 행차였다.

"아니, 저놈이 어떻게 높은 벼슬을 하고 이 지방을 행차할까? 아하, 저놈이 천하의 세도가 엄승상에게 아부하여 저런 출세를 하였구나."

분노를 느끼며 자신을 부끄럽게 생각하였다.

이때 맞은편 집에서 여자 한 명이 나오다가 주점에서 점심을 먹는 유한림을 보고 놀라면서 물었다.

"유한림께서 어떻게 이런 곳에 와 계십니까?"

자세히 보니 다름 아닌 사씨의 시녀 설매였다.

"나는 은사를 입고 귀양이 풀려서 황성으로 돌아가는 길이다만 너는 이곳에 어떻게 왔느냐? 그래, 그동안 집안은 평안하냐?"

"대감님, 이리 오세요."

설매는 급히 유한림을 모셔 사람 없는 곳으로 가서 눈물을 흘리며,

"어찌 한 입으로 다 아뢰오리까. 상공이 아까 지나간 행차를 누구의 것으로 아십니까?"

"동청이 무슨 벼슬을 하여 가나 보더라."

"뒤에 가는 행차는 누구의 것인 줄 아시나이까."

"그는 아마 동청의 아내가 아니겠느냐?"

"동청의 아내가 곧 교낭자입니다. 소비도 따라가다가 말기가 떨어져 옷을 갈아입으려 하여 이 주점에 들렀다가 상공을 뵈올 줄 어찌 뜻하였겠습

니까?"

유한림이 다 듣고 난 뒤 정신을 잃고 한참 동안이나 있다가 말하였다.

"세상 일이 참으로 기구하구나. 아무튼 이야기나 자세히 해보라."

유한림이 비통한 안색으로 재촉하자 설매 흐느껴 울며,

"소비는 하늘을 속이고 주인을 저버린 죄가 천지에 가득하오니 유한림께서 너그러이 용서하여 주십시오."

"내 지난 일을 탓하지 않을 테니 사실대로 숨기지 말고 말하라."

"그동안의 일은 모두 교씨가 꾸민 간계였습니다. 유한림께서 귀양가시게 된 것도 동청과 교씨가 엄승상에게 참소하여 꾸민 농간이었습니다. 또 교낭자 투기와 형벌을 일삼아 시비를 위협하니, 소비도 죽을 고초를 많이 당하였습니다."

하고 설매가 팔뚝을 걷어 악형 당한 흉터를 내보였다.

"사씨를 저버리고 교낭자를 섬긴 것은 어머니를 버리고 범의 입에 들어감이라. 소비가 무엇을 알리까. 다만 납매의 꾀임에 빠지고 돈에 팔렸으니 만 번 죽더라도 죄를 면하지 못할 것입니다."

유한림이 다 들은 뒤에,

"인아는 어찌 되었느냐."

하고 묻자, 설매가 말하였다.

"교씨가 소비에게 공자를 물에 넣으라 하여, 차마 그렇게는 못하고 갈대 수풀에 감추어두고 왔사오니 혹시 근처에 사람이 지나다 거두어 키우시는가 하나이다."

유한림이 잠깐 안색을 피며 말하였다.

"다행히 너의 그 갸륵한 소행으로 인아가 살았다면 너는 그애의 생명의 은인이다. 그러나 내 사람답지 못하여 음부에게 속아 무죄한 처자를 보전하지 못하니 무슨 면목으로 세상에 서겠오."

"밖에 저를 데리러 온 사람이 있으니 지체하면 의심받습니다. 떠나기 전에 급히 한 말씀 아뢰겠습니다. 어제 악주에서 들은 소식인데 부인께서 장사로 가시다가 풍랑을 만나 물에 빠져 돌아가셨다는 말도 있고, 어떤 사람의 도움으로 살아 계시다는 풍문도 있으니 유한림께서 수소문하여 알아보십시오."

하고 설매는 교씨의 행렬을 쫓아갔다. 이에 교씨가 이상히 여겨 설매를 데리고 온 시비에게 물었다.

"어떤 관위와 이야기를 하느라고 이토록 늦게 되었습니다."

"그 사람이 누구더냐?"

"행주 땅에 귀양간 유한림이 돌아오는 길이었습니다."

교씨가 깜짝 놀라며 행차를 멈추고 동청과 함께 선후책을 상의하니 동청역시 크게 놀라서 건장한 관졸 수십 명을 뽑아 유한림의 목을 베게 명하였다. 이런 소동이 일어난 것을 본 설매는 목을 메고 죽으니, 교씨가 알고 제 손으로 못 죽인 것을 안타까워하였다.

사씨와 유한림이 다시 만나다

이때 유한림이 길을 찾아가며 생각하였다.

'내 교씨의 간교한 말을 듣고 현명한 부인 사씨를 멀리하고 자식까지 잃어버리고 정처없이 떠돌게 되었으니 만고에 죄인이라. 무슨 낮으로 지하에 돌아가 부인과 자식을 대하리오.'

하다가 설매의 기막힌 소식을 듣고 악주에 이르러 강가를 배회하다 한 노인을 만나 물으니,

"모년 모월 모일에 한 부인이 두 여자를 데리고 악양루에 올라 밤을 지새고 장사로 가더니 그 뒷일은 알지 못하노라."

하니, 유한림이 더욱 슬퍼하여 강가로 두루 찾아 다녔다. 그때 문득 길가에 큰 소나무 껍질을 깎고 큰 글씨로 '모년 모일 사씨 정옥은 이곳에 눈물을 뿌리고 강물에 몸을 던졌다'고 쓴 것을 발견하고 통곡하며 울다 정신을 차리고 사씨의 넋이라도 위로하려고 길가 술집에 들어가 방을 빌려 제문을 지으려고 하였다. 이때 밖에서 장정 수십 명이 칼과 창을 가지고 들이닥치면서 외쳤다.

"유연수만 잡고 다른 사람은 상하지 말라."

유한림이 놀라 뒷문으로 도망쳐서 방향도 없이 허둥지둥 날아났다. 그러나 얼마 가지 않아서 큰 물이 가로놓였으므로 진퇴양난(進退兩難, 이러기도 어렵고 저러기도 어려운 매우 난처한 처지에 놓여 있음을 이르는 말)하여 물에 몸을 던지려는 순간, 문득 배 젓는 소리가 은은히 들려와 소리나는 곳으로 허둥지둥 달려가면서 요행을 하늘에 빌었다.

동정호 수월암에서 사씨를 보호하고 있던 묘혜가 하루는,

"부인, 오늘이 사월 보름날인데 그 전에 하시던 말을 잊으셨나요?"

속세와 인연을 끊은 사씨는 그 중요한 사월 보름날의 일도 잊고 있었다.

그러던 중 묘혜의 말을 듣고 백빈주에 배를 저어가면서 슬픈 회포에 사로잡히게 되었다.

유한림은 배를 향하여 빨리 사람 살려달라고 구원을 청하였다.

베를 젓던 묘혜가 백빈주 물가로 배를 대려고 하자, 사씨가 말리면서,

"저 사람의 음성이 남자인데 태워도 괜찮겠습니까?"

"눈앞에 죽을 사람을 어찌 구하지 않겠습니까?"

하며 배를 물가에 대니 유한림이 배에 뛰어오르며 애원하였다.

"도적놈들이 쫓아오니 빨리 배를 저어주시오."

말을 마치자 도적이 크게 외치며,

"배를 도로 대어라. 그렇지 않으면 너희들이 다 죽으리라."

하였으나 묘혜가 못 들은 척하고 배를 빨리 저어갔다.

이리하여 유한림은 위기를 모면하고 배 안의 사람을 보니 뜻밖에도 두 사람의 여자였다. 이때 배 안에 있는 소복 차림의 젊은 여자가 유한림을 보더니 울음을 터뜨렸다. 유한림이 이상히 여기고 자세히 보니 자기의 아내 사씨가 분명하지 않는가.

"부인을 여기서 만나다니 이게 어찌 된 일이오. 뜻밖에 만난 부인에게 내가 이제 무슨 낯을 들어 부인을 대하겠소. 이 어리석은 연수의 잘못을 탓하시오."

남편의 이런 뉘우치는 말을 듣고 감사하며,

"유한림께 이런 말씀을 듣지 못하였으면 죽어도 어찌 눈을 감았겠습니까?"

하며 부인은 울고만 있었다. 서로 죽은 줄 알았다가 만난 부부는 반갑기보다도 어린 인아의 생사로 새로운 슬픔에 사로잡혀 오열하였다.

수월암에 도착한 유한림이 부인을 보고 말하였다.

"내 낯을 들고 부인을 보니 부끄러움을 이기지 못할지라 무슨 말을 하리오. 그러나 부인은 정신을 진정하여 나의 변명을 들으시오."

유한림은 부인이 집을 떠난 후 요사한 무리가 한 일을 다 이르며, 교씨가 십랑과 함께 방자하자던 말이며 또 설매가 옥반지를 도적하여 동청을 주고 동청이 냉진을 보내어 유한림을 속여 이르던 말을 다 하니, 사씨가 눈물을 흘려 말하였다.

"상공이 이 말씀을 아니하셨으면 첩이 저승에 돌아간들 어찌 눈을 감으리까."

유한림이 장주를 죽이고 설매로 하여금 춘방에게 미루던 말이며 동청이 엄승상에게 밀고하여 자기를 사지에 보낸 말과 교씨가 집안 보물을 다 가지고 동청을 따라간 말을 이르니 사씨가 잠자코 말이 없었다. 유한림이 또 탄식하여 말하였다.

"다른 것은 그만이지만, 인아는 부인을 잃고 또 아비를 잃어 강물 속의 혼령이 된 듯하니 어찌 슬프지 아니하리오."
하고 눈물이 비 오듯 쏟아지니, 사씨가 이 말을 듣고 '애고' 한 마디 소리에 곧 기절하자 유한림이 말하였다.

"설매의 말을 들으니 제 차마 죽이지 못하고 물가 수풀에 던졌다 하니, 혹시 하늘이 살펴 다행히 살았으면 하오."

사씨가 울며,

"설매의 말을 듣고 어찌 믿으며, 설사 숲에 두었더라도 어찌 살기를 바라리오."

이렇듯 슬픔을 이기지 못하다가 유한림이 물었다.

"회사정에 있는 필적을 보니 부인이 물에 빠짐이 분명하므로 길가 여관에서 제문을 짓다가 동청이 보낸 무리를 만나 꼭 죽게 되었소. 뜻밖에 부인이 구해주어 살아났는데 부인은 어디에서 여기까지 왔으며 어찌 배를 저어 나를 구하셨소."

"첩이 선산 묘 아래에 있을 때 도적이 위조 편지를 하여 위급한 화를 당하게 되었는데, 시부가 꿈에 나타나셔서 모년 모월 모일에 배를 백빈주에 매어 급한 사람을 구하라 하셨지요. 이 말씀을 일일이 전하며 다행히 저 스님을 만나 여태껏 의지하였다가, 오늘 저 스님의 덕택으로 상공을 구하였습니다. 회사정의 글은 죽으려 할 때 썼으나 저 스님의 구원으로 명을 보전하게 되었습니다. 이에서 상공을 만날 줄이야 어찌 뜻하였으리오."

"묘혜 스님의 은혜 태산 같도다."

하고 묘혜를 향해 절하며 감사하였다.

묘혜가 사양하며 말하였다.

"상공과 부인의 천명이 거룩하심이니 어찌 소승의 공이리까. 그러하오나 여기는 오래 말씀할 곳이 아니니 암자로 가십시다."

객당으로 돌아와 유한림이 사씨에게 말하였다.

"이제 범의 입을 벗었으나 의지할 곳이 없으니, 무창으로 가서 약간의 전량을 수습하여 앞일을 정하여, 서울로 올라가서 가묘를 모시고 전 죄를 용서받고자 하니 부인이 동행하여 주기를 바라오."

"유한림께서 저를 더럽다 하시지 않으면 제가 어찌 거역하겠습니까? 쫓겨난 이 몸이 다시 들어가는데 예절이 있어야 하지 않을까 합니다."

"아, 내가 너무 급하게 생각한 모양이오. 내가 먼저 가서 묘를 모셔오고, 다시 소식을 수소문한 후에 예를 갖추어서 데려가리다."

하며 유한림은 변장을 하고 길을 떠났다.

한편 동청은 교씨를 데리고 계림 태수로 부임하여 심복 부하 냉진을 시켜 행인의 물건을 약탈하는 것을 일삼았다. 교씨가 계림에 간 지 얼마 되지 않아 봉추가 병들어 죽으므로 어미의 정으로 번민하였다.

김만중

그러던 중 냉진이 서울에 와서 보니 엄승상의 권세가 이미 무너진 때였다.

이에 놀란 냉진은 화가 미칠 것을 두려워하여,

"동청의 죄악이 많으나 사람들이 모두 엄숭을 두려워하여 감히 말을 못 하였는데, 이제 이렇게 되었으니 마땅히 꾀를 쓰리라."

하고, 동문고를 울려서 동청의 행실을 알리니 법관이 천자께 알려 천자가 대로하시며 동청을 잡아 네거리에서 극형을 처하였다.

냉진은 후한 상금을 받고 교씨를 데리고 부부 행세를 하였다.

뒤늦게 잘못을 깨달은 천자는 엄승상의 잔당을 삭탈하고 유한림을 이부 시랑으로 삼고, 과거를 실시하여 인재를 천하에 구하니, 사씨의 동생도 급 제하여 영화를 누리고 있었다.

사씨와 유한림이 집으로 돌아오다

사씨가 예전에 남방으로 행할 때에 사공자가 소문으로 대강 들어 알았으 나, 그때에 두추관이 또한 자리를 옮겨 성도로 가매 사공자가 미처 서신도 부치지 못하고, 또 사씨의 고초를 알지 못하므로, 배를 타고 촉나라로 들어 가 만나보려 하였다. 마침 그때 들으니 두추관이 순천부사를 하였다 하고, 과거날이 가까웠으므로 두추관이 오기만 기다렸다. 이때 마침 순천부사 상경하였다 하니, 사공자가 즉시 찾아가서 누이 소식을 물으니, 부사가 눈 물을 흘리며 말하였다.

"나도 소식을 듣지 못하였도다. 내가 장사에 있을 때에 부인이 남으로 가 는 배를 얻어 내게 의지하고자 하다가 중간에서 낭패하여 물에 빠지려 하 였다 하니, 나도 소식을 알고자 하여 사람을 보내어 두루 찾았으나 아득하였다. 그곳 사람이 이르니, '유한림이 이곳에 와서 사씨의 빠져 죽으려고 써놓은 필적을 보고 슬픔을 못 이겨 제사를 지내려 하다가 그날 밤에 도적에게 쫓기어 어디로 갔는지 모르노라'고 했소. 이제 조정에서 유한림을 찾으려 해도 누구 하나 아는 사람이 없구려."

사공자가 이를 듣고 통곡하였다. 두부인이 사공자를 청하여 위로하며 사람을 보내어 각 처로 알아보고자 하였다. 마침 과거날이 다 되어 사공자가 둘째 방에 뽑히고 즉시 강서 남창부 추관을 하게 되었다. 남창은 장사에서 멀지 않은 곳이라, 사공자는 벼슬보다 누이의 거처를 알게 되었음을 못내 기뻐하여 즉시 가족을 거느리고 부임하였다.

유한림이 성명을 감추고 행세하니 아는 자가 없었다. 유한림이 가족과 함께 농업을 힘써 양식을 군산 수월암에 보내어 부인에게 드리고 안부를 알아오게 하였다.

가동이 돌아와 알렸다.

"부인은 무사하시고 악주 관문에 방이 붙어 상공을 찾거늘, 그 까닭을 물으니 옆 사람이 말하기를, '천자 유한림을 이부시랑으로 삼고 상공 종적을 몰라 곳곳에 방을 붙여 찾노라' 하니 소복이 감히 바로 알리지 못하였나이다."

유한림이 생각하기를,

'엄숭이 세도하면 내 어찌 이부시랑을 하리오. 아마 엄숭이 물러났나 보다.'
하고 무창에 나아가 태수에게 통지하니, 태수 반기며 급히 맞아 말하였다.

"천자께서 선생을 이부시랑으로 삼고 사명이 급하시더니, 이제야 어디에서 오시나이까."

유한림이 말하였다.

"소생이 성명을 감추고 다니더니, 천자께서 엄숭을 내치사 소생을 부르

김만중

시는 말을 듣고 왔나이다.”

하고, 사람을 군산에 보내어 부인에게 이 일을 알렸다. 이에 유시랑이 오래 머물지 못하여 역마로 올라갈 때, 남창부에 이르니 지방 관원이 모두 와서 명함을 드리거늘 시랑이 보니 그중 한 사람이 사씨 동생 사경안(謝景顔)이라 하였다. 처음에는 서로 누구인지 몰랐다가 만났으나 얘기를 나누어 보지도 못하고 그 관원이 눈물로 얼굴을 가렸다. 이상하게 여겨 우는 까닭을 물으니 관원이 대답하였다.

“누이를 한 번 이별한 후 생사를 모르다가 이제 매형을 만나게 되오니 어찌 슬프지 않으리오.”

시랑이 비로소 사공자인 줄 알고 반가이 손목을 잡으며,

“내 눈이 어두워 무죄한 그대의 누이를 내치고 간인의 화를 당함은 어찌 다 말하리오. 부인이 다행히 여승 묘혜의 도움으로 지금 군산 수월암에 편히 있나니 염려 말게나.”

“누이의 살아 계심은 매형의 복이요, 묘혜의 은혜로다.”

“그대는 마음을 너무 상하지 말라. 천은이 넓고 크사 다 갚기 어려운지라. 나의 박덕으로 어찌 이런 행복을 얻으리오.”

하고 서로 술을 권하여 이야기를 나누다가 이별하였다.

유한림이 다시 벼슬길에 오르게 되어 천자에게 나아가 말하였다.

“성은이 이와 같으시니 미신이 황송하여이다. 신이 부족하여 책임을 감당하지 못하겠으니, 벼슬을 거두시기 바라나이다.”

천자가 기뻐하며 말하였다.

“경의 뜻이 굳어서 특히 강서백을 삼으니 인심을 올바로 살펴보기 바라오.”

“황공하옵니다.”

하고 유한림이 궁에서 나와 집으로 돌아오니, 비복들이 모두 눈물을 흘리며 맞이하였다.

시랑이 사당에 참배하고 고모 두부인을 찾아 사죄하였다. 부인이 흐느껴 울며 이 몸이 살았다가 현질이 다시 귀달함을 보니 죽어도 한이 없다고 하였다.

"저의 죄는 만 번 죽어도 부족하나 다행히 부부가 만났으니 죄를 용서하십시오."

두부인이 기뻐하며 말하였다.

"이는 다 현명한 조카의 액운이라. 옛말에 '현인은 복을 데리고 악인은 재앙을 만난다' 하니 네 이제 회과자책(悔過自責, 자기의 잘못을 뉘우치고 스스로를 꾸짖음)하느냐."

시랑이 전후 사연을 일일이 전하니 두부인이 눈물을 씻고 말하였다.

"이같은 일이 어찌 세상에 또 있으리오."

모든 친척이 시랑을 보고 축하하고, 비복들이 반기며 눈물을 씻었다. 시랑이 가묘에 분향하고 조정에 영위를 모셔 강서로 떠날 때, 두부인이 사씨를 보고자 하여 눈물을 보내매 시랑이 또한 섭섭함을 이기지 못하였다.

이때 사춘관이 누님을 데려오겠다 하여 허락하고 강가에 맞을 테니 먼저 가라 하였다.

사춘관이 미리 편지를 보내고 동정호의 군산섬에 이르니 사씨 부인이 미리 기다리고 있다가 기쁨을 감추지 못하고 묘혜 스님께 감사의 뜻을 전하고 유시랑이 보내온 예물을 전하고 이별을 하게 되니 서로 매우 슬퍼하였다.

일행이 강가에 이르니 유시랑이 기다리고 있었는데 환영하는 사람이 물가에 정렬하였다.

시비가 새 의복을 사씨에게 올리니 부인은 칠 년 동안 입었던 소복을 벗고 화려한 옷으로 갈아 입고 부부가 상봉하니 세상에 드문 경사였다. 뱃길로 고향집에 이르니 비복들이 감격으로 사씨를 맞이하였다.

사씨는 남편을 만나서 다시 유씨 가문의 주부가 되었다. 그러나 아들 인아의 생사를 알지 못한 채 새해를 맞으니 부인이 유시랑에게 속마음을 털어놓았다.

"후손을 위하여 다시 생남의 길을 마련할까 합니다."

"후손을 위하여 소실을 권하는 뜻은 고마우나 교씨로 인하여, 집안이 어지러웠으니 어찌 다시 잡인을 집안에 들여놓겠소."

"첩인들 어찌 짐작 못하리까마는 아직 인아의 생사를 모르고 장차 자손이 없으면 지하에 돌아가 무슨 면목으로 시부모를 뵈오리까."

"비록 그러하나, 부인의 나이가 아직 단산할 때가 아니니 그런 불길한 말씀은 그만두시오."

그리고 사씨가 생각하니,

'묘혜의 질녀 현숙하고 또 귀자를 둘 팔자라 하였으나, 그 나이를 헤아리건대 아마 벌써 성인이 되었으리라.'

하고 몹시 그리워하였다. 부인이 다시 유시랑에게 늙은 창두가 죽었다는 말과 황릉묘를 새 단장하기를 원하니, 유시랑이 즉시 목수에게 명하여 황릉묘를 단장하고 창두의 시체를 찾아서 관을 갖추어 다시 장사하고 묘혜와 임씨에게 금백을 후히 보내니, 묘혜는 즉시 수월암을 증축하고 군산 동구에 탑을 세워 이름을 부인탑이라 하였다. 차환 등이 황릉묘에 가서 화룡현 임씨 댁에 이르니, 그의 계모 변씨가 죽고 여자만 홀로 있었다.

시비가 보고 말하였다.

"낭자, 어찌 몰라보십니까. 나는 이전에 사씨를 모시고 장사로 갔던 시비 차환입니다."

그 여자가 그제야 깨닫고, 사씨의 안부를 묻고 누명을 벗고 시가로 돌아감을 듣고 크게 기뻐하였다. 차환이 채단과 서간을 드리니, 임씨가 감격하여 받고 글을 떼어보니 감사의 뜻이 간절하였다. 임씨 또한 다시 한 번 만나보기를 원하였다.

사씨가 아들 인아를 만나다

한편 설매가 인아를 차마 물에 띄우지 못하고 가만히 강가 수풀에 놓고 가니, 인아 잠을 깨어 크게 울었다. 마침 남경에 장사하러 가던 뱃사람이 지나다가 인아를 보니 용모가 비범해 보이자, 배에 태워주었다. 그러나 풍파를 만나 화룡현에 이르러 아이를 육지에 내려놓고 갔다. 이때 임씨 여자가 변씨와 함께 자다가 꿈속에서 기이한 기운이 강가에 뻗치자 놀라 깨었다. 괴이히 여겨 급히 나와보니 한 아이가 누워 있는데 용모가 뛰어났다. 이에 거두어 안고 들어오니 변씨가 크게 기뻐하여 고이 길렀다. 변씨가 죽고 장례를 마치니 동리 사람들이 그 영리함을 칭찬하며 청혼을 하나 임씨가 아직 출가하지 않음을 듣고 유시랑에게 청하였다.

"첩이 장사로 갈 때에 연화촌에 들어가 임씨 여자를 보니 극히 아름답고 양순하였습니다. 이 여자를 데려다가 가사를 맡기고자 합니다."

시랑이 마지못하여 허락하니, 사씨가 이에 시비와 교부를 보내어 임씨를 데려오게 하였다. 임씨가 아이를 데리고 이르러 사씨를 보고 반가워하였다.

"임씨 얼굴이 아름답고 덕성이 뚜렷하니 어찌 다행한 일이 아니리오마는, 내가 부인께 정이 감할까 두렵소이다."

사씨가 웃고 대답하지 않았다.

하루는 인아의 유모가 임씨의 방에 들어가 눈물을 흘리며 말하였다.

"전에 시비의 전하는 말을 들으니, 낭자의 동생이 우리 공자와 같다 하오니 한 번 보고자 하나이다."

임씨가 이 말을 듣고 의심이 나서 물었다.

"공자를 어느 곳에서 잃었느뇨."

"순천부에서 잃었나이다."

임씨가 생각하기를,

'순천부가 상거 천 리인데, 어찌 남경으로 왔으리오.'

가장 의심이 나서 시비를 불러 인아를 데려오니 유모가 눈을 들어 인아를 보니 공자와 같았다. 유모가 크게 반겨 눈물이 비 오듯 하니, 임씨가 말하였다.

"이 아이는 과연 어머니의 소생이 아니라. 모년 모월 모일에 버린 아이를 얻으니 용모가 뛰어나기에 거두어 남매가 되었으니, 만일 얼굴이 공자와 같다면 무슨 까닭이 있는 것인가?"

인아가 유모를 보고 울며 말하였다.

"유모는 나를 알지 못하느냐?"

유모가 이 말을 듣고 슬퍼하여 말하였다.

"이는 반드시 우리 공자로다. 그렇지 아니하면 어찌 이 말을 하리오."

유모가 크게 기뻐하며 급히 사씨에게 전하니, 사씨가 이 말을 듣고 급히 임씨 방에 와 공자를 보았다.

"네 나를 알겠느냐?"

인아가 자세히 보다가 사씨의 가슴에 안기며 울었다.

"어머니는 소자를 몰라보십니까? 소자, 어머니께서 집안을 떠나신 후로 늘 생각하였습니다. 서모가 나를 데리고 멀리 가옵다가 소자의 잠든 사이에 강가 수풀에 버리고 갔습니다. 소자가 깨어 우니 어떤 사람이 배를 타고 가다가 나를 보고 데려가더니, 또 남의 집 울밑에 놓고 가자, 저의 양어머니가 나를 거두어 길러주어 전보다 이 한몸이 편안하였습니다. 뜻밖에 이곳에서 어머니를 뵈오니 이제 죽어도 한이 없겠습니다."

부인이 이 말을 듣고 기뻐하며 인아를 안고 대성통곡하였다.

"이것이 생시냐, 꿈이냐. 내 너를 다시 보지 못할까 하였더니, 오늘날 보게 되니 이 어찌 하늘의 도우심이 아니리오."

하고 곧 유시랑에게 인아를 찾았다고 알리니, 유시랑이 급히 들어와 그 자초지종을 다 듣고 함께 기뻐하며 임씨를 향하여 칭찬하였다.

"오늘날 부자 상봉하고 즐김은 다 그대의 공이라. 어찌 은혜 적다 하리오. 이 뒤로부터 나의 설움이 없으리로다."

임씨가 축하하며 말하였다.

"오늘 부자 상봉하심은 존문 은덕이시니, 어찌 첩의 공이리까. 사부인의 인자하심에 하늘이 감동하심이로소이다."

시랑이 또한 그 말을 옳다 하였다. 모두가 인아를 보니 장부의 체격이 발원하여 그 떠날 때보다 준수함을 더욱 칭찬하고, 친지가 모두 이르러 치하하고 모든 비복이 기뻐하였다. 유시랑이 임씨를 사씨 다음으로 소중히 여기고, 사씨가 또한 임씨를 동기같이 사랑하였다. 임씨도 또한 사씨를 극진히 섬겼다.

김만중

교씨는 벌 받아 죽고, 사씨는 영화를 누리다

한편 교씨는 냉진과 살다가 냉진이 도적을 사귀다가 괴수로 잡혀 죽자, 도망하여 낙양에 이르러 창기가 되어 이름을 칠랑(七娘)이라 하였다.

낙양 사람이 교녀를 모를 이 없더니, 사시랑 댁 사환이 낙양에 왔다가 칠랑의 유명함을 듣고 청루에 이르러 자세히 보니 과연 교씨였다. 즉시 사부에 돌아와 유시랑에게 소식을 전하니, 유시랑이 크게 분하여 사씨를 청하여 말하였다.

"내 교녀를 잡아 못할까 절통하더니, 이제 낙양 청루에서 창기 노릇을 한다 하니 내 이년을 잡아 벌하고자 하노라."

사씨 또한 교씨에 대한 미움이 가시지 않았다. 부인이 인아를 만난 후 다시 시름이 없고 시랑이 또한 만사에 시름이 없어 백성을 잘 다스리니, 백성이 농업에 힘쓰고 학업을 부지런히 하여 모든 것이 무사하였다. 천자가 이를 듣고 예부상서로 부르니 유상서가 이에 가족을 거느리고 올라갈 때, 서주에 이르렀다. 그곳에서 매파와 상의하였다.

매파가 교씨를 보고,

"이제 예부상서로 올라가는 상공이 낭자의 이름을 듣고 저를 불러 분부하시니, 상서는 거룩한 재상이요 또 시비의 전하는 말을 들으매 '부인은 신병으로 집을 다스리지 못한다' 하니 낭자가 들어가면 어찌 부인과 다르겠는가."

이에 교씨 생각하기를,

'내 비록 의식의 부족함이 없으나 나이 점점 많아지니 어찌 종신 의탁할 곳을 생각하지 아니하리오.'

하고 교씨를 경축 잔치에 청하니, 교씨는 그저 아무것도 모르고 기뻐하기만 하였다.

이때 유상서는 급히 서울에 이르러 천자를 뵙고 집에 돌아와 친척을 모으고 축하할 때, 사씨와 임씨를 불러 두부인께 뵈오라 하였다.

"오늘 이 즐거운 잔치에 여흥이 없으면 심심할까 합니다. 노상에서 명창(名唱)을 얻어왔으니 한 번 구경하시오."

하고, 좌우를 명하여 교칠랑을 부르라 하니, 이때 교씨가 기다리다가 오라는 명령을 듣고 집 안에 들어갈 때, 교씨가 크게 놀라 말하였다.

"이 집이 유한림 댁인데 어찌 이리 오는가?"

시비가 말하였다.

"유한림이 귀양 가시고 우리 상공이 들어 계십니다."

교씨가 놀람을 진정하고,

"내 이 집이 인연이 있도다. 이번에도 마땅히 백자당에 거처하리라."

하더니 시비가 교씨를 이끌어,

"상공과 부인을 뵈오라."

하니, 교씨가 눈을 들어서 좌중을 보니 유연수 문중의 일족이었다. 벼락을 맞은 듯이 땅에 엎드려 슬피 울며 목숨을 살려 달라 애걸하나, 유상서가 교씨의 비굴한 행동에 더욱 노하여 크게 꾸짖었다.

"네 이년, 네 죄를 네가 알렸다?"

교씨가 머리를 숙이고 애걸하여 말하였다.

"어찌 모르리까마는 죄를 용서하소서."

"네 죄가 한둘이 아니니 음부는 들어보아라. 처음에 부인이 너를 경계하여 음란한 풍류를 말라 함이 또한 좋은 뜻이었는데, 너는 도리어 모함하여 나를 속였으니 죄 하나요, 십랑과 함께 요괴한 방법으로 장부를 속였으니 죄 둘이요, 음흉한 종과 함께 뜻을 모았으니 죄 셋이요, 스스로 방자하고 부인께 미루니 죄 넷이요, 동청과 정을 통하고 집안의 이름을 더럽혔으니 죄 다섯이요, 옥반지를 도적하여 냉진을 주어 부인을 모해하니 죄 여섯이요, 네 손으로 자식을 죽이고 큰 죄를 부인께 미루니 죄 일곱이요, 간부와 동무하여 가장을 사지(死地)에 귀양 보내니 죄 여덟이요, 인아를 물에 넣어 죽게 하니 죄 아홉이요, 겨우 부지하여 살고자 하느냐?"

교씨가 머리를 두드리고 울며 말하였다.

"이 모두 첩의 죄이오나 장주를 해친 것은 설매의 일이요, 도적을 보냄과 엄숭에게 고자질한 것은 동청의 일이옵니다."

하고 사씨를 향하여 울며,

"첩이 실로 부인을 저버렸거니와, 오직 부인은 대자대비하신 덕으로 천첩의 목숨만 살려주옵소서."

사씨가 눈물을 흘리며 말하였다.

"네가 나를 해치려 한 것은 죽을 죄가 아니나 상공에게 죄를 지었으니 내 어찌 구하리오?"

상서가 더욱 노하여 시동(侍童, 지체 놓은 사람 밑에서 시중들던 아이)에게 엄명하여 교씨의 가슴을 칼로 찢어 헤치고 심장을 꺼내라 하니, 사씨가 이를 말렸다.

"비록 죄 중하오나 상공을 모신 지 오래니 죽여도 시체를 완전히 하소서."

상서가 부인의 권고에 감동하여 동쪽 저잣거리에 잡아내려다가 만인의 보는 앞에 죄를 들어 알리고 타살한 후에 동편 언덕에 잘 묻어주었다. 사씨가 춘방의 안타까운 죽음을 애석히 여겨 상서께 말하여 그 뼈를 찾아다 묻어주었다. 십랑을 벌하고자 하니 연전에 벌써 죄를 지어 옥중에서 죽었다 하였다.

임씨가 유씨 문중에 들어온 지 십 년이 지나는 동안에 아들 삼 형제를 낳았는데 모두 옥골선풍(玉骨仙風, 살빛이 희고 고결하여 신선과 같은 풍채)이었다. 큰아들의 이름은 웅이요, 둘째 아들의 이름은 준이요, 셋째의 이름은 난이니, 부형을 닮아서 모두 뛰어났다. 천자가 유상서의 벼슬을 높여 좌승상을 내리시고, 황후 또한 사씨의 공덕을 들으시고 자주 보시니 유문의 영광이 비길 데 없었다. 또 사추관이 높은 벼슬에 이르니, 그 거룩함이 한 세상에 으뜸이었다. 유승상 부부는 팔십여 세를 편안히 누리고, 그 후 대공자는 병부상서에 이르고, 유웅은 이부시랑을 하고, 유난은 태상경을 하여 조정에 있었으니, 임씨도 행복을 누려서 사씨 부인을 모시며 안락한 세월을 보냈다.

사씨가 『내훈(內訓)』(역대 왕비의 말과 행실의 귀감이 될 만한 것을 7편 모아 한글로 해석해 놓은 책. 덕종의 비 한씨가 지음) 십 편과 열녀전 삼 권을 지어 세상에 전하고 며느리 등을 가르쳐 착한 도(道)에 나아가게 하였다. 이렇게 착한 사람은 복을 받고 악한 사람은 앙화(殃禍, 지은 죄의 갚음으로 받는 온갖 재앙)를 받는 법이다.

이야기 따라잡기

    중국 명(明)나라 세종 때 금릉 순천부에 사는 유현은 늦게야 아들 연수를 얻는다. 그러나 유씨의 부인 최씨는 연수를 낳고 세상을 떠난다. 연수는 10세에 향시 장원을 하고 15세에 장원급제하여 한림학사가 된다. 유현은 아들을 현명한 사급사댁 딸과 혼인을 하기로 하고 관음찬을 쓰게 하여 그의 능력을 시험한다. 아름다운 용모와 뛰어난 재수를 가진 사정옥은 결국 유연수와 결혼을 하게 된다. 결혼 후 유공은 병으로 죽게 되자 유연수와 사씨는 정성껏 삼년상을 치른다.

    사씨는 유한림과 금슬은 좋으나 10년이 넘어도 자녀가 없자, 사씨는 유한림의 반대를 무릅쓰고 교채란이라는 16세의 자색이 고운 여자를 첩으로 맞이한다. 모든 사람이 교씨를 칭찬하고, 반년 후 잉태한다. 교씨는 십랑이라는 무당을 불러 복중의 아이를 아들로 바꾸기 위해 부적을 써서 결국 아들 장주를 낳는다. 교씨는 유한림의 사랑을 차지하기 위해 당시에 여자가 배울 수 없는 음률을 배우며 많이 노력한다.

    그 후 사씨도 태기가 있자, 교씨는 사씨에게 낙태약을 먹이지만 사씨는 곧 그것을 토해버리고 건강한 아들 인아를 낳는다. 이때 유한림이 석랑중의 추천으로 동청을 가까이 두게 되는데, 사씨의 멀리 하라는 충고를 받아들이지 않는다. 교씨는 무당 십랑을 불러 사씨가 귀신을 불러들여 장주가 병을 얻었다며, 사씨의 필적을 본떠서 만든 증거물을 보여주어 유한림의 판단력을 흐리게 만든다.

한편 사씨가 어머니의 병 간호로 수 개월 친정에 머무르고 유한림이 천자의 명으로 산동에 간 사이, 교씨는 동청과 함께 사씨를 내쫓을 궁리를 한다. 교씨는 사씨의 옥반지를 훔쳐 사씨가 외간 남자와 정을 통해 옥반지를 준 것으로 꾸민다. 없어진 옥반지 때문에 궁지에 몰린 사씨는 두부인이 감싸주는 데도 불구하고 더욱 유한림의 의심을 받게 된다. 교씨는 둘째 아이 몽추를 출산한 후 사씨를 없애기 위해 큰아들 장주를 죽이고 시비 설매에게 사씨가 시킨 일이라고 이야기하게 한다. 결국 유한림은 친척들을 모아놓고 사씨를 쫓아내고, 교씨를 정부인으로 맞이한다.

쫓겨난 사씨는 시부모 묘소로 가서 기거를 한다. 교씨는 사씨를 냉진의 첩으로 삼게 하려고, 두부인의 필법을 모방하여 사씨를 데려가려고 하나, 사씨의 꿈에 유공이 나타나 그 편지는 가짜며, 남방으로 피신하라고 일러준다. 그리고 6년 후 4월 보름에, 배를 백빈주에 매었다가 급한 사람을 구해주라는 말을 남긴다. 남경으로 가는 배를 탄 사씨는 15세쯤 되는 낭자 임씨를 만나 며칠 신세를 진다. 갈 곳이 막막해진 사씨는 자살을 하려 하나, 꿈속에 소녀가 나타나 사씨에게 용기를 주고 간다.

어느 날 황릉묘 묘문이 열리고 여승 묘혜가 나타나 관음보살의 명령으로 사씨를 구해주고, 동정호 가운데 군산사 암자 수월암으로 데려간다. 이곳에서 유한림과 결혼하기 전에 지은 관음찬을 보고, 다시 용기를 얻고 생활하게 된다.

어느 날 유한림이 잠자리가 편치 않아 진인을 불러 벽을 뜯어보니, 나무 인형이 있어 조금씩 교씨를 의심하기 시작한다. 동청은 엄승상의 힘을 이용해서 유한림을 행주로 귀양가게 하고, 자신은 진유현 현령이 되었다가 계림 태수로 승진한다. 교씨는 설매에게 사씨 소생인 인아를 죽이라고 명하나, 설매는 차마 죽이지 못하고 강가의 숲에 감추어두고 온다.

귀양가서 병을 얻은 유한림은 꿈속에 노인이 물병을 놓고 간 자리에서 솟아난 물을 마시고 병이 낫는다. 귀양에서 풀려나 황성으로 가던 유한림은 동청의 행차를 보고, 설매를 만나 모든 이야기를 듣게 된다. 유한림이 사실을 안 것을 눈치챈 교씨는 유한림을 죽이려고 사람을 보내나, 백빈주로 도망온 유한림은 지나가는 배에 구원을 요청하고 그 안에 있던 사씨가 구해주어 상봉하게 된다.

집으로 돌아온 유한림은 후일 예를 갖추어 사씨를 다시 맞아들인다. 7년 만에 집에 온 사씨는 아들의 생사를 모르자, 대를 잇기 위해 묘혜의 조카 임씨를 첩으로 추천한다. 임씨는 용모 비범한 동생과 함께 온다. 임씨의 동생은 뱃사람이 주워 기른 인아였고, 그 아이를 임씨가 기르게 된 것이다. 교씨는 함께 살던 냉진이 괴수로 잡혀 죽자, 칠랑이라는 창기가 되고, 이 사실을 안 유한림은 교씨를 죽인다. 유씨는 좌승상이 되고, 임씨는 아들 삼형제를 출산하고 아들들이 모두 높은 벼슬을 하게 된다. 유승상 부부는 80여 세를 편안히 누리고 죽는다.

쉽게 읽고 이해하기

'사씨가 남쪽으로 갔던 기록'

『사씨남정기』는 '사씨가 남쪽으로 갔던 기록'이라는 제목과 관련하여 『남정기』, 『사씨전』이라고 불리기도 한다. 『사씨남정기』는 고전소설 중 가장 사실적인 작품으로 그 소재를 역사적인 사실에서 인용하였다. 특히 『사씨남정기』의 출현은 김만중의 개인적인 경험과 연관이 깊다. 김만중은 과거에 급제하여 관리로 등용되어, 대제학, 대사헌 등을 지냈으나, 숙종에게 인현왕후의 폐출과 장희빈을 왕비로 맞아들이는 것이 부당하다는 것을 상소한 것이 화가 되어 선천으로 유배되었다. 『사씨남정기』는 그때의 경험을 바탕으로 숙종과 그를 둘러싼 인현왕후와 장희빈의 갈등을 풍자하고, 왕의 잘못을 일깨우기 위한 풍자소설, 풍간소설, 목적소설이다. 그런데 김만중은 이 작품을 지어놓고 인현왕후의 복위를 보지 못한 채 죽었다고 한다.

처첩간 갈등 중심의 내용 전개

이 작품은 한 가정에서 처첩간의 사건을 중심으로 비교적 단순하게 진행

된다. 작품 속 선인(善人)과 악인(惡人)의 대립으로 이야기가 진행되고, 화를 피한 사씨는 때를 기다리는 순종적이고 운명적인 여인의 모습으로 나타난다. 또, 유한림이 교씨를 맞이하게 된 것은 사씨의 천거에 의한 것이고, 사씨가 집에서 쫓겨난 것도 교씨의 모함에 의한 것이었지만, 교씨를 원망하거나 친정에 돌아가지 않고, 시부모의 산소를 지키는 모습은 당시 유교 사회에서 요구하는 여인의 모습을 보여준다고 할 수 있다.

한편 내용 전개에서 우연성이 많이 개입되어 있다. 다른 고전소설과 같이 사씨가 화를 피해 찾아온 곳이 나중에 유한림의 첩이 되는 임씨 댁인 설정, 사씨가 물에 빠져 죽으려는 순간 황릉묘의 문이 열리며 부처의 가르침을 받은 묘혜가 나타나서 사씨를 구해주는 부분, 버려진 사씨 소생 인아를 임씨가 동생으로 키우고 있는 설정, 몇 차례의 꿈을 통해 주인공에게 앞날을 예견해주는 부분 등은 필연성이 부족한 부분이라고 할 수 있다. 작품의 배경을 중국 명나라로 설정한 것은 작가의 풍자 의도를 직접 드러나지 않기 위한 배려이다. 작품 의도가 당시 실존인물이던 숙종과 장희빈, 인현왕후를 풍자하기 위한 것이었기 때문에, 이것을 솔직하게 표현하기에는 무리가 있었을 것이다.

권선징악적인 결말의 가정 소설

처첩간의 갈등이나 의붓자식과의 관계 등 가정의 이야기를 소재로 한 소설에는 「장화홍련전」, 「콩쥐팥쥐전」 등이 있다. 보통 가정소설은 가정 내의 모순이나 갈등을 묘사하지만, 그것을 폭로하고 철저하게 원인을 규명하지 못하고, 안이한 결말, 상식적인 해결로 끝나는 경우가 많다. 『사씨남정기』의 경우도 현실에 대한 철저한 규명없이 단순히 권선징악적인 내용으로 끝을 맺는다.

작가 알아보기

김만중(金萬重, 1637~1692)은 누구인가?

조선 후기의 문신, 소설가. 본관은 광산(光山), 자는 중숙(重叔), 호는 서포(西浦), 시호는 문효(文孝)이다.

1637년(1세) 2월 10일 강화에서 서울로 가던 중 나룻배 안에서 태어났다고 전해진다. 조선조 예학(禮學)의 대가인 김장생(金長生)의 증손이요, 충렬공(忠烈公) 익겸(益謙)의 유복자, 광성부원군(光城府院君)의 아우로 숙종의 초비(初妃)인 인경왕후(仁敬王后)의 숙부이기도 하다.

1639년(3세)에 어머니로부터 글을 배우기 시작한 김만중은 1644년(8세) 『경서』와 『사기』를 배웠고 1650년(14세) 진사 초시에 합격했다. 두 해 뒤에는 진사에 일등으로 합격하고 연안 이씨와 혼인하였다. 20세와 26세에 별시와 증광 초시에 합격하고 1665년(29세) 정시문과(庭試文科)에 장원급제하여, 성균관 전적·예조좌랑에 차례로 임명되었다.

여러 벼슬을 거쳐 1671년(35세)에는 암행어사(暗行御史)가 되어 경기·삼남(三南)의 진정(賑政)을 조사하였다.

1672년(36세)에는 동부승지(同副承旨)가 되었다. 이렇게 승승장구만 할 줄 알았던 김만중은 1674년(38세), 인선왕후(仁宣王后)가 작고하여 자의대비(慈懿大妃)의 복상문제(服喪問題, 왕실에서 상복을 입는 기간을 남인이 1년, 서인이 9개월을 주장하였는데 남인의 뜻이 받아들여졌다)로 서인(西人)이 패하자, 관직을 삭탈당하고, 어전에서 허적의 파직을 주장하다가 유배생활을 하였다. 그러나 1675년(39세) 호조참의, 병조참의, 승정원 동부승지에 차례로 임명되었고 1679년(43세)에는 예조참의가 되었다. 그 뒤로 대사헌과 우참찬 · 좌참찬 · 홍문관 및 예문관, 대제학에 차례로 임명되었다.

하지만 1687년(51세) 상소를 했다가 탄핵을 받고 선천으로 유배되었으며 1688년 11월까지 유배생활을 하였다.

1689년(53세)에 '기사환국'에 연루되어 다시 감옥에 갇혔고, 3월에는 박진규(朴鎭圭) · 이윤수(李允修) 등의 탄핵으로 다시 남해(南海)에 유배되었다. 여기에서 어머니의 외로움을 위로해드리기 위해 지은 작품이 『구운몽』이다. 하지만 그 해 어머니가 돌아가시며 깊은 슬픔에 빠지게 된다.

그리고 1692년(56세) 4월 30일, 남해의 적소(謫所)에서 폐병으로 생을 마감한다. 뒤늦게인 1698년 숙종 24년, 그의 관직이 복구되었으며 1706년에는 숙종이 그의 효행을 높이 사 정표(旌表)가 내려지기도 하였다.

저서에 『구운몽』, 『사씨남정기(謝氏南征記)』, 『서포만필(西浦漫筆)』, 『서포집(西浦集)』, 『고시선(古詩選)』 등이 있다.

김만중의 사상과 문학세계는 어떠한가?

김만중은 사상과 문학에서 남다른 특성을 보여준다. 그는 주자학을 내세운 주희의 논리를 비판하면서 불교적 용어를 거침없이 사용하여 사상적으로 진보적인 특성을 나타내었다. 또한 '국문가사 예찬론'을 주장하면서 진보적인 문학이론을 주장하였다.

그는 『서포만필』에서,

"지금 우리나라의 시문은 자기 말을 버려두고 다른 나라 말을 배워서 표현한 것이나 설사 (중국의 시문과) 십분 비슷하다 하더라도 이는 단지 앵무새가 사람의 흉내를 내는데 지나지 않는다. 시골에서 나무하는 아이들이나 물 긷는 부녀자들이 서로 화답하여 부르는 노래가 상스럽다 하나, 만일 그 참과 거짓을 두고 말한다면 결코 학사대부의 이른바 시부(詩賦)와는 비교조차 할 수 없는 것이다."

라고 하면서, 우리의 사상과 감정은 우리말과 글로써만 제대로 표현할 수 있다는 탁월한 견해를 밝혔다. 그리고 정철의 가사 작품인 「관동별곡」과 「전후미인곡」(「사미인곡」과 「속미인곡」)을 우리나라의 이소(離騷, 중국 초나라의 굴원(屈原)이 쓴 서정적 장편 서사시)라 하여 높이 평가하였다. 이는 뒷날 정약용의 '조선시 선언'으로 발전하는 기틀이 되었다.

또한 소설의 효용성에 대해 긍정적 견해를 보였다. 진수의 『삼국지』보다 소설 『삼국지연의』가 사람을 더 감동시킨다는 점을 통해 소설의 부정적 평가를 극복하고 있다. 그리하여 김시습의 『금오신화』 이후 허균의 뒤를 이은 소설문학의 거장으로서 우리 문학사에 획기적인 전기를 마련하였다. 즉 소설을 천시했던 조선시대에 소설의 가치를 인식하고, 창작했을 뿐 아니라 우리 문학은 반드시 한글로 써야 한다고 주장하였다.

　이러한 김만중의 국자의식(國字意識)은 이후 국문소설의 황금시대를 가져오게 하였다. 이처럼 우리의 말과 글이 천시되던 시대에 또 소설이 핍박받던 시대에 우리말과 글로 된 것만이 참된 문학이며, 소설이 유익하고 가치있는 것이라는 주장을 『서포만필』에 썼다는 것은 놀라운 일이 아닐 수 있다. 특히 인현왕후를 폐위하고 장희빈을 사랑한 숙종이 참회하기를 바라는 마음에서 썼다는 『사씨남정기』나, 자식을 유배 보내고 슬퍼하실 어머니를 위로하기 위해 순수한 우리말로 유배지에서 쓴 『구운몽』 같은 국문소설의 창작은 허균을 잇고 조선 후기 실학파 문학의 중간에서 훌륭한 소임을 수행한 것으로 평가된다.

　오늘날 가사문학의 송강 정철, 시조문학의 고산 윤선도와 함께 3대 고전문학가로 일컬어지고 있다.

마음이 평화롭고 고요하면 닿는 곳마다 아름답다.

— 「채근담」

겨울이 오면 봄이 멀지 않으리
— 퍼시 비시 셸리

당신의 행복은 무엇이 당신의 영혼을 노래하게 하는가에 따라 결정된다

— 낸시 설리번

인생에서 뜻을 세우기에 너무 늦은 때란 없다
— 스탠리 볼드윈

고통이 남기고 간 뒤를 보라! 고난이 지나면 반드시 기쁨이 스며든다
— 괴테